무상검

無常劍

무상검 6
일묘 新무협 판타지 소설

초판 1쇄 찍은 날 § 2003년 2월 25일
초판 1쇄 펴낸 날 § 2003년 3월 6일

지은이 § 일묘
펴낸이 § 서경석

편집장 § 문혜영
편집책임 § 장상수
편집 § 권민정 · 이종민 · 유경화
마케팅 § 정필 · 강양원 · 이선구 · 김규진 · 홍현경

펴낸곳 § 도서출판 청어람
등록번호 § 제1081-1-89호
등록일자 § 1999. 5. 31
어람번호 § 제2-0185호

주소 § 경기도 부천시 원미구 심곡1동 350-1 남성B/D 3F (우) 420-011
전화 § 032-656-4452   팩스 § 032-656-4453
E-mail § eoram99@chollian.net

ⓒ 일묘, 2002

값 7,500원

ISBN 89-5505-395-9 (SET)
ISBN 89-5505-618-4 04810

일묘 新무협 판타지

FANTASTIC ORIENTAL HEROES

무사귀검

無常劍

6 ◆무상검 초입에 들다

도서출판 청어람

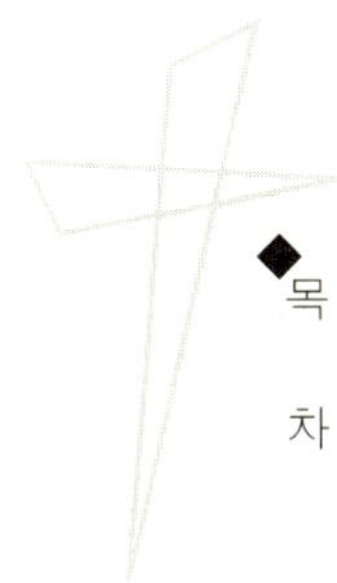

◆목

차

내가 이 섬에 온 까닭…

내가 이 섬에 온 까닭…

처얼썩―!

파도는 비명과 함께 부서진 은빛 파편이 되어 물러나고 절벽은 묵묵히 그 자리를 지키고 있었다. 건방진 두 남녀가 허락도 없이 머리 꼭대기에 있는데도 역시 의연한 모습.

팔짱을 낀 채 수평선 너머로 향해 있는 유검의 시선은 모호하기 그지없었다. 열심히 중천을 향해 달려가는 태양을 향한 것인지, 아니면 편복도 주위를 자유롭게 날아다니는 기러기를 향한 것인지, 그도 아니면 종횡으로 얽혀 있는 감정의 실타래를 헤아리고 있는 것인지…….

귀엽기 짝이 없는 꼬마 숙녀 다우는 두 다리를 절벽 아래로 늘어뜨린 채 유검의 두 다리를 등받이 삼아 기대앉아 꾸벅꾸벅 졸고 있었다.

한줄기 무더운 바람이 다우의 귀밑머리를 장난스레 잡아당기며 지나갔다. 다우는 머리카락이 코끝을 스치고 지나가자 실룩이다가 재채

기와 함께 잠에서 깨어났다.

고개를 들어 올려 유검을 바라본 다우의 시선이 힐끔 거의 중천에 이른 태양으로 옮겨졌다.

길게 두 팔을 기지개를 켜며 하품, 다우는 눈가에 찔끔 흘러나온 눈물을 손가락으로 닦아내며 유검에게 물었다.

"아직도 결정 안 난 거야?"

유검은 대답이 없었다. 묵묵히 수평선 너머를 바라볼 뿐.

"쳇……."

다우가 재차 하품과 함께 기지개를 켜려는데 유검이 불쑥 입을 열었다.

"문득 생각이 났는데……."

다우는 하품을 하다 말고 다시 고개를 치켜들어 호기심 어린 눈으로 다음 유검의 말을 기다렸다. 누구로 결정했어? 라는 말을 묻고 싶어 입이 근질거렸지만 용케 참는 모습이었다.

"그러니까 내가 이 섬에 온 까닭은……."

서두가 길어질 듯하자 다우는 냉큼 말을 끊고 끼어들었다.

"누구에게 갈 거야?"

"……."

유검은 말똥말똥 자신을 올려다보는 다우의 눈동자에 방금 꺼내려 했던 말이 무엇인지 잊어버리고 말았다.

유검은 습관적으로 허리춤에 매어 있는 한천검의 손잡이를 만지작거리며 내심 고개를 갸우뚱거렸다.

'내가 무슨 말을 하려 했더라?

수평선 너머 한 척의 범선이 이 섬을 향해 물살을 가르며 빠르게 다가오고 있었다.

해안가에는 이미 많은 사람들이 나와 있었는데, 배를 정박시킬 준비들로 여념이 없었다.

어제 편복도에서 일어난 분화는 백여 리 떨어진 초수도(樵叟島)에서 땔나무를 하던 한 늙은이에 의해 발견되었다. 편복도의 분화는 몇 개의 봉화(烽火)를 거쳐 즉시 항주의 무림맹에 알려졌고, 이에 화산 폭발에 관한 풍수(風水) 전문가들 다섯과 편복도 기재들의 진퇴에 관해 책임을 질 수 있는 무림맹 장로들이 함께 파견되었다. 그 외 기재들을 걱정하는 각 문파의 인사들도 함께 동행하였는데 그중에는 여문의 할아버지 철면판관(鐵面判官) 여강(麗綱)도 포함되어 있었다.

그리고 또 한 사람.

근 수십 년간 세인들에게 모습을 드러내지 않았던 한 사람이 몰래 신분을 감추고 범선에 타고 있었다.

그는 단순히 성명 석자로만 말하기 어려운 인물이었다.

무림맹의 창시자이자 초대맹주이며 무림의 전설 이협의 하나라는 긴 수식어가 항상 따라붙는 이름, 맹석천이었다.

물론 유검이 지닌 무공이 너무 강력하여 강호를 파괴할지 모른다는 노파심에, 반드시 유검을 척살해야 된다는 신념과 협객혼에 불타는 노인이기도 했다.

그가 여기 편복도로 온다는 사실은 무림맹 내에서도 알지 못했고, 진삼원도 알지 못했으며 유검은 더 더욱 알 리 없었다.

저 멀리 수평선 너머의 범선을 지켜보던 유검의 두 눈이 가늘게 좁혀졌다.

"기도로 보아 보통 사람 같진 않아 보이는데… 누굴까?"

다우가 어리둥절해하며 물었다.

"뭐가 보여?"

"음… 부채로 얼굴을 가리고 있는 한 노인이 있는데, 어쩐지 날 매섭게 꼬나보는 것 같아 보여. 설마 하니 내가 보이는 것일까?"

다우도 눈을 가늘게 좁히고 안력을 집중했으나, 저 멀리 수평선 너머 있는 범선은 아직 조그만 점으로밖에 보이지 않았다. 그 안에 타고 있는 사람은커녕 배의 앞뒤조차 분간하기 힘들었다.

유검은 투덜거렸다.

"쳇, 어쩐지 기분 나빠 보이는 노인이야."

다우도 투덜거렸다.

"쳇, 괴물들……."

다우는 드디어 중천에 이르러 있는 태양을 보고 나지막하게 소리쳤다.

"정오다!"

"그래, 밥 먹을 시간이다."

"그게 아니라……."

유검은 두 팔을 다우의 겨드랑이 사이에 놓고, 그녀를 번쩍 들어 올려 목마를 태웠다.

다우는 아미를 찌푸리며 뭔가 말을 하려 했으나 나른하고 여유있어 보이는 유검의 태도에 입을 다물고 말았다.

'정말 가는 걸 포기한 걸까? 약속 시간은 정오 무렵, 지금 서둘지 않으면 안 될 텐데…….'

다우는 다시 하늘을 올려다보았다.

중천에 떠 있는 태양, 다우는 새삼 햇살이 따갑다고 느꼈다.

유검은 다우를 목마 태운 채 절벽을 뒤로하고 마을을 향해 느긋하게 걷기 시작했다.

바스락—

일부러 힘주어 걷는지 풀잎 밟는 소리가 유난히 컸다.

다우는 멍하니 유검을 내려다보다 불쑥 입을 열었다.

"오늘은 그냥 걸어? 평소에는 항상 검을 타고 다녔잖아."

유검은 잠시 걸음을 멈추었다.

"배고파?"

"배가 고픈 게 아니라……."

유검은 다시 천천히 걷기 시작했다.

"배가 고픈 게 아니면 그냥 천천히 가자. 빨리 가봤자 지금 이 시간이면 주루에는 사람들이 득실거릴걸? 뭘 먹으려면 한참을 기다려야 할 거야."

"……."

다우는 높은 곳을 싫어해서 이기어검으로 날아다니는 것을 싫어했다. 그럼에도 그 말을 꺼낸 까닭은 유검을 기다리는 두 소저에게 서둘러 가야 하지 않느냐는 것이었는데, 유검은 엉뚱한 말로 화제를 돌려 버리는 것이다.

다우는 내심 생각했다.

'설마… 나 때문일까? 나 때문에 가지 않는 걸까?'

다우는 고개를 저었다.

'쳇, 그럴 리가 없잖아. 난 그냥… 동생일 뿐인데.'

그렇게 생각했지만 어쩐지 가슴이 두근거리는 것은 어쩔 수 없었다.

얼굴은 붉게 상기되고, 가슴 두근거리는 것이 들킬까 봐 다우는 폴짝 뛰어내렸다.

"지금 생각났어. 난 본래 걷는 걸 무지 좋아해!"

유검은 싱긋 웃으며 윗옷을 벗었다. 그리고는 상의를 길게 두 조각 내었다.

"이리 와보렴."

다우는 대체 유검이 무슨 짓을 하는 것일까 하는 호기심에 두 눈을 말똥거리며 다가갔다.

유검이 자신의 양쪽 맨발에 각기 천 조각을 감싸주는 것을 보고 가슴이 뭉클하여 뭔가 말을 하려 했지만, 소리 되어 나오지는 못했다.

"마을로 가거든 신발을 사도록 하자꾸나."

다우는 유검의 손을 잡고 천천히 걸으며,

'별것 아닌데… 별것 아닌데… 왜 자꾸만……'

다우의 큰 두 눈에 눈물이 글썽거렸다.

한참을 말없이 걷다 갑자기 유검이 탄성을 질렀다.

"아……!"

유검은 웃으며 말했다.

"이제 생각났어. 내가 이 섬에 온 까닭 말이야."

다우는 유검의 얼굴이 자신에게로 향하자 황급히 소맷자락으로 눈물을 닦았다.

"뭐, 뭔데?"

"그러니까… 무상검을 익히기 위해서였어."

유검은 다우가 시뻘게진 눈에 불쑥 내밀어진 입, 그렇게 못마땅한 얼굴로 자신을 쏘아보자 머쓱해졌다.

"그냥… 그렇다는 이야기야."

유검은 슬며시 눈길을 돌렸고, 다우는 더욱더 뿌루퉁해졌다.

"쳇, 바보……."

유검은 바보라는 소리를 한 귀로 흘리며 내심 고개를 꺄우뚱거렸다.

'왜 운 걸까?'

그냥 절벽가에 멍하니 있다가 마을로 돌아가는 길이었다. 아무리 생각해 봐도 다우가 울 만한 별다른 일은 떠오르지 않았다.

'설마 하니 걷는 게 그리도 감격스러웠던 걸까?'

일월표국의 국주는 팔짱을 낀 채 잔뜩 미간을 모으고 고민에 잠겼다.

"재밌으려니 했건만, 이대로는 너무 싱겁군. 너무 싱거워……!"

사람은 궁지에 이르면 뭔가 다른 방도를 찾게 된다. 국주도 다르지 않았다.

"휴… 자식놈이 게으르니 이 몸이 부지런해질 수밖에 없겠군."

탄식과는 달리 그의 입가에는 장난기 어린 미소가 걸려 있었다.

"좋아. 어차피 내가 고생해야 한다면… 당연히 다다익선이지. 며느리가 많을수록 손자도 많이 볼 테니까 말이야."

국주는 힐끔 중천에 이른 태양을 일견하고 재차 중얼거렸다.

"서둘러야겠군."

그가 자리한 곳은 커다란 수목의 새끼손가락 굵기의 나뭇가지 위였다. 서둘러야겠다는 말의 여운이 끝나기도 전에 그의 신형은 사라졌다.

　나뭇가지 끝에서 꾸벅 졸고 있던 작은 새 한 마리가 깜짝 놀라 날개를 파드득거리며 주위를 돌아보았다. 조금 전에 있던 나무—나뭇가지 부러지는 이상한 소리가 나던 묘한 나무—가 사라진 것을 깨달았다. 결국 부러지고 말았군 하고 대수롭지 않게 결론 내리고는 다시 한낮의 오수(午睡)에 빠져들었다.

　마을이 보일 무렵 유검은 다시 교두의 모습으로 변장했다.
　변장하고 있다는 사실이 귀찮기는 했지만, 자신의 정체가 드러났을 때의 귀찮음과는 비교할 수 없는 것이니 어쩔 수 없었다.
　다우와 함께 입구에 이를 무렵,
　땡땡땡—!
　갑자기 급박한 종소리가 울려 퍼졌다.
　"무슨 종소리지?"
　이곳 편복도로 와서 처음 듣는 급박한 종소리였다.
　"점심 시간을 알리는 종소리 같지는 않은데……."
　고개를 갸웃거리며 마을 안으로 들어서는데,
　휙—!
　누군가 빠른 경공술로 곁을 스쳐 지나갔다.
　삼 장을 채 달려가기도 전에 갑자기 신형을 멈추고 돌아섰다.
　"어머! 교두님!"
　커다란 소맷자락을 가진 하얀 도복을 입은 한 여인이 두 눈을 동그랗게 뜨고 화들짝 놀란 모습을 지었다. 오룡삼봉의 기재 중 백몽추였다.

그녀는 총총걸음으로 다가와 유검의 소맷자락을 붙잡고 물었다.

"여태껏 어디 계셨어요? 총교두님도 찾으셨는데……."

유검을 만난 것이 무척이나 반가운 기색이었다.

그리고 말을 하는 중에도 힐끔 분화구 위로 뭉실뭉실 솟아오르는 검은 연기를 훔쳐보는 그녀의 두 눈에는 불안감이 가득했다.

그녀가 유검의 소맷자락을 붙잡은 것은 자신도 모르게 의지하고픈 마음이 드러낸 것이었다.

사실 아무리 무공을 익혔다 하나 장엄하기까지 한 대자연의 분노를 옆에서 지켜보며 어찌 불안하지 않을까? 유검의 상상을 초월한 무공을 보았기에 지금처럼 앞일을 예측하기 힘든 불안한 상황에서 의지하고픈 마음이 드는 것은 당연할 것이다.

유검은 그녀의 시선을 따라 분화구 위로 치솟는 검은 연기를 보며 어물쩍 말을 넘겼다.

"화산이 폭발할지 어떨지 가서 살펴보느라… 아, 그런데 이 종소리는 뭐지?"

"아… 이건 총교두님이 기재들을 마을 광장으로 불러 모으는 종소리예요. 아……! 서둘러야 하는데……!"

백몽추는 여전히 초조한 기색으로 발을 동동 구르면서도, 서둘러야 한다고 연신 중얼거리면서도 유검의 소맷자락을 붙잡고 떠날 생각을 하지 않았다.

평소 그녀의 도도한 태도를 생각하면 우습기 그지없는 행동이었다.

"쳇!"

다우는 뭔가 불만스러운 듯 입을 삐죽 내밀며 고개를 돌렸다.

유검은 미소 지으며 말했다.

"먼저 가 있거라. 나도 곧 가마."

먼저 가라는 유검의 말에 백몽추는 당혹해하다 곧 자신의 실태를 깨닫고 황급히 소맷자락을 놓고는 한 걸음 물러섰다.

"꼭… 오세요."

마치 정인을 향해 애원하는 듯한 간절한 표정으로 그렇게 말하고는 긴 소맷자락을 펄럭이며 마을 광장을 향해 달려갔다.

길을 걷는 동안 많은 기재들이 마을 광장으로 달려가는 모습이 보였다.

하나같이 불안하고 초조한 기색들이었다.

그 모습을 보고 유검은 자신이 화산 폭발에 대해 너무 무신경했음을 반성했다.

당장 화산이 폭발한들 자신이야 이기어검으로 날아서 피해 버리면 그뿐이다. 하지만 보통 사람들로서는 죽자 사자 바다로 뛰어들 수밖에 없을 것이다. 용암이 사신(死神)처럼 뒤를 쫓아와도 소용돌이가 섬 주위를 감싸고 있으니 탈출조차 쉽지 않은 것이다. 어쩌면 섬이 가라앉을지도 모른다.

어제 처음 분화가 있었을 때, 기재들은 불안해하면서도 진삼원을 믿었다. 무림맹을 믿었다. 자신들을 쉽게 죽도록 내버려 두지 않을 것임을 믿었던 것이다.

하지만 다시 섬 전체가 우르릉대며 분화가 일자 불안은 증폭되었다. 점차 시간이 흐름에 따라 불길한 말들이 사람들 사이에 퍼져 갔고, 심지어 백 년 전에 지금처럼 이 섬에 기재들을 모은 적이 있는데, 갑작스런 화산 폭발로 모두 죽었다는 소문까지 돌았다.

그래도 각 문파를 대표하는 기재로서의 자존심이 남아 있기에 공황 상태에 이르지는 않았으나 분위기가 점점 흉흉해지는 것은 어쩔 수 없었다.

유검은 주루에 들러 일단 배를 채울까, 아니면 마을 광장으로 갈까 망설이다 문득 한 가지 사실을 깨달았다.

여문도 그렇고, 화도 그렇고 화산 폭발에 대해 별달리 걱정하는 모습들은 아니었다. 그리고 해변가에 있던 무사들도 그런 기색들은 없었다. 그래서 마을로 오기 전까지 미처 화산 폭발에 대해 심각하게 생각해 본 적이 없었던 것이다.

'어떤 차이가 있는 걸까?

사실 차이는 단 하나였다.

기재들과 달리 여문도, 화도, 그리고 해변가의 무사들도 마음속에 믿는 이가 있었던 것이다. 그와 함께라면 설령 죽는다 할지라도 어쩔 수 없다고 여기는 그런 사람이 있었던 것이다.

해변가의 무사들, 무림맹 무사들의 마음속에 절대적인 믿음으로 손재하는 이는 바로 진삼원이었다.

그리고…

유검은 다우를 돌아보았다.

말똥말똥 자신을 바라보는 다우의 두 눈동자엔 불안의 그림자라고는 조금도 찾을 수 없었다.

"넌 불안하지 않아?"

"뭘?"

"아니… 역시 밥부터 먹어야겠지?"

저 멀리 분화구에서는 여전히 불길한 검은 구름이 뭉실뭉실 하늘 높이 솟아오르고 있었다. 그것을 보고 하얀 김이 모락모락 피어오르는

쌀밥을 떠올리는 이는 그다지 많지 않을 것이다.

유검의 나이 아직 스물다섯.

무림은 언제 풍운의 소용돌이에 말려들지 모르고, 편복도는 언제 화산 분화가 일어날지 모르건만 유검의 마음속에는 여전히 검 하나뿐이다.

아름다운 두 소녀가 자신을 기다린다.

검이 흔들린다.

흔들리는 마음, 조그만 갈등 속에 이제 자신이 변해야 하는 것은 아닌가 하는 생각이 언뜻 들었다.

후텁지근한 열기, 내리쬐는 태양, 한줄기 시원한 바람이 아쉽기 그지없는 남국의 정오. 유검이 꼬마 숙녀 다우와 함께 주점으로 들어서며 문득 떠오른 생각이었다.

*　　　*　　　*

밀림 속 조그만 공터.

새어 들어오는 햇빛조차 가늘기 그지없는 이곳에 흑의무복을 단정하게 차려입은 한 소녀가 서 있었다.

그녀는 애써 태연한 얼굴을 유지하려 했으나, 아랫입술을 깨물거나 옷자락 끝을 자꾸만 잡아당기는 등 도저히 초조함을 감추지 못했다.

나뭇가지 사이로 보이는 태양이 중천에 머물러 있음을 확인한 순간 그녀의 커다란 두 눈망울에서는 억울함이 담긴 눈물이 왈칵 쏟아질 것 같았다.

소녀는 서둘러 고개를 푹 떨구었다.

“결국……”

그녀는 목에 메어와 더 이상 말을 잇지 못했다. 발끝에 걸리는 풀잎들이 대신 비명을 질렀다.

바스락—

갑자기 수풀 스치는 소리에 소녀는 화들짝 놀라 고개를 들었다.

기대한 얼굴이 아니었다.

검을 등 뒤에 멘 낯선 얼굴의 세 청년들이 수풀 속에서 걸어나왔다.

한 청년이 옆 동료들에게 조그만 목소리로 물었다.

“이봐, 저 계집이 맞는 것 같지?”

“그렇겠지. 얼굴도 낯설 뿐 아니라 총교두가 부르는데도 이런 곳에서 얼쩡거리고 있는 걸 보면……”

“제기랄, 우리도 빨리 해치우고 가자구.”

“쩝, 그런데 우리에게 윽박지르며 다그치던 그 교두는 누구지? 처음 보는 얼굴이었는데……”

“어라? 네가 아는 교두인 줄 알았는데?”

“엥? 너도 모르는 교두냐?”

“……”

“그냥… 돌아갈까?”

청년이 흑의무복의 소녀, 화의 얼굴을 확인하고 침음성을 삼켰다.

“꽤… 예쁜걸?”

나머지 두 청년도 화의 미모를 살피고는 두 눈이 동그래졌다.

세 청년은 서로 눈짓을 주고받았다.

“…할까?”

“젠장, 알 게 뭐냐. 하여간 검술 교두 중 하나거나 그렇겠지 뭐. 우

린 시키는 대로 저 계집… 아니, 소저를 잡아가면 되는 거지. 혹, 오해
였다면 정중히 사과하고 술이라도 대접하면 되겠지."

"그거 괜찮은 생각이군."

마침내 결심을 한 듯 세 명의 청년은 화에게로 어슬렁 걸어나왔다.

낯선 불청객의 등장에 화는 움찔했다.

잘생긴 얼굴의 청년이 정중히 포권하며 화에게 말을 걸었다.

"소저, 혹 마교에서 급파시켰다는 첩자가 바로 그대인가요?"

"…예?"

"에… 그러니까 정확히 말하자면, 미인계로 이 섬의 기재들을 휘어
잡기 위해 마교에서 급파되었다는 소저 분이 바로 그대인가요? 과연
미모가 보통이 아니시군요. 미인계라는 말에 우리 기재들이 그깟 미모
에 넘어가랴 생각하며 코웃음이 나왔는데, 그대라면 충분히 가능할 듯
싶습니다."

화는 말 내용을 이해할 수가 없어 멀뚱멀뚱 있었고, 다른 두 청년도
곤혹스러워했다.

"저거… 유도심문이야, 아니면 구애(求愛)하는 거야?"

"난들 아냐?"

잘생긴 청년은 다시 포권을 취하며 말을 이었다.

"원칙상 몸수색을 해야 합니다만… 아름다운 소저 분께 어찌 그런
무례를 범하겠습니까? 원컨대 일단 저희와 함께 가주시겠습니까?"

말투가 너무나도 정중해 화는 일순 첩자로 오인받고 있다는 사실을
눈치 채지 못했다. 함께 가자는 말이 나오자 그때서야 오해를 받고 있
다는 사실을 깨달았다.

"죄송하지만 전… 마교에서 보낸 첩자가 아닙니다."

“그럴 리가… 만약 저희들 사이에 이렇게 아름다운 소저 분이 계셨다면 소문나지 않을 리 없습니다. 그러니 그대는 저희들을 유혹하기 위해 마교에서 급파된 첩자임이 분명합니다.”

화는 그렇지 않아도 유검이 나타나지 않아 서글픈 마음 금할 길이 없었는데, 엉뚱한 소리를 듣게 되자 황당하기도 하고 어처구니도 없어 아무런 말도 꺼내지 못했다.

잠시 서로 간에 침묵이 이어지자 다른 청년 중 하나가 울듯 말 듯한 표정으로 조그맣게 중얼거렸다.

“어째… 꽤 썰렁하군.”

첩자를 잡자는 것인지, 아니면 새로운 방식의 접근 작업 중인지 알 수 없는 미묘한 분위기 속에 침묵이 흘렀다.

“하아…….”

화는 어쩐지 서글픈 생각이 들어 탄식했다.

잘생긴 청년은 이때다 싶은 듯 다시 말을 걸었다.

“무슨 고민이라도 있습니까, 소저?”

화는 너무도 상심하여 불쑥 사실을 털어놓고 말았다.

“약속을 했는데… 오지를 않네요.”

“아, 다른 첩자를 만나기로 한 모양이군요. 약속 시간도 지키지 않다니 참으로 나쁜 놈입니다그려…….”

화는 상대의 태도가 공손하기 짝이 없어 첩자라는 말을 그냥 농담으로 흘려들었다.

“물론 나쁜 놈이란 건 맞는 말이지만… 사실 약속 시간을 억지로 정한 건 저였어요. 하아… 본래 그런 식으로 말하고 싶지는 않았는데…….”

"혹 누가 부추긴 거 아닙니까?"

"어떻게 아셨어요? 맞아요. 조금 능글맞게 생긴 중년인이었는데 자기 말대로 따르면 된다고 해서……."

"능글맞게 생겨요? 혹시……?"

의심스런 얼굴로 말을 잇던 청년은 갑자기 바닥으로 푹 쓰러졌다.

다른 두 청년이 놀라 그를 부축하려는데, 이 둘 역시 마치 전염이라도 된 듯 같이 쓰러지고 말았다.

곧 장단이라도 맞추듯 연이어 들려오는 세 청년의 코 고는 소리.

화는 돌연한 이 일에 깜짝 놀라 멍하니 입을 벌리고 있었다.

돌연 뒤에서 인기척이 났다.

휙 몸을 돌린 화는 그 순간 두 눈이 동그래지고 말았다. 바라 마지않던 한 청년의 얼굴이 싱긋 미소 지으며 뒷짐을 지고 서 있었던 것이다.

"아… 위험한 순간이었어."

유검은 느긋하게 부채를 부치며 힐끔 쓰러진 세 청년을 보고 그렇게 중얼거렸다.

화는 반가운 기색을 애써 감추고 있었는데, 유검의 말에 어리둥절하며 말했다.

"별로 위험하지는……."

"아니, 위험천만이었지. 자칫 마교의 첩자로 몰려서 억울한 누명 아래 온갖 고문과 모욕을 당한 후 처형당했을지 모르는 그런 위험한 순간이었지."

"그럴 것 같지는……."

탁!

유검이 불쾌한 듯 검미를 찌푸리며 부채를 접더니 세차게 자신의 손바닥을 두들겼다.

화는 움찔하여 뒷말을 잇지 못했다.

유검은 쓰러진 세 청년을 향해 '쓸모없는 놈들!' 이라고 조그만 소리로 투덜거린 후, 다시 화를 쏘아보며 다그치듯 물었다.

"자, 날 오라고 한 까닭은?"

화는 완전히 유검의 기세에 눌려 버렸다. 본래 계획은 유검이 오면 싸늘한 태도를 보여 상대를 주눅 들게 하려 했건만 모두 틀어져 버렸다.

어쨌든 유검이 온 사실에 가슴이 두근거리고 얼굴이 화끈거려 무슨 말을 해야 할지 알 수 없었다.

더듬더듬 말을 꺼내었다.

"무공을 배우기 위해 오시라고……."

유검은 냉큼 화의 말을 잘라 버렸다.

"무공을 배우기 위해 오라 했다고?"

유검은 딱딱하게 안색을 굳힌 채 말을 이었다.

"네가 나를 사부로 생각한다면 그 따위 건방진 태도를 보일 수 있겠느냐? 무공을 가르치는 것은 사부인 나의 뜻에 달렸다. 네가 감히 시간을 정해 날 오라 가라 할 수 있다는 말이더냐?"

호통 치는 듯한 유검의 말에 화는 깜짝 놀라 한 걸음 뒤로 물러섰다.

"그, 그런 뜻이 아니라……."

"그럼 뭐지?"

유검은 한 걸음 쑤―욱 걸어나왔다.

화는 아무 말도 못하고 바짝 얼어붙었다.

사실 무공을 배우기 위해 사부로 모시겠다는 말은 했지만, 실제는 그것이 아니지 않은가. 좀 더 가까이 있고 싶어서 내놓았던 핑계일 뿐이었다.

유검도 그러한 사실은 알고 있을 것이라 생각했는데, 이처럼 사부의 권위를 내세우며 예의가 없다고 다그치자 내심 억울함이 솟구쳤다.

만약 오늘 유검이 온다면 뭔가 이상야릇한 분위기로 가지 않을까 하는 기대감도 은연중 있었는데, 이렇게 호통만 치다니……. 생각하면 할수록 억울했다.

자신이 왜 이런 곳에서 마음을 졸이며 기다려야 했는지, 정말로 멍청한 짓처럼 여겨졌다.

눈시울이 뜨거워지며 왈칵 눈물이 흘러나왔다.

돌연 유검의 안색이 부드러워졌다.

화에게로 가까이 다가와 다정스런 말투로 물었다.

"날 정말로 오라고 한 까닭은?"

화는 훌쩍거리며 답했다.

"무, 무공을 배우기 위해……."

유검의 안색이 다시 싸늘해졌다.

"참으로?"

화는 또다시 깜짝 놀라 뒷걸음질치다 돌부리에 걸려 넘어졌다.

유검은 그녀 앞에 한쪽 무릎을 꿇고 앉으며 다시 부드럽게 물었다.

"날 오라고 한 까닭이 무엇이지?"

화는 갑자기 변화하는 유검의 태도에 갈피를 잡을 수 없었다. 겁이 나기도 하고 또 한편으로는 유검의 말에 가슴이 두근거려 왔다.

왜 유검을 오라 했는가?

마음속에 묻어두고만 싶었던, 떠올리면 부끄럽기 짝이 없어 생각조차 하기 힘들었던 그 말이 혼란의 와중 불쑥 입을 통해 나오고 말았다.

"보고 싶어서……."

일단 말을 꺼내자, 붓물이 터지듯 그동안 억눌러 왔던 심중의 말들이 우르르 쏟아져 나오고 말았다.

"바보… 보고 싶었어요. 제발… 날 봐주길 바랬어요. 같이 있고 싶었는데… 항상 난 뒷전이고 다른 여자들과 있는 게 싫었어요. 그래서… 그래서……."

유검이 네 마음 다 안다는 식으로 다정스레 등을 두드려 주자 화는 와락 그의 품에 안겨 엉엉 울고 말았다.

유검은 화의 울음이 진정되기를 기다렸다가 천천히 입을 열었다.

"그래, 그래. 네 마음을 내가 모를 리야 있느냐? 나 역시도 사실 너를 무척이나 좋아하고 있단다. 오직 한마음 한뜻으로 너를 마누라 삼아 어여쁜 손자… 아니, 자식새끼를 낳고 싶다."

화는 마누라라는 그 한마디에 얼굴이 달아올라 푹 고개를 수그리고 말았다. 유검답지 않은 경박스런 말투였지만 지금 그런 점을 눈치 채기에는 너무 흥분되어 있었다.

화는 상기되어 떨리는 목소리로 조그맣게 물었다.

"그런데 다른 여인들은……."

유검의 안색이 다시 싸늘해졌다.

"그래서?"

유검은 한 걸음 뒤로 물러섰다. 다시 화를 내려다보는 그의 시선은 얼음장마냥 싸늘했다.

화는 가슴이 덜컥 내려앉는 듯했다.

유검은 냉소치며 물었다.

“그래, 널 마누라로 삼고 다른 여자들은 버리라 이 말이냐?”

“그, 그게 아니라……”

“넌 내게 복종하면 그뿐이다. 앞으로 나를 하늘처럼 떠받들고 살면 된다. 다른 일체 간섭은 용납치 않겠다.”

“……”

“싫으면 지금 말해.”

“아, 아뇨. 그, 그렇게 할게요.”

“좋아. 그리고 명심해 둘 게 있다.”

유검은 고개 숙인 화의 태도를 유심히 관찰하며 강한 어조로 말했다.

“앞으로 날 보면 그 즉시 무조건 달려와서 품에 안길 것. 그리고 사랑한다고 외칠 것!”

화는 움찔하며 자신도 모르게 고개를 들었다.

황당하기 그지없는 유검의 말에 어이가 없다 못해 혼란스럽기까지 했다.

유검은 속으로 켕겼다.

‘이건 좀 심했나? 아니야, 그 정도가 되지 않으면 우유부단하기 그지없는 그 녀석하고 그냥 유야무야되어 버릴 것이다. 그러니 까짓것 모은 판돈을 모두 걸어보는 거다!’

내심 단단히 마음을 먹고 더욱 강렬한 눈빛으로 화를 쏘아보며 나지막하지만 강한 어조로 씹어뱉듯이 물었다.

“못하겠다… 이거냐?”

화는 황급히 고개를 숙이며 답했다.

“아, 아뇨. 그렇게 할게요.”

끝까지 고분한 그녀의 태도에 유검은 내심 판돈을 모두 쓸었다고 승리의 미소를 지었다.

유검은 노골적으로 흐뭇한 미소를 지으며 고개를 끄덕였다.

"좋아. 앞으로 나를 검랑이라 불러도 좋다."

"예, 검랑."

고분고분 검랑이라 부르며 고개 조아리는 화의 태도에 유검은 내심 만족감을 감추지 못했다.

'정말 며느리 하나 얻기 힘들군. 그래도 성과가 있어 다행이야. 그나저나 이런 고생을 그 녀석은 알아주기나 할는지 원……'

유검은 자신이 너무 화를 다그친 듯해서 다시 다정스러운 태도로 말을 건넸다.

"생각해 보거라. 남자는 할 일이 많아. 피비린내 나는 강호에서 먹고 살자면 신경 쓸 게 한둘이 아니란다. 마누라는 그저 남자를 편하게 해줘야 하는 거야. 그래야 항상 사랑받는 거란다."

"명심할게요."

"그래, 그래. 난 지금 할 일이 있으니 넌 우선 임시 거처로 삼고 있는 집으로 가서 기다리고 있거라. 나중 들르마."

'휴, 힘들었다' 라고 속으로 뇌까리던 그의 신형이 삽시간에 사라졌다.

유검이 사라지고 난 뒤, 화는 한참 동안 망연자실한 얼굴로 있었다.

얼떨결에 분위기에 휘말리고 말았다는 사실을 깨달은 것은 그로부터 한참 뒤였다.

화는 어처구니없는 얼굴로 허탈하게 중얼거렸다.

"완전히 얼르고 뺨치고 맘대로네."

화는 피식 웃으며 자리를 털고 일어났다.

매서운 얼굴로 팔짱을 낀 채 유검이 사라진 방향을 향해 쏘아보다 다시 피식 웃고 말았다.

"하늘? 네가 하늘이면 난 땅이겠네? 훙, 기가 막혀."

생각할수록 기가 막혔다. 그냥 피식 웃고 말기에는 너무도 황당했다. 아무리 참으려 해도 도저히 쏘아붙이지 않고는 그 울분이 풀리지 않을 것 같았다.

"그리고 집으로 오라고? 훙, 그래! 가줄게! 뭐, 자길 보면 달려가서 품에 안기라고? 그리고 사랑한다고 외치라고? 그래, 그래. 원하는 대로 다 해줄게! 얼마나 네가 히죽대며 으스대는지 꼭 볼 거야!"

신경질적으로 돌부리를 찼지만, 당연히 발가락만 고통에 겨워할 뿐.

화는 눈물을 찔끔 흘리면서 폴짝폴짝 뛰었다. 물론 유검이 사라진 방향을 향해 바드득 이를 갈며 그 원망을 돌리는 것을 잊지 않았다.

화는 쓰러져 자고 있는 세 청년을 힐끔 일별하고는 마을로 향했다.

처음 가슴을 졸이며 불안하게 한 사람을 기다리고 있을 때와는 달리 무척이나 발걸음이 가벼워져 있었는데, 그녀 스스로 그러한 사실을 자각하지는 못했다.

강호는 검으로
말하는 법이다

강호는 검으로 말하는 법이다

'본래 세상일이란 게 다 그래. 뭔가를 기대하면 반드시 배반으로 보답받곤 하지.'

유검은 국주가 자신으로 변장하여 어떤 황당한 짓을 벌였는지 꿈에도 짐작하지 못했다. 단지 팔짱을 낀 채 이렇게 하면 제법 그럴 듯한 말을 읊조릴 수 있을까 고민 중이었다.

그 고민은 자신을 쳐다보는 다우의 두 눈이 '뭔가 이상하네?' 하는 의혹의 빛으로 초롱초롱 빛나고 있기 때문이었다.

'주인장이 어디 갔는지 난들 알겠느냐? 그 노인장이 금방 올지 안 올지 내가 어떻게 알겠어?'

주점 안은 텅 비어 있었다. 유검과 다우를 제외하고는 허름한 몰골의 중년인 홀로 술 한 병 덩그러니 놓여져 있는 탁자에 고개를 처박은 채 코를 골며 자고 있을 뿐이었다.

애당초 유검이 이곳 주점 안으로 들어올 때 많은 기대를 한 것은 아니었다. 목을 축일 수 있는 시금털털한 술 한 병과 다우에게 사줄 가죽신을 어디서 구할 수 있는가? 하는 정보를 얻고자 했을 뿐이었다.

하지만 세상일이란 그런 조그만 기대조차 쉽사리 어긋나 버릴 때가 많다.

사실 유검은 지금 이 순간 그렇게 술을 마시고 싶었던 것은 아니었다. 여문과 화는 정오의 약속만을 남긴 채 가버렸고 그 시간이 지나간 현재 자신은 어디에도 가지 않았다. 씁쓸하기도 하고 허전하기도 했지만, 그렇다고 크게 가슴이 아프지는 않았다. 단지 이럴 때 술 한잔 정도는 해야 하지 않을까 하는 생각이 들었을 뿐이다.

그런데 막상 술을 마실 수 없게 되자 무척이나 목이 말라왔다. 도저히 참을 수 없을 지경이었다.

금강불괴에 달한 유검이 하루 정도 물을 마시지 않는다 해서 그렇게 목이 마를 리가 없다. 내면에서 억눌린 알 수 없는 욕구에 대한 갈증이었다. 스스로 자각하지도 못하고 있던.

유검은 불쑥 자리에서 일어섰다.

"안 되겠군. 주방에 다녀오마."

마치 생사를 결한 비무에 다녀오겠다는 말투였다.

눈빛은 강렬하게 빛나고 턱의 근육은 원하는 것을 반드시 손에 넣고 말리라는 강렬한 의지로 불끈 솟아올랐다.

"어?"

다우의 두 눈이 동그래졌다.

우유부단의 극치, 두루뭉실함이 등봉조극(登峯造極)의 경지에 오른 유검이 그렇게 강한 의지를 내보인 모습은 처음이었던 것이다.

어깨를 쫙 펴고 당당히 주방 안으로 들어선 유검은 곧 잔뜩 얼굴을 찌푸린 채로 힘없이 걸어나왔다.

"휴… 주인장은 이미 피신해 버린 것 같아. 주방에 남아 있는 건 아무것도 없더라구."

실망으로 가득 찬 채 다시 다우에게로 털레털레 걸어오던 유검의 두 눈에 갑자기 희망이 반짝거렸다. 주점 안에 아직도 술병 하나가 남아 있다는 것을 깨달은 것이다.

유검은 탁자 위에 고개를 처박고 코를 골며 자고 있는 뚱보중년인에게로 다가가 어깨를 흔들어 깨웠다.

중년인은 가시덤불에서 뒹굴다 왔는지 봉두난발에 온통 찢겨지고 흙투성이의 옷차림이었다. 본래는 그럴듯했을 것이라 짐작되는 옷차림이었지만 지금은 본래의 형체를 알기 어려울 정도였다.

유검은 그가 미처 잠에서 깨어나기도 전에 초조한 음성으로 말했다.

"내게 술을 되팔 수 없소? 당신이 지불한 은자의 열 배를 내겠소."

다우는 턱을 괸 채 그런 유검의 행동을 묵묵히 바라보았다.

낯설기 그지없는 광경이었다.

평소의 유검이라면 절대 저런 행동은 하지 않을 테니까.

대략 원인을 짐작한 다우의 눈빛이 쓸쓸해졌다.

돌연 유검이 '아!' 하고 소리쳤다. 게슴츠레한 눈으로 고개 든 뚱보중년인의 얼굴을 확인하면서였다.

그는 일월표국의 뚱보 총관이었다.

총관이 자신을 보고 어리둥절한 표정을 짓자, 유검은 잠시 변장을 풀어 본모습을 보여주었다.

유검을 얼굴을 본 순간 총관은 벌떡 일어나 소리쳤다.

"앗! 공자님!"

총관은 더 이상 기쁠 수가 없다! 라는 반가운 얼굴로 환호성을 지르다시피 했다.

유검 역시 반가움을 금치 못했다.

타지에서 낯익은 얼굴을 발견하면 누구든 그러할 것이다. 게다가 이 총관과의 인연은 그리 얕은 게 아니지 않은가. 아버지의 친구라는 국주와 항상 함께였던 그이니까.

"정말 오랜만입니다. 그나저나 고생이 무척 심하셨나 보군요."

유검은 총관의 초라한 행색을 보며 혀를 찼다.

총관은 말도 말라는 듯 손사래를 쳤다.

"어이쿠, 말도 마십시오. 세상 인심 참 야박하더군요. 어젯밤 길을 잃고 헤매다가 마침 누군가를 발견했어요. 그래서 막 달려가는데 그는 도망쳐 버리고 말더군요. 정말 야박하다 못해 뭐 같은 놈이더군요."

유검은 그 말에 뜨끔했다.

'아… 어젯밤 그런 사실이 있었지, 참!'

다행히 총관은 뭐 같은 놈이 자신인 줄은 모르는 모양이었다.

'하긴 한밤중인데다 거리도 제법 되었으니까 날 알아보았을 리가 없지.'

총관은 한숨을 쉬며 말했다.

"휴우… 밤새도록 헤매 다니다 오늘 아침에서야 겨우 여기 마을을 발견했지 뭡니까? 그런데 주루는 여기 한 곳뿐이더군요. 게다가 술 한 병에 은자 한 냥이라니! 주인장은 주름살투성이의 수상한 노인네인데다… 휴우… 정말 이상하기 짝이 없는 마을입니다."

유검은 맞장구치며 고개를 끄덕이다 곧 의아해 물었다.

"그런데 어떻게 해서 이 섬에 오게 되었습니까? 여기는 무림맹에서 키우는 기재들만 극비리에 모아 수련시키는 곳인데……."

무림맹이라는 말에 총관의 안색이 기묘해졌다.

"무, 무림맹요?"

"모르고 계셨어요?"

"모, 모르긴요. 잠시 깜빡 했을 뿐이지요. 허허허……."

총관은 문득 떠오른 것이 있는지 다급한 목소리로 물었다.

"아참, 혹 본 교의 교주님을 못 보셨습니까?"

"교주님?"

총관은 자신이 말실수했음을 깨닫고 내심 식은땀이 흘렀다.

급히 둘러대었다.

"아……! 마, 말이 헛나왔군요. 허허… 국주님을 교주라고 하다니. 에휴… 벌써부터 늙어 노망이 났나 봅니다. 국 자와 교 자조차 헷갈려 하다니… 아니면 어젯밤 고생이 심해서 혓바닥이 꼬이고 밀있나 봅니다. 그리고… 음……."

총관은 이런 식으로 길게 변명하는 게 더 수상쩍다는 것을 깨닫고 슬그머니 입을 다물었다.

당황해하는 총관의 태도에 유검은 웃으며 말했다.

"나참, 국주나 교주나, 뭐 어떻게 부른들 상관있습니까? 어차피 같은 사람인데……."

무심코 내뱉은 유검의 말에 총관은 웃음으로 맞장구치며 소맷자락으로 흘러내리는 식은땀을 훔쳤다.

'같은 사람이라고? 서, 설마 하니… 우리의 정체를 이미 간파한 것일까?'

유검이 말했다.

"아, 참! 국주님은 어제 봤습니다. 저희와 함께 있었는걸요."

총관은 반색하며 되물었다.

"만나셨다구요? 지금 어디 계신지 아십니까?"

"글쎄요. 흠… 분화구 위에서 이런저런 이야기를 나누다가 저는 그냥 내려와 버렸는데, 지금도 계실지는 잘……."

"일단 저도 분화구 쪽으로 올라가 봐야겠군요."

총관은 희망에 가득 차 금방이라도 달려갈 듯하다가 흠칫하며 유검에게 되물었다.

"그런데… 이런저런 이야기를 나누셨다구요? 어떤……?"

"뭐 별다른 이야긴 없었습니다. 제 아버님에 대한 거랑… 강호에 나가 무엇을 할 것이냐? 그리고 마교에 대한 이야기도……."

총관은 마른침을 꿀꺽 삼키며 다음 말을 기다렸으나, 유검은 더 할 말이 없다는 듯 어깨를 으쓱이며 웃어 보였다.

총관의 의혹은 증폭되었다.

'혹 교주님이 이미 언질을 주신 게 아닐까? 어차피 언젠가는 밝혀야 할 사실이긴 한데…….'

유검은 고개를 갸웃거리며 말했다.

"그러고 보니 참 이상하군요. 국주님은 어떻게 해서 이 섬에 오게 되었을까? 게다가 지닌 무공도 절대 평범치 않아 보이고… 생각할수록 이상하군요. 그렇지 않습니까?"

"뭐, 뭐가 이상합니까? 그, 그럴 수도 있지요. 세상 살다 보면 무슨 일인들 벌어지지 않겠소이까? 허허……."

괜한 너털웃음에 식은땀을 흘리며 그런 식으로 둘러대면 누구라도 수상쩍음을 느낄 것이다.

하지만 유검은 동감한다는 듯 그냥 고개를 끄덕이며 자연스럽게 탁자 위에 놓여진 술병을 집어 들 뿐이었다.

유검 본인은 사실 별 의미 없이 내뱉은 말이며, 행동이었지만 총관에게는 달리 보였다.

'이미 어느 정도 진실을 눈치 챘거나 혹은 의심하고 있는 게 분명하다!'

총관은 불쑥 유검에게 모든 진실을 말하고 싶은 충동이 일었다.

'왜 유검 공자님이 본 교의 후계자가 되어서는 안 된단 말인가? 장로들의 팔 할 이상이 이미 '그 녀석'을 후계자로 지목하기 때문이라지만, 이는 교주님의 마음먹기에 따라 얼마든지 변할 수 있는 사실이다. 그래! 지금이라도 공자님에게 모든 진실을 밝히고 도움을 구하자. 교주님과 공자님이 서로 힘을 모은다면……!'

그의 머리 속에는 유검이 교주가 되고, 사신은 일인지하 만인지상의 신분이 되어 일월교의 모든 교도들에게 거드름을 피우며 호령하는 모습이 떠올랐다.

총관은 구름 위를 두둥실 떠다니는 듯한 기분에 히죽히죽 웃음을 금치 못했다.

"공자!"

술병을 입으로 가져간 유검에게 총관은 비장한 얼굴로 입을 열었다.

"밝혀 드릴 것이 있습니다. 이미 짐작하고 계시겠지만……."

이때,

푸드득—

한 마리 검은 까마귀가 주점 안으로 날아들었다.

까마귀는 곧장 총관에게로 날아가 그의 팔뚝에 날개를 접고 앉았다.

총관은 까마귀 다리에 매여진 적색 매듭을 본 순간 안색이 돌변했다.

얼굴이 쇳덩어리처럼 굳어지더니, 다급한 손길로 다리에 매어진 적색 매듭을 풀었다.

붉은 매듭을 풀어 펼치니 기묘한 재질의 서찰로 변했다.

유검은 호기심에 힐끔 서찰 안을 훔쳐보았다. 생전 보도 못한 낙서 같은 글자들이 비뚤한 서체로 쓰여져 있었다.

'무슨 암호 같군.'

무슨 내용이 적혀 있는지 서찰을 읽는 총관의 두 손은 부들부들 떨리고 있었다.

'운반하던 표물이 털리기라도 했나?

"이, 이럴 때가 아니다!"

총관은 급히 자리에서 일어나 포권하며 말했다.

"공자님, 급히 국주님을 만나야 할 일이 생겼습니다!"

답변을 기다리지도 않고 총관은 경신술을 펼쳐 급히 밖으로 달려갔다.

펑!

입구에서 누군가와 급하게 부딪쳤는지 총관은 비틀거리며 뒷걸음질 쳤다.

"제기랄, 뭐야? 왜 갑자기 달려들고 지랄이야!"

곧 흙투성이의 청년 둘이 얼굴이 벌게져서 주점 안으로 들어섰다.

행색으로 보아 이 두 기재가 주점을 나서는 총관과 급히 일장을 나누고 낭패를 본 것 같았다.

그들의 일행으로 보이는 남녀 기재들이 우르르 뒤를 이어 주점 안으로 들어섰다.

그들 중 한 명이 혀를 찼다.

"아추, 아큭, 두 녀석은 오늘따라 계속 봉변을 당하는군. 총교두에게도 한소리 듣더니… 쯔쯧……."

낭패를 당한 기재들 중 한 명이 총관을 향해 삿대질을 했다.

"당신 뭐야? 왜 우릴 공격했지? 대체 무슨 속셈이야?!"

총관은 그의 방자한 말버릇에 눈살을 찌푸렸지만, 여기서 시비가 일어나선 안 된다고 생각하고 곧 서둘러 사과했다.

"죄송하외다. 급한 일이 있어 서둘다 보니 미처 피하지를 못했구려. 죄송하오, 죄송하오."

낭패당한 기재가 발끈하며 한바탕하려는 태세이자 뒤따라온 일행 중 하나가 그의 어깨를 두들기며 말렸다.

"참아, 참아, 그냥 서로 서둘다가 부딪친 것뿐이야. 빨리 회의나 하자구. 시간이 없으니까 말야."

총관은 다시 사과의 포권을 취해 보이며 서둘러 주점을 빠져나가려 했다.

이때 그의 앞을 가로막는 거구의 청년이 있었다.

"가만… 못 보던 얼굴인걸? 당신 누구시오?"

원숭이와 꼭 닮은 청년이 손사래를 치며 그의 말을 부정했다.

"이봐, 아구! 여기서 일하는 무사가 어디 한둘인가? 우리들끼리라면 몰라도 그런 무사들 얼굴을 일일이 어떻게 알아? 그냥 가게 내버려 두자구."

"아니. 그건 안 돼."

이제야 천천히 주점 안으로 들어서는 한 청년이 있었다. 이목구비가 단정하고 순해 보여 오히려 글줄이나 읽는 선비 같은 외모의 청년이었는데, 다른 기재들은 그가 나타나자 슬쩍 뒤로 한 걸음 물러서는 것으로 일정 예의를 표했다.

원숭이 닮은 청년, 아원이 의아해 물었다.

"아진, 왜 안 된다는 거지?"

제갈진은 눈빛을 예리하게 빛내며 총관을 쏘아보았다.

"생각해 봐. 저자의 일장에 우리들 두 명이 나동그라지고 말았다. 여기 일반 무사 중에 그 정도의 무공을 지닌 자가 누가 있지? 교두라면 몰라도 말이지."

그의 말이 이어짐에 따라 기재들은 은연중 총관을 포위해 나갔다.

총관이 낭패한 표정으로 있자 유검이 나섰다. 어느새 교두의 얼굴로 변장한 상태였다.

"보내주게나. 그 사람은 내가 아는 사람이다."

사실 주점 안으로 들어선 기재들은 은연중에 유검을 주시하고 있었다. 총관이 수상쩍다며 추궁하던 제갈진조차도 힐끔 유검을 훔쳐볼 정도였다.

이에 유검이 한마디 하자 다들 흠칫해하며 자신도 모르게 한 걸음 뒤로 물러섰다.

자신을 경원시하는 기재들의 태도에 유검은 약간 의아해했다.

'뭐 그럴 수도 있지. 나도 갑자기 사숙을 보면 절로 흠칫거리곤 했었으니까.'

사람들이 우르르 주점으로 몰려들자 다우는 어느새 유검의 뒤로 피해 있었다.

제갈진은 묘한 얼굴로 되물었다.

"정말 희한하군요. 정녕 이 사람을 아신단 말씀입니까?"

그의 태도는 단순한 경원이라 보기 어려웠다. 뭐라 딱 꼬집어 말하기는 어려웠지만, 어쩐지 대단히 불쾌해 보이는 태도였다. 결코 검술 교두에게 대하는 일반적인 태도는 아니었다.

유검은 곧 불쾌한 느낌이 든 이유를 깨달았다.

'그렇군. 마치 나에게 시비 거는 것 같아.'

그의 태도를 교육시켜야 하나 하는 모처럼 교두다운 생각이 일순간 들었지만 곧 그럴 마음이 사라졌다. 그것이 자신이 담당하고 있는 녀석들도 아닌데 함부로 손대다가는 다른 교두들이 언짢아할 것이라는 사실로 인했다면 유검도 이제 강호인으로서의 잔머리를 어느 정도 터득했다고 할 수 있겠으나, 실은 그냥 귀찮았기 때문이었다.

제갈진은 재차 대답을 촉구했다.

"정말로 아는 사람이 맞습니까?"

이제는 마치 심문하는 듯한 태도였다.

유검도 슬슬 기분 나빠지려 했지만 역시나 귀찮음과 게으름의 벽을 넘지는 못했다. 손을 쓰는 것보다는 그냥 고개를 끄덕이며 말 한마디 하는 것이 훨씬 덜 귀찮았기에 고분고분 답해주었다.

"그래, 내가 아는 사람이다. 보내주도록 하게."

제갈진은 또다시 되물었다.

"정말로 이 사람이 누군지 알고 계십니까?"

유검은 같은 대답이 귀찮아 고개만 끄덕였다.

"햐……!"

제갈진은 두 눈을 동그랗게 뜨며 묘한 감탄사를 질렀다.

"참으로 희한하군요. 참으로 희한해요!"

그는 어디서 꺼내 들었는지 부채로 손바닥을 탁 치며 안색을 싸늘하게 굳혔다.

"의외군요."

곧 그는 옆에 선 거구의 청년, 아구에게 물었다.

"이봐, 내가 가장 장기로 삼는 것이 뭔지 아는가?"

"어… 넌 마교의 무공에 대한 파훼법을 주로 연구했지."

"그래. 그것 하나만은 자신할 수 있다."

제갈진은 예리한 눈빛으로 좌중을 둘러보더니 곧 부채로 총관을 가리키며 싸늘한 음성으로 말했다.

"난 내 눈으로 똑똑히 보았다. 그가 주점 밖으로 나올 때 펼친 신법은 마교의 천마행공(天馬行空), 그리고 일순간 펼친 장법은 역시 마교의 환영마장(幻影魔掌), 손 그림자가 그렇게 오래 남을 정도로 빠른 장법은 그것뿐이지."

마교라는 이야기가 나오자 기재들은 안색이 변하며 술렁거렸다.

제갈진은 코웃음을 치며 유검에게 천천히 다가갔다.

"어떻게 생각하십니까, 교두님? 제 말이 틀렸나요?"

마교라는 말에 유검 역시도 흠칫했다.

"흠……."

"자, 다시 말씀하실 기회를 드리지요."

제갈진은 부채로 총관을 가리키며 날카롭게 물었다.

"저자를 아십니까?"

총관은 갑자기 앙천광소(仰天狂笑)를 터뜨렸다.

"푸하하하핫―!"

그는 팔짱을 낀 채 거만한 눈길로 포위한 기재들을 훑어보며 말했다.

"제법 눈이 밝군. 홍, 나의 신분을 밝혀주지. 난 일월교 순찰당주 극초라 한다. 그야말로 존귀하기 그지없는 신분이지. 그런데 저런 말뼈다귀 같은 놈과 아는 사이라니? 홍! 나의 신분을 갉아먹을 셈이냐? 날 죽일 수는 있어도 모욕하진 못한다!"

말이 끝나자 사방을 향해 쌍장을 뻗었다. 순간 손 그림자가 주위를 까맣게 물들였다.

기선을 제압당한 기재들은 흠칫하여 일단 뒤로 물러서며 일제히 검을 뽑아 들었다.

손 그림자가 흐릿해짐과 동시에 총관을 향해 일제히 달려들었으나, 그는 이미 신형을 날리고 있었다.

목표는 천장.

펑—!

천장이 붕괴되며 총관의 신형이 사라졌다.

제갈진은 우수수 민지가 떨어지고 있는 천상의 구멍을 향해 신형을 날리며 외쳤다.

"잡아라! 절대 놓쳐선 안 된다!"

제갈진을 비롯한 몇 명의 기재들도 함께 몸을 날렸다.

그러나 제갈진이 천장에 이르기도 전에 시커먼 무언가가 떨어져 내렸다.

황급히 들고 있던 부채를 그 검은 덩어리를 향해 후려쳤다.

창졸간이기는 하나, 그 부채에는 그의 가문인 제갈세가에서 비전으로 내려오는 소천성공(小天星功)이 담겨 있어 바윗덩어리라도 가루로 만들어 버릴 만한 힘이 담겨 있었다.

같이 몸을 날린 기재들도 그 검은 덩어리를 향해 재빨리 검을 휘둘렀다.

펑! 째째쟁!

콩을 볶는 듯한 타격음과 함께 제갈진을 비롯 몸을 날린 기재들은 모두 얼굴을 일그러뜨리며 뒤로 퉁겨났다.

검은 덩어리가 땅으로 내려설 즈음 그 뒤를 따르는 새파란 검기가 있었다.

한순간 검은 덩어리로 보였던 것은 총관이었다. 극성으로 환영마장을 펼치며 신형을 회전시켰기에 한 무더기 검은 덩어리로 보였던 것이다.

총관은 낭패한 얼굴로 수직으로 떨어지던 신형을 횡으로 움직였다.

파파팍—!

그가 있던 자리에 날카로운 검기가 격중하며, 바닥에 깔려 있던 나무판자들이 조각나서 튀어 올랐다.

천장에서 인영 하나가 마치 나비처럼 가벼운 몸놀림으로 천천히 떨어져 내렸다.

마른 몸매에 날카로운 눈매를 지닌 중년인이었다.

누군가 탄성을 내질렀다.

"아, 교두님이시다!"

총관의 퇴로를 차단하고 나선 이는 중주일검이었다. 겉으로는 중년인으로 보이지만 이는 내공이 노화순청(爐火純靑)에 이른 탓이며 실제로는 칠십이 넘은 노협객이 바로 그였다.

그는 미소 지으며 느긋한 태도로 말했다.

"너희들이 무슨 이야기를 나눌까 궁금해서 천장에 있었다만… 뜻밖에도 대어를 낚았구나."

중주일검은 힐끔 유검을 쳐다보며 물었다.

"그런데 이자를 안다는 것이 사실이오?"

유검이 대답하기도 전에 총관이 버럭 소리를 질렀다.

"무슨 개뼈다귀 같은 소리냐! 저런 개뼈다귀 같은 놈을 내가 알 리가 없다! 똥방구 같은 소리로 한 번만 더 날 모욕했다가는 네놈을 갈기갈기 찢어 죽이고 말겠다!"

유검은 머리를 긁적거렸다.

"음… 개뼈다귀는 너무한걸?"

유검은 총관을 향해 씨익 웃어 보이고 나서는 천천히 자리에서 일어섰다.

이에 기재들은 일제히 흠칫하며 뒤로 한 걸음 물러섰다.

중주일검은 감탄하며 고개를 끄덕였디.

"허허… 대단한 위세로구먼. 대단해, 대단하고말고."

제갈진은 검미를 치켜 올리며 기재들에게 소리쳤다.

"그 따위 헛소문을 믿는 거냐? 이기어검술을 마음대로 펼치고 산더미만한 파도를 일으켜? 그게 말이 되는 소리라고 믿는단 말인가?"

아원이 더듬거리며 말했다.

"오, 오룡삼봉이 거짓말할 리는 없잖아. 그리고… 나, 나도 봤어. 정말로 이기어검술을 펼쳤다구."

제갈진은 코웃음을 쳤다.

"홍, 잊었나? 그가 기환술을 펼치던 모습을 말이다. 오룡삼봉도 멍청하게 그의 기환술에 속아 넘어갔을 뿐이다. 그걸 모른단 말인가?"

중주일검이 고개를 저었다.

"아니, 기환술 따윈 아니었다. 검이 가루가 된 건 그의 내력이 너무 강해서였지."

그 말에 모두들 흠칫했다. 누군가 조그만 소리로 '역시 소문이 사실인가 보다' 라고 중얼거렸다.

제갈진은 버럭 소리쳤다.

"그래서? 저놈의 무공이 높다고 해서 그냥 내버려 두잔 건가? 지금 우리들 눈앞에서 마교의 무리와 사통하고 있는데도 그냥 내버려 두잔 건가?"

제갈진의 음성이 더욱 날카로워졌다.

"뭔가? 이래서야 어디 명문가의 기재들이라고 불리울 수 있는 건가? 강호의 정기를 바로 세우기 위해서는 어떠한 희생을 치러서라도……."

"잠깐……."

유검은 자리에서 일어나 잠시 그의 열변을 끊었다.

제갈진은 스스로의 의지로 말을 끊은 것이 아니었다. 유검이 잠깐이라고 말하는 순간 기혈이 들끓어올라 일순간 아혈을 제압당한 것처럼 말이 나오지가 않았던 것이다.

기재들의 시선이 모두 유검에게로 모여졌다.

순간 유검의 얼굴이 천천히 변화되었다. 모두들 익히 알고 있는 교두의 얼굴에서 낯선 청년의 것으로.

누군가 기겁하여 소리쳤다.

"유, 유검이다! 옛날 무당파에 간 적이 있어. 그때 보았던 얼굴이 틀림없다!"

기재들은 웅성거렸다.

"총교두와 막상막하의 대결을 펼쳤다는 그……!"

"아명(阿銘)이 유검을 봤다고 하더니 정말이었군!"

"설마 하니 교두로 변신해 있을 줄이야!"

"마교와 내통하고 있다더니 과연 사실이었군!"

주점 안은 벌 떼가 모인 것처럼 웅성거리는 소리로 메워졌다.

유검은 또다시 머리를 긁적거릴 수밖에 없었다.

"이거, 참. 나도 꽤 유명한 걸?"

천천히 한 걸음 내딛자 기재들은 썰물처럼 우르르 뒤로 물러났다.

유검은 총관에게 다가가 상냥하게 물었다.

"어디 다치진 않았습니까?"

총관은 버럭 악을 썼다.

"이 개, 개뼈다귀 같은 놈아! 왜 아는 체하고 난리야! 썩 꺼져 버려!"

"개뼈다귀란 말은 좀 심하지 않나요?"

총관은 다급히 전음으로 말했다.

─공자! 대체 왜 이러는 건가? 내 정체를 알면서도 아는 체를 하다니!

유검은 히죽 웃으며 말했다.

"어차피 저도 무림공적입니다."

중주일검은 침중한 목소리로 유검을 불렀다.

"유 소협."

중주일검은 유검으로서도 존경하는 노선배였기에 깍듯이 예의를 차렸다.

"예, 분부하실 게 계신지요."

"몸을 보중하게. 명성을 아끼게나. 언젠가 진 대협에게 자네에 관한 이야기를 들은 적이 있다네. 무림공적 따위야 무림맹에서 헛되이 공표했을 뿐 진실로 믿는 이는 없다네.”

중주일검은 안색을 굳히며 말했다.

“자네가 마교와 내통하고 있을 리는 없어. 지금 당장이라도 저자와 모르는 사이임을 맹세하고 저자의 목을 내려친다면 보잘것없으나마 내 이름 석 자와 이 검을 걸고 자네의 결백을 입증하겠네.”

유검은 정중히 포권했다.

“노선배님의 호의 가슴 깊이 간직하겠습니다. 하지만 이분이 마교 출신임을 몰랐다 하나, 아는 분임은 틀림없습니다. 그리고…….”

싱긋 웃으며 말을 이었다.

“전 지인(知人)의 목을 칠 만큼 비정하지 못합니다.”

지인이라는 말은 단순히 아는 사람이라는 의미가 아니었다. 진실로 친근하고 정다운 느낌이 듬뿍 담겨 있는 말이었다.

총관은 무언가 형언하기 힘든 감격을 느끼고 부르르 몸을 떨었다.

온 세상 사람에게 욕을 들어먹는 처지인데, 이토록 많은 군웅들 앞에서 당당히 자신을 감싸주니 뭔가 가슴을 치밀어 올랐던 것이다.

“공자……!”

총관이 감격해 부르짖자 유검은 웃었다.

“개뼈다귀에서 공자라니… 신분이 급상승했군요. 하하하…….”

중주일검은 안타까워하며 말했다.

“허어… 이토록 모를 수가! 사람의 정을 이용해 먹는 마교의 악랄한 수법임을 어찌 모른단 말인가? 정에 얽매이지 말게. 대의(大義)를 보게나!”

제갈진이 날카롭게 유검을 쏘아보며 소리쳤다.

"흥, 유유상종이라 했습니다. 본시 심보가 악랄하니 마교의 무리들과 어울리게 된 것이지요. 사문에서 파문당한 것도 역시……."

파문 이야기가 나오자 유검의 얼굴이 굳어졌다.

마음이 일자 싸늘한 한기가 유검의 전신에서 뿜어졌다. 그것은 유형의 바늘이 되어 제갈진의 전신을 압박해 갔다.

제갈진은 차가운 한기가 전신을 엄습해 옴을 느꼈다. 남국의 한낮인데도 불구하고 마치 얼음 구덩이 속에 들어가 있는 듯 극심한 추위를 느꼈다.

이빨이 덜덜 떨렸다.

유검은 좌중을 둘러보며 천천히 입을 열었다.

"뭔가 오해가 있을 듯해서 이야기합니다만……."

유검의 오른손이 천천히 올라갔다. 그 손에는 어느새 허리춤을 감싸고 있던 한천검이 들려 있었다.

한순간 검에서 눈이 널 듯한 광채가 뿜어졌다.

기재들은 어떤 일이 일어날 것인가 하는 호기심과 뭔가 알 수 없는 두려움을 함께 느꼈다. 긴장감에 마른침만 꿀꺽 삼킬 뿐 아무 소리도 내지 못했다.

주점 안, 눈부신 광채를 내는 한천검이 세워지고 갑자기 진공 상태가 되어버린 듯한 정적이 일순간 찾아들었다.

"저런 건 눈속임수일 뿐이다!"

돌연 제갈진은 발악이라도 하듯 소리치며 땅을 박찼다. 동시에 소천성공(小天星功)을 가득 끌어올린 부채를 휘둘렀다.

유검은 그의 공격을 힐끔 보았으나 무시해 버리고 하려던 말을 이었다.

"사문에서 파문당한 것은 오직 제가 못난 탓일 뿐 마교와는 전혀 상관없습니다."

팡! 파파파파팍!

수많은 부채 그림자가 유검의 전신을 뒤덮었다. 쉴 새 없이 이어지는 타격음 속에 유검은 자신의 할 말을 마쳤다. 그 후 좌장을 슬쩍 뻗었다.

한줄기 부드럽지만 도저히 거역할 수 없는 거대한 기운이 일어 제갈진의 신형을 뒤로 밀어내었다.

타의에 의해 몇 걸음 뒤로 물러선 제갈진의 얼굴은 시뻘겋게 상기되어 있었다. 태연히 자신의 공격을 몸으로 받아내며 무시해 버린 유검의 태도에 극심한 모멸감을 느낀 것이다.

하지만 이는 유검으로서도 최대한 아량을 베푼 것이다. 일장에 그를 죽일 수도 있었고, 땅에 뒹굴게 만들어 더한 창피를 줄 수도 있었다. 그럼에도 단지 뒤로 물러서게만 만들었던 것이다.

굳이 그의 공격을 몸으로 받은 것은 계속해서 자신을 공박하는 그에게 무공의 격차를 알려주기 위함이기도 했다.

하지만 이미 감정이 격앙된 제갈진에게 있어 유검의 태도는 단지 '거만' 할 따름이었다.

다른 기재들의 안색도 굳어졌다.

제갈진은 한때 오룡삼봉의 일원이 될 수 있을 것이라며 기대를 모으던 기재였다. 당연히 기재들 사이에서도 능력을 인정받아 은연중 우두머리 역할을 하고 있었다.

그런 그가 전력으로 공격했는데도 전혀 유검에게 타격을 주지 못함을 지금 두 눈으로 확인하고 보니 마음이 자연 납덩이처럼 무거워졌던 것이다.

마치 한바탕 연극을 보는 듯 현실감이 들지 않았다.

제갈진은 분노한 가운데 자신을 지켜보는 눈이 많다는 것을 자각하자 견디기 힘들 정도로 울화(鬱火)가 치밀어 올랐다.

"으아아아아ㅡ!"

제갈진은 괴성을 지르며 들소처럼 유검을 향해 사납게 돌진해 갔다.

유검의 눈살이 찌푸려졌다.

"정말 분수를 모르는군."

우우웅ㅡ!

유검은 돌진해 오는 그를 향해 한천검을 휘둘렀다.

찬란한 빛무리가 은하수처럼 허공을 가로지르니 주위의 공기가 아우성을 지른다.

그 소리를 듣는 모든 이들은 심령(心靈)이 떨려와 다리가 후들거렸다. 누가 보더라도 그 일검에 태산이라도 무너뜨릴 만한 힘이 담겨 있음을 짐작할 수 있었다.

다만 휘두르는 속도는 평범했다. 보통 사람이라 할지라도 충분히 피할 수 있을 만큼 여유를 두었다.

넌 이 일검을 받을 능력이 되지 않는다. 보았거든 물러서라. 그런 준엄한 의미가 담긴 일검이었다.

제갈진은 이를 꽉 깨물고 소리쳤다.

"저건 눈 속임수에 불과하다!"

제갈진은 허리를 떨구어 일검을 피하는가 싶더니 갑자기 유검의 가슴 쪽 전중혈(膻中穴)을 노리며 잽싸게 앞으로 뛰어들었다.

그 모습이 얼마나 아슬아슬해 보이던지 기재들은 자신도 모르게

'아!' 하고 소리쳤다.

불 옆에서 날아다니는 불나방처럼, 우물가에서 아장거리는 아기를 볼 때처럼 그의 이러한 행동은 너무도 위험해 보였다.

유검의 미간은 더욱 좁혀졌다.

'참으로 황당한 놈이군. 전생에 나와 무슨 원수라도 졌나? 아니면 내가 네 애인을 가로채기라도 했단 말인가?'

유검은 잠시 갈등이 일었다.

휘두르는 일검을 변화시킨다면 그의 공격을 가로막을 수 있을 것이다. 하지만 그럴 수는 없었다. 한천검에 쏟아 부은 내력은 간단치 않았다. 만약 제갈진이 미처 피하지 못한다면 스치기만 해도 커다란 내상을 입고 말 것이다.

애당초 그에게 무슨 커다란 원한이 있는 것은 아니며, 게다가 그는 자신의 적수가 아니었다.

또한 무림맹은 자신을 공적으로 만들었지만, 사문인 무당파를 생각해서라도 기재들에게 과한 손속은 펼치고 싶지 않았다.

"휴……."

유검은 탄식하며 천천히 검을 거두었다. 이번 공격 역시 몸으로 받기로 한 것이다.

그 의미가 조금 전과는 달랐다. 일부러 몸으로 받은 것이 아니라 이번에는 일검을 휘두르다 허점이 노출되어 반격당한 것으로 보일 것이다.

그런 생각이 얼핏 스쳐 자존심이 조금 상했다.

유검은 시선을 구멍 뚫린 천장으로 돌렸다.

이 순간 돌연 공격해 오던 부채의 궤적이 변화를 일으켰다. 갑자기 방향을 바꾸어 거둬들이고 있는 한천검을 후려쳐 간 것이다.

애당초 제갈진이 노렸던 것은 바로 그 한천검이었다.

그는 조금 전 자신의 공격이 전혀 통하지 않는 것을 보았는데, 또다시 미련한 짓을 반복할 생각은 없었다.

다만 기재들이 한천검의 광채를 이기어검, 혹은 검강의 증거로 생각하고 있음을 알고, 그것이 눈 속임수에 불가함을 깨우쳐 주고 싶었던 것이다.

하지만 그는 이 일이 얼마나 무모한 짓인지 깨닫지 못했다.

까─앙!

유검이 변화를 깨닫는 순간 이미 제갈진의 부채가 한천검을 때렸다.

순간 강렬한 빛이 일었다.

한천검에 응축되어 있던 내력이 부채의 소천성공과 반응한 것이다.

거대한 댐에 구멍이 일었다.

그 구멍은 순식간에 확대되었다. 응축된 내력은 거센 물살보다 더 강력하게, 마치 폭발하듯 부채로 역류되어 들어갔다.

그 힘은 순식간에 부채를 쥐고 있는 손과 어깨 부위까지 이르렀다.

힘이 지나간 자리, 부채의 끝부터 미세한 진동이 일며 가루로 화해가고 있었다. 쥐고 있던 제갈진의 손 역시 예외는 아니었다.

이때 제갈진의 신형은 허공에 정지된 듯했다.

그는 두 눈을 부릅뜬 채 극심한 고통을 이기지 못해 한껏 턱을 벌려 비명을 지르려 했지만 소리되어 나오지는 못했다.

“이런 바보 같은 놈……!”

변화를 눈치 챈 유검은 즉시 한천검을 회수하며 동시에 좌장을 뻗었다.

펑—!

좌장이 미처 닿기도 전에 부드러운 무형의 기운이 먼저 제갈진의 신형을 뒤로 튕겨나게 만들었다.

"크윽—!"

제갈진은 그때서야 비명을 질렀다.

"아진!"

거구의 청년 아구는 날아오는 제갈진의 몸을 황급히 받아 들었지만, 밀려오는 거대한 기운을 도저히 감당할 수 없었다.

제갈진을 안은 아구의 몸은 거센 파도에 휘말리는 조각배처럼 크게 휘청거렸다. 그러나 뒤로 떠밀려 날아가지는 않았다. 무형의 기운은 그 자리에서 소용돌이치더니 곧 사라져 버렸던 것이다.

하지만 순간적으로 거대한 힘에 휘말린 탓에 아구는 순간적으로 탈진되고 말았다.

이를 악물고 버텼지만 결국 한쪽 무릎을 꿇고 말았다.

숨을 몇 번 몰아쉬다가 아구는 황급히 제갈진의 상태를 살폈다.

부채를 쥐고 있던 오른손은 이미 어깨 부위까지 가루가 되어 사라져 있었다.

"아진! 괜찮나? 괜찮아?"

아구는 그의 몸을 거칠게 흔들며 물었지만, 두 눈을 부릅뜬 채 흰자위만 드러내고 있는 제갈진은 전신을 떨며 '이… 이…' 하는 소리만 낼 뿐이었다. 이미 온전한 정신 상태는 아닌 듯했다.

이러한 과정을 지켜본 기재들의 얼굴은 딱딱하게 굳어져 있었다.

중주일검 역시 예외는 아니었다.

평소 기재들은 유검에 관해 황당하기 그지없는 소문들을 들어왔다.

겉으로는 오룡삼봉에게 들었으니까라며 고개를 끄덕이는 사람조차 실제 의식의 저변에서는 그것을 믿지 않았다.

그런데 지금 일어난 한바탕 소동으로 인해 그 모든 것이 진실임을 홀연히 자각하게 되었다.

그것은 그들에게 기묘한 충격을 던져 주었다.

한천검에 일던 광채는 이미 사라져, 주점 안은 본래의 그늘진 어둠에 잠겨 있었다. 오직 구멍난 천장을 통해 들어오는 강렬한 햇살만이 남아 있고, 그 자리에는 유검 홀로 서 있었다.

"……."

뭔가 말을 꺼내려던 유검은 입을 다물고 말았다.

문득 자신을 바라보는 사람들의 시선이 달라져 있음을 깨달은 것이다.

뭐라 딱히 꼬집어 이야기할 수는 없지만 강호인들이 관부(官府)의 사람을 볼 때처럼, 농뉴로 보지 않는 듯한 시선이었다.

보통 사람이 칼을 든 무인에게 느끼는 공포와 무력감, 그리고 이질적인 세계의 사람에게 보내는 외경(畏敬)과 같았다.

그러한 사람들의 시선 속에 유검은 홀로 존재하는 듯한 이질감을 느껴야만 했다.

그것은 사람들이 떠들썩하게 웃고 술을 마시는 연회장에서 홀로 구석에 앉아 멍하니 구경하고 있을 때처럼 홀로 된 듯한 소외감과도 비슷했다.

본래 시비가 일어 결판이 나지 않을 때는 검을 뽑는 것이 강호의 법도였다.

검은 강호인들에게는 대화의 수단이다. 협상의 도구이기도 하며 새로운 친분의 과정이기도 하다. 그리고 자신을 유일하게 증거할 수 있는 증표이기도 하다. 비록 서로가 검붉은 피로 처참하게 물들지라도 검이란 바로 그러한 것이다.

그러니 시비의 소용돌이 속에, 유검이 많은 군웅들 앞에서 자신의 이야기를 하기 위해 검을 뽑아 든 것은 당연했다.

하지만 한바탕 소동이 일고 난 지금, 유검의 검은 오직 절대 힘의 상징에 불과할 뿐이었다.

"유 소협……!"

중주일검은 뭔가 한마디 하려 했지만 유검의 두 눈과 마주친 순간 더 이상 잇지는 못했다.

유검의 두 눈은 흐린 물빛이 되어 있었다. 그러한 두 눈과 마주친 순간 인자한 노협객은 무슨 말을 해야 할지 막막했던 것이다.

유검은 부상당한 제갈진에게로 천천히 다가갔다.

"괜찮소?"

아구는 고개를 천천히 흔들며 말했다.

"아진, 이 녀석은……."

억지로 새어 나온 듯한 목소리는 심중의 격동으로 갈라져 있었다.

"이 녀석은… 백몽추, 백 소저를 남몰래 흠모했소."

적막한 주점 안, 그의 굵은 목소리만 울려 퍼졌다.

"이 녀석은 오대세가가 함께 모이는 자리에서 백 소저에게 한눈에 반했던 모양이오. 그래서 얼마나 오룡삼봉에 들고 싶어했는지 모른다오. 백 소저와 조금 더 가까이 있고 싶어했기에……."

무뚝뚝했지만 그 음성에 묻어 나오는 안타까움을 모르는 이는 아무도 없었다.

"어제 오룡삼봉은 그대가 펼쳐 보인 무공에 의아함을 품고 총교두에게 정체를 캐물었소. 무슨 이야기를 들었는지… 백 소저는 그때부터 그대에게 노골적으로 관심을 가지기 시작했소."

아구는 심중의 격동을 참기 힘든 듯 이를 꽉 깨물었다.

"그 이후로… 이후로… 그렇게 냉정하고 차분하던 놈이……!"

오늘 제갈진이 유달리 유검을 몰아세우고 앞뒤 계산 없이 달려든 까닭은 마교와의 관련뿐 아니라 개인적인 질투심이 함께했다는 이야기였다.

유검이 그에게 다가간 것은 내력으로 제갈진의 상처를 치료해 주기 위함이었다. 이에 아구가 위와 같은 말을 꺼낸 까닭은 명백했다.

만약 제갈진의 의식이 깨어 있었다면, 절대 연적의 호의를 받아들이지 않았을 것이라는 것을 말하고 싶었던 것이다.

아구는 기재들을 돌아보며 소리쳤다.

"방금 내 말은 못 들은 것으로 헤주시오. 이 녀석은 보기보다 무척 부끄러움이 많아서, 내가 이런 말을 한 것을 알면 날 죽이려 들 것이오. 하하하……."

새삼 동료애가 되살아난 것일까.

아구의 이 같은 말은 공포로 경직되어 있던 그들의 감정에 불을 붙였다.

누군가 중얼거렸다.

"흥, 유유상종이라는 옛말이 틀린 것 하나 없군. 본시 심보가 악랄하니 마교의 무리들과 어울리는 것도 당연하지. 사문에서 파문당한 것도 역시……."

제갈진이 유검에게 한 말과 같은 내용이었다.

어디 손을 쓰고 싶다면 써보라는 듯 도발적인 행동이었다.

아구는 나직이 한숨을 내쉬며 유검에게 물었다.

"그대의 무공이 신의 경지에 있음은 두 눈으로 똑똑히 보았소. 하지만 굳이 이렇게까지 해야 하오? 그대도 알 것 아니오. 오른손은 무인의 생명이란 것을… 왜 이렇게까지……."

이번 일은 어디까지나 제갈진 스스로 초래한 재앙이었다. 그것을 모를 리 없건만 사람인지라 원망은 가해자에게로 돌아간다.

누군가 또 숨어서 중얼거렸다.

"흥, 자신의 위대함을 과시하고 싶었나 보지."

유검의 검미가 위로 치켜세워졌다.

기재들을 향해 소리쳤다.

"누군가? 쥐새끼처럼 숨어서 쫑알거리지 말고 할 말이 있거든 남자답게 당당히 앞으로 나서서 이야기해라."

"왜? 나도 가루로 만들려고?"

유검의 두 눈이 예리하게 번쩍거렸다.

한 손을 쭉 뻗으니 기재들 사이에서 누군가의 신형이 허공으로 둥실 떠올랐다. 둥글둥글해 보이는 그의 얼굴은 당황으로 일그러졌다.

"대, 대협! 왜 저를……!"

유검이 손을 거두니, 그의 신형이 쭈욱 날아왔다.

유검 앞에 나동그라진 청년은 어쩔 줄 몰라 하는 표정으로 황급히 변명했다.

"제, 제가 그런 것 아닙니다! 제가 아니에요!"

얼굴이 길쭉한 청년이 성큼 앞으로 다가오더니 유검에게 단호히 말했다.

"아소(阿笑), 그는 내 옆에 있었는데 입을 열지 않았소. 괜한 화풀이를 엉뚱한 사람에게 하지 마시오."

챙ㅡ!

말과 함께 그 청년은 검을 뽑았다. 그 모습에 다른 기재들도 잔뜩 고무되어 단단히 검을 고쳐 쥐었다. 여차하면 달려가 싸우겠다는 모습이었다.

그들은 장차 불의에 대항하여 싸워야 하는 강호의 협객이 될 몸이라는 사실을 드디어 자각한 모양이었다.

그런 그들의 얼굴에는 죽음을 각오한 비장함마저 감돌았다.

유검은 씁쓸한 미소를 지을 수밖에 없었다.

'대체 내가 뭘 잘못했지? 이 일은 본래 마교와 관련되어 일어났다. 그런데 이제는 오로지 나에 대한 시비로 바뀌고 말았군.'

유검은 자신이 잡아온 청년이 벌벌 떠는 모습에 피식 웃음이 나왔다.

'이 녀석은 복화술(複話術)로 날 비웃었다. 이제 탄로나 버렸는데도 끝까지 연극을 멈추지 않는군.'

기재들 모두 자신을 향해 적의를 드러내는 마당에 굳이 변명을 늘어놓고 싶지는 않았다.

언제나 오해받아 왔다. 하나가 더 늘어난들 무슨 상관이랴.

유검은 기재들을 돌아보다 자신도 모르게 웃음이 나왔다.

"자, 이제부터 뭘 내놓을 것인가? 혹 다른 게 준비되어 있다면 지금 내놓는 게 어때? 음식이란 식기 전에 먹어야 제 맛이니까."

그 말에 조롱기가 담겨 있어 분위기는 더욱 험악해졌다.

말상의 길쭉한 얼굴을 가진 청년이 분기탱천해 외쳤다.

"광오하구나, 유검! 설마 하니 여기 있는 모두를 너 홀로 상대하겠다는 거냐?"

"상대?"

유검은 헛웃음이 나왔다.

"묻건대, 너는 검을 아느냐?"

말상의 청년은 들고 있던 검을 휘둘러 보이며 외쳤다.

"너는 내가 들고 있는 이 검이 보이지 않는단 말인가?"

"그게 검이라고? 하하하……."

유검은 한바탕 웃고 나서 돌연 얼굴을 굳혔다.

"내가 아는 검은 적게는 한 사람의 생명에서부터 크게는 일국(一國)의 존망까지 좌우하는 것이다. 너의 검은 과연 무엇을 벨 수 있는가? 나를 해치지 못한다면 네가 들고 있는 그것은 검이 아니라 단순한 막대기에 불과하다."

유검의 도발적인 말투에 말상의 청년은 얼굴이 시뻘게졌다.

유검은 기재들을 향해 싸늘한 목소리로 외쳤다.

"너희들 중 검을 든 자 과연 몇이나 되는가? 나서라! 나의 검을 보여주겠다!"

기재들은 유검의 기세에 눌려 누구도 반박의 말을 내뱉지 못했다.

"흥!"

유검은 코웃음을 치고 나서 고개를 돌려 다우에게 외쳤다.

"자, 나가자꾸나. 배를 채우려면 다른 주점을 찾아봐야겠다. 여기는 주인장도 없고 사람들이 너무도 불친절하군. 다시는 오지 말아야겠다."

다우는 두 눈을 말똥거리며 있다가 유검의 그 말에 깡총 뛰어서 옆으로 다가왔다.

유검은 조그만 목소리로 다우에게 물었다.

"어때? 이 오라버니 멋있지?"

다우는 고개를 끄덕이며 싱긋 웃음을 머금었다.

"응! 굉장히!"

우르릉!

이때 천둥치는 소리가 나더니 돌연 주점 안이 어두워졌다.

쏴아아!

폭우가 쏟아지기 시작했다.

구멍난 천장으로 비가 쏟아져 들어왔다.

유검은 잠시 빗줄기를 감상하다 총관을 향해 말했다.

"자, 가시죠. 이 섬도 알고 보면 제법 구경할 만한 곳이 많습니다. 제가 안내해 드리지요."

총관은 멍하니 구경만 하고 있디가 유검이 말을 걸어오자 돌연 감격에 젖어 외쳤다.

"공자! 이 일은 모두 저로부터 비롯된 것입니다. 공자가 저들과 싸울 이유는 전혀 없습니다. 차라리 제가 스스로 목숨을 끊겠습니다."

총관은 비수를 뽑아 들어 바로 자신의 목을 향해 찔러갔다.

하지만 유검이 그냥 멀뚱히 지켜만 보고 있자 총관은 비수를 목 앞에서 멈춰 버렸다.

"절… 안 말리십니까?"

유검은 웃으며 말했다.

"연극이 너무 서툴러요. 그 정도로는 절 속이지 못합니다. 본래 사부님에게 워낙 단련이 되어 있어서……."

총관은 호탕하게 웃었다.

"과연 그렇군요. 탄복했습니다, 탄복했어요. 하지만 그 마음만은 절대 거짓이 아닙니다. 그럼 전 바쁜 일이 있어서 이만……."

총관은 목례를 취하고는 갑자기 신형을 날렸다. 구멍난 천장을 향해서였다.

본래 총관이 여태껏 달아날 기회가 있었음에도 그냥 지켜보고 있었던 것은 혹시나 유검이 기재들에게 손해를 볼까 해서였다.

이제 유검의 무공을 확인하고 위험하지 않다는 판단이 서자 미련없이 도망친 것이다.

"앗!"

기재들은 놀라 소리쳤다.

"잡아라! 절대 놓쳐서는 안 된다!"

유검은 기재들을 구태여 막지 않았다. 총관의 무공이라면 능히 이들의 추격을 벗어날 수 있을 테니까.

대신 중주일검 한 사람을 주목하고 있었다.

중주일검 그만이 총관을 쫓아 낭패지경으로 몰고 갈 수 있을 테니까.

중주일검은 유검의 시선과 마주치자 씁쓸한 미소를 지으며 고개를 저어 보였다.

자신은 총관을 쫓지 않겠는다는 뜻인 듯했다.

유검은 속으로 백을 헤아렸다. 그 정도면 추격을 벗어났겠다 싶어 중주일검에게 정중히 포권했다.

"무례를 저질렀습니다. 부디 넓으신 아량으로 봐주옵시길……."

기재들 대부분은 총관을 쫓아갔지만, 아직도 절반 이상은 주점에 남아 유검을 쏘아보고 있었다.

유검은 힐끔 아구에게 안겨 있는 제갈진을 일견한 후 다우와 함께 주점 밖으로 걸음을 옮겼다.

기재들은 황급히 유검의 앞을 가로막았다.

"흥, 어딜 가려고!"

유검은 어깨를 으쓱거리곤 다시 한천검을 뽑아 들었다. 이번에는 눈이 멀 듯한 광채는 뿜어져 나오지 않았다. 은은한 적광이 어린 투명한 검신 그대로였다.

"휴… 정말 말로는 안 통하는군. 할 수 없지."

유검의 투덜거림에 다우는 입술을 삐죽 내밀며 빈정거렸다.

"쳇, 강호란 게 본래 검으로 말하는 거야. 몰랐어?"

유검은 다우의 말에 고개를 끄덕였다.

"네 말이 옳다."

토끼 수백 마리가 힘을 합쳐 싸울지라도 호랑이 한 마리를 막을 순 없다. 토끼는 그러한 사실을 본능적으로 알고 있다.

하지만 인간은 다르다. 힘을 합치면 어떤 강적이라도 물리칠 수 있다는 그런 맹신을 쉽게 떨치기 어려운 것이 바로 인간이었다.

'관을 보기 전에는 눈물을 흘리지 않는다'는 강호의 속담이 괜히 나왔겠는가.

유검은 한천검을 위아래로 가볍게 흔들어보고는 다우의 손을 잡고 뚜벅뚜벅 주점 밖으로 걸어나갔다.

밖에는 폭우가 쏟아지고 있었다.

포위하고 길을 가로막고 있던 기재들의 얼굴에 극도의 긴장이 어렸다.

번쩍—!

번개가 치며 주점 안이 갑자기 밝아졌다.

우르릉!

번개를 동반한 먹구름이 가까이 있는지 심혼(心魂)을 날려 버릴 듯 커다란 뇌성벽력(雷聲霹靂)이 곧바로 이어졌다.

"으아아아아아—!"

한 청년이 긴장을 이기지 못하고 먼저 달려나왔다. 그의 얼굴은 두려움과 만용이 혼합되어 괴이하게 일그러져 있었고, 기합 소리는 날카로운 비명이 되어 터져 나왔다.

군중 심리란 묘한 것이어서 주저하던 다른 기재들도 광기(狂氣)에 휘말려 함께 우르르 유검을 공격해 갔다.

팍—!

한 줄기 기괴한 소리가 울려 퍼졌다.

앞장서서 달려들던 청년은 갑자기 자신의 검신(劍身)이 사라졌음을 깨달았다.

본래 무인은 상대를 공격할 때, 눈과 검과 상대방을 일직선상에 함께 놓고 겨누게 된다. 그런데 검신이 돌연 사라져 버리자 심신(心身)이 흐트러졌다.

"이……!"

뭐라고 한마디 외치기도 전에 청년은 앞으로 꼬꾸라지고 말았다. 달려가는데 앞발이 땅바닥에 달라붙어 움직이지 않았던 것이다.

얼굴을 그대로 바닥에 처박는 청년의 한쪽 신발 끝에는 어느새 사라진 검신의 파편이 꽂혀 있었다.

처음 들렸던 팍—! 하는 파공성은 검신이 사라지는 소리가 아니라, 파편이 각기 기재들의 신발 앞 부분을 뚫고 바닥에 박히는 소리였던 것이다.

퍼퍼퍽—!

괴이한 소리와 함께 달려들던 기재들은 하나같이 얼굴을 바닥에 처박고 말았다.

유검은 한천검을 다시 가볍게 휘둘러 보고는 다우와 함께 천천히 바깥으로 걸어나갔다.

"으으으……!"

기재들은 신음 소리와 함께 몸을 일으켰다. 한결같이 코피를 줄줄 흘리고 있는 모습이 우스꽝스러웠지만 기재들은 서로의 얼굴을 돌아보면서 결코 웃을 수 없었다.

기재들은 그제야 '현실감있는 공포'를 느꼈다.

검에 빛무리가 일거나 갑자기 팔이 가루가 되어 사라지는 것같이 이해할 수 없는 괴이한 공포가 아니라, 눈에 보이지도 않을 정도로 빠른 검이 당장이라도 날아와 자신들의 목을 베어버릴 수 있다는 지극히 현실적이며 상상 가능한 공포였다.

기재들은 천천히 바깥으로 걸어가고 있는 유검의 뒷모습을 보며 부르르 몸을 떨었다.

유검은 말을 하지 않았지만 그들은 똑똑히 알아들었다.

더 이상 앞길을 가로막지 말라는 협박의 말을.

강호는 역시 검으로 말하는 법이다.

의심스러운 놈

의심스러운 놈

쏴아아—!

세찬 폭우가 쏟아지고 있었다.

하늘은 먹장구름으로 덮여 있었고 뿌연 비안개로 사방은 어두웠다. 조금 전 따갑던 햇살은 거짓말 같았다.

음산하기 그지없는 날씨였지만, 주점 밖으로 나온 유검은 시원한 빗줄기에 가슴이 오히려 탁 트이는 것 같았다. 하지만 갈증은 오히려 되살아났다.

두 여인의 모습들이 시야에 아른거렸다.

유검은 하늘을 올려다보았다. 태양이 보일 리 없었다. 하지만 약속 시간인 정오가 훨씬 지나 버렸다는 것은 분명했다.

'음… 비 때문에 시간이 이렇게 된 줄 몰랐다고 변명하면 어떻게 될까?

다우의 조그만 손을 꽉 쥐자 갈증이 조금 덜해졌다.

유검은 내심 투덜거렸다.

'여인도 검으로 말할 수는 없는 건가?'

이때 굵은 사내의 목소리가 들려왔다.

"유감이군."

유검은 흠칫했다.

아무리 폭우가 쏟아진다고는 하나 누군가 눈앞에 와 있는데도 기척을 눈치 채지 못한 것이다.

고개 돌려보니 일 장 밖 조그만 바위에 한 사내가 걸터앉아 있었다. 그의 기도는 엄중하기 짝이 없어 마치 드넓은 어깨로 하늘을 이고 있는 듯한 착각이 일었다.

사내는 팔짱을 낀 채 고개를 푹 숙이고 있었지만 유검은 그가 누구인지 금방 알 수 있었다.

유검은 고개를 저으며 말했다.

"내 이름은 유감이 아니라 유검이오."

썰렁한 농담에 진삼원은 피식 미소 지으며 고개를 들었다.

"마교의 인물을 비호하다니 뜻밖이었다. 무림맹… 아니, 나를 적으로 돌리고 싶은가?"

진삼원은 무림맹보다는 '나'를 강조해 말했다.

유검은 고개 저으며 말했다.

"난 일월표국의 총관을 비호한 것이지, 마교와는 상관없습니다. 그리고 나에게 먼저 검을 겨누지 않는다면 무림맹과 싸울 일도 없을 것입니다."

"스스로 꽤 강하다고 생각하는군."

“사실이니까요.”

도발적인 유검의 말투에 진삼원은 슬며시 입가에 미소를 지었다.

호의보다는 얼마간의 비웃음이 담겨 있었다.

“그래, 너는 강하다.”

진삼원은 눈빛을 예리하게 빛내며 말을 이었다.

“하지만 만약 정말로 싸운다면 넌 나에게 이길 수 없다. 믿겠는가?”

“제가 진 대협보다 약하단 말씀입니까?”

“아니!”

진삼원은 단호히 고개를 저었다.

“너는 강하다. 하지만 나를 이길 수는 없다. 단지 그것뿐이지.”

유검은 말뜻을 이해할 수 없이 곤혹스러웠다.

“어떤… 의미입니까?”

“어쩌면 나와 적이 될지 모르는데 가르침을 달라는 건가? 하하하……”

유검은 단 한 가지 사실만 알아들을 수 있었다. 아식은 그와 적이 아니라는 것.

진삼원은 다시 말을 이었다.

“한 가지만 알려주지. 너는 너무 강해져 버렸다. 그로 인해 무공은 오히려 퇴보되고 말았다.”

그 말에 유검은 흠칫했다.

너무 강해졌기에 무공이 오히려 퇴보되다니?

그 말을 듣는 즉시 가슴이 두근거렸다.

알게 모르게 유검은 무언가 이대로는 안 된다는 위기감을 가끔 느끼곤 했다. 그것이 딱히 무엇인지 꼬집어 말할 수 없지만 항상 가슴 한구석에 텅 비어 있는 구멍처럼 허전하기 이를 데 없었다.

그런데 진삼원의 말을 듣자마자 본능적으로 느꼈다. 머리로 이해하기 전에 먼저 심장이 두근거리며 진실이라며 외치고 있었다.

유검이 멍한 얼굴로 진삼원의 다음 말을 기다렸다.

"무공은 본래 약하기 그지없는 인간이 스스로를 강하게 만들기 위해 발달되었다. 강해진 순간부터 무공이 퇴보하는 것은 당연하지."

알아들을 듯 말 듯한 이야기였다.

진삼원은 더 할 말이 없다는 듯 몸을 일으켰다.

"할 일이 잔뜩이니 이만 가봐야겠다."

그는 마지막으로 덧붙였다.

"절대 마교 측에 서지 말도록. 나의 진정한 충고다. 만약 나의 적이 된다면……."

진삼원은 다우를 힐끔 바라보고 뭔가 말을 할 듯했으나 금세 다물고 말았다. 그리고 미련없이 떠났다.

유검은 멍하니 떠나는 그의 뒷모습만 바라보았다.

폭우는 세차게 쏟아져 내리고 유검의 마음속에는 혼돈과 미몽의 껍질이 깨어지고 있었다. 진언(眞言)의 빛이 껍질 사이로 새어 나왔다.

그것이 무엇인지 알아내기 위해 모든 정신력이 집중되었다.

자신도 모르게 두 손으로 머리를 감싸고 쪼그려 앉았다.

다우는 유검의 태도가 심상치 않음을 깨닫고 옆에서 조용히 기다렸다.

얼마나 시간이 지났을까.

유검의 두 눈이 천천히 커졌다.

"아……!"

뭔가 깨우친 듯 탄성을 내지르는데 누군가 나타나 유검의 어깨를 가볍게 쳤다.

"여기 있었구먼."

"아—! 안 돼요!"

다우는 누군가 갑자기 나타났음을 깨닫고 황급히 그의 옷자락을 뒤로 끌어당기며 말렸지만, 이미 사후 약방문이었다.

환희로 물들어가던 유검의 두 눈동자는 순간 정지되고 말았다. 막 탄성을 내지르려던 입은 딱 멈춰 버리고 말았다.

가까스로 건져 올린 영감의 찌꺼기를 하나라도 손에 쥐기 위해 유검은 안간힘을 썼으나 이미 미끼만 따 먹고 물속으로 도망쳐 버린 대어(大魚)였다.

쪼그려 앉아 있는 유검의 입에서 으깬 신음성이 흘러나왔다.

"으으으……!"

일월표국의 국주, 아니, 일월교의 교주는 멀뚱거리며 그 모습을 지켜보다 고개를 갸웃거렸다.

"왜 저러지?"

교주는 의심스런 눈초리로 다우에게 물었다.

"혹 너희들 무슨 일이 있었던 건 아니냐? 그래서 저 녀석 저렇게 괴로워하는 거냐?"

"예?"

무슨 의미인지 모르고 순진하게 되묻는 다우의 태도에 교주는 다시 고개를 갸웃거렸다.

"아닌가 보군. 그런데 저 녀석 왜 저래?"

유검은 벌떡 일어나 고함을 질렀다.

"대체 어떤 놈이……!"

퍽―!

쾌속한 손바람이 유검의 뒤통수를 때렸다.

"……."

천천히 고개를 들어 올린 유검은 마주친 교주의 능글맞은 얼굴을 보자 갑자기 맥이 풀렸다.

유검은 그에게 으르렁거리며 물었다.

"절 왜 때린 겁니까?"

"아… 미안하네. 누가 나에게 욕을 하면 바로 손이 나가는 버릇이 있어서 말야."

교주는 자신의 의지에 의해서가 아니라 손이 제멋대로 나가 버렸다는 것을 강조하기 위함인지 손바닥을 살랑살랑 흔들어 보였다.

"……."

유검은 속에서 솟구치는 울화에 버럭 소리를 내지르려는 순간,

"그나저나 자네 무공이 많이 약해졌군. 급습이라고는 하지만 겨우 손바닥 하나 막아내질 못하다니… 아니, 본래 그 정도였던가?"

고개를 갸웃거리며 중얼대는 교주 말에 유검은 또다시 뭔가 띵! 하는 충격을 받았다.

'정말 그렇다. 옛날이었다면 그런 정도의 암습에는 절대 당하지 않았을 것이다. 그런데 내공이 거의 천인지경에 이른 지금에 와서 왜……?'

유검은 홀연 놓쳐 버린 영감의 줄기를 찾은 듯했다. 기쁨을 애써 참으며 그것을 놓치지 않으려 정신을 집중하는데, 또다시 교주에 의해 방

해받았다.

“허어… 지금 뭘 하나? 딴생각할 여가가 없네. 자자, 서두르게. 서둘러야 해! 자네의 인류지대사가 달렸다네!”

교주는 아예 유검의 손목을 잡아끌었다.

“흥!”

유검은 내공을 끌어올리며 손목을 비틀었다. 동시에 허리춤을 낮게 떨구며 그 힘을 팔꿈치에 담아 교주의 겨드랑이를 찔러갔다.

단순한 박투술(搏鬪術)에 불과했지만 팔꿈치에 실린 힘이 백만 근을 넘고 또한 임기응변으로 찔러 들어간 그 시기가 절묘하여 누구도 피해내지 못할 듯싶었다.

하지만 다음 순간 유검은 땅바닥에 누워 쏟아지는 빗줄기를 보아야만 했다.

“……”

유검은 자신의 몸이 빙글 회전되어 땅바닥에 패대기쳐졌다는 사실을 믿을 수 없었다.

무당파의 무공은 본래 이유제강(以柔制强)이다.

부드러움으로 능히 강함을 꺾고 상대의 힘을 이용하는 데 능하다.

그러한 수법에 한해서만큼은 무당파가 가히 무림의 최고봉에 속할 것이다.

유검은 비록 무당파의 무공을 쓰지 않는다고는 하나 그 기본 요결이 몸에 배어 있는데 남한테 이런 식의 수법에 당할 리 없었다.

하지만 현실은…….

“대체 어떻게 해서…….”

허탈한 목소리로 중얼거리다 유검은 곧 하나의 해답을 얻어내었다.

"아참, 마교 교주였지. 깜빡했군."

깜빡 잊은 게 아니라 능글맞은 얼굴 뒤에 숨은 그의 본모습을 이제야 제대로 인식했다고 할 것이다.

유검은 애써 마음을 추스르며 생각했다.

'마교 교주라면 엄청나게 많은 수하들이 있을 것이다. 나에게 일단 악의는 없는 듯하니 강호에서 살아가려면 이 참에 잘 보이는 게 낫지. 좋아, 그러니까 웃으면서…….'

돌연 다우의 날카로운 비명 소리가 들려왔다.

유검은 벌떡 일어났다.

"다우야!"

교주는 다우를 안고 빠른 경신법으로 달려가고 있었다. 벌써 수십여 장 밖에 있었다.

그는 천리전음으로 말했다.

─이 꼬마 계집아이를 구하고 싶으면 어서 따라오게.

유검은 어이가 없기도 하고 화도 났다.

그래도 무림 최강 조직이라는 마교의 교주인데, 겨우 꼬마 계집아이를 인질로 삼아 도망치다니!

파앙─!

유검은 내공을 극성으로 끌어올려 몸을 날렸다.

쏟아지는 폭우 속에 한줄기 사람의 그림자가 길게 한일 자를 그렸다. 만약 쏟아지는 빗줄기가 아니라면 입고 있던 의복이 모두 타버릴 정도로 빨랐다.

유검은 자신했다, 자신이 교주보다 더 빠르다는 것을.

하지만 곧 목표를 잃고 급히 신형을 멈춰야만 했다.

우거진 수풀 속에서 교주의 모습이 보이지 않았다. 그는 어느새 달리는 도중에 방향을 바꿔 버린 것 같았다.

"꺄아아악—!"

다우의 비명 소리가 들려왔다.

유검은 또다시 극성으로 경신술을 펼쳤다. 하지만 이번에도 똑같이 허탕을 칠 수밖에 없었다.

또다시 다우의 비명이 들려올 때, 유검의 손에는 어느새 한천검이 뽑혀져 있었다. 눈부신 광채가 빗속을 뚫고 사방으로 퍼지고 있었다.

"이번에야말로!"

유검과 검은 하나가 되어 허공으로 숫구쳐 올랐다.

드넓은 원시림을 아래로 굽어보며 유검은 이목을 집중시켜 교주를 찾았다. 풍환의 도움까지 받아 전 숲을 샅샅이 뒤졌다.

하지만 찾을 수 없어 곤혹스러워하는데, 저 멀리서 또다시 유검을 비웃기라도 하듯 다우의 비명 소리가 들려왔다.

"흥!"

싸늘한 코웃음과 함께 유검의 신형은 검과 함께 날았다.

단순한 이기어검이 아니라 심령(心靈)이 완전 합일된 어검술(御劍術)의 경지였다.

번쩍!

먹장구름 속에서 번개가 내리쳤다.

번개는 당연하게도 제일 높은 창공에서 위험하기 그지없는 쇠붙이, 검을 타고 날아가는 유검에게로 떨어졌다.

찌지직—!

뒤늦게 뇌성벽력(雷聲霹靂)이 울릴 때 유검의 전신은 이미 푸른 뇌전(雷電)에 뒤덮여 있었다.

한천검 속에 갇힌 뇌력(雷力)은 갈 곳이 없어 유검의 신형을 통해 계속 방전되었다.

유검은 머리카락 하나 다치지 않았으나, 입고 있던 의복은 시커멓게 타고 구멍이 뚫려 누더기가 되어 있었다.

빠드득—!

유검은 절대 놓칠 수 없다는 듯 이를 갈았다. 이 사이로 푸른 뇌전이 방전되고 있었다.

유검은 섬광처럼 교주에게로 날아갔다.

교주는 원시림 가운데 자리한 거대한 폭포수를 만나자 더 이상 도망치지 않겠다는 듯 신형을 멈추고 다우를 내려놓았다.

교주는 날아오는 유검을 보고 혀를 찼다.

"희한한 놈일세. 왜 사서 벼락을 맞나?"

유검은 폭포가에 도착하자마자 날아든 기세 그대로 교주를 향해 무섭게 일검을 찔러갔다.

검과 하나가 된 어검술.

전신에 여전히 푸른 섬광이 어려 있어 마치 번개가 번쩍 내리꽂히는 듯했다.

교주는 피하거나 막을 생각을 전혀 하지 않고, 뒷짐을 진 채 멀뚱히 날아오는 검을 보고만 있었다.

막강한 기세로 날아들던 한천검은 검봉(劍鋒)이 교주의 심장 일 촌 부위 앞에 이르자 갑자기 멈춰 버렸다.

유검의 얼굴이 일그러졌다.

"왜 안 피하는 겁니까?"

교주는 혀를 챘다.

"쯔쯧… 사내대장부가 일단 검을 뽑았으면 손을 써야지. 마음이 그렇게나 여려서 원……."

유검은 그 말에 검미를 찌푸리며 반박했다.

"적이라 생각되었을 때 손을 써도 늦지는 않습니다."

아직 적이 아니라 생각했는지, 한천검을 거두어 다시 허리춤에 둘렀다.

교주는 뜻밖의 대답에 놀란 표정을 지었다.

곧 다우를 가리키며 물었다.

"호오… 만약 내가 저 아이를 인질로 해서 너를 협박했다면 어쩔 셈이냐? 예를 들어 저 아이를 죽이고 싶지 않다면 네 스스로 오른팔을 베라던가……."

그 말에 나우는 어떤 대답이 나올지 눈빛을 반짝였다.

유검은 어깨를 으쓱거렸다.

"아마 힘들 것 같군요."

그 대답에 다우는 입술을 삐죽 내밀었다.

"쳇, 너무해!"

다우는 내심 투덜거렸다.

'정말로 베라곤 안 해. 하지만 날 위해서라면 베는 시늉 정돈 해줄 수 있잖아? 만약 그런 상황이 되면 난 오라버닐 위해서 먼저 목숨을 끊을 텐데… 너무하네.'

교주는 유검의 대답에 크게 만족한 듯 호탕하게 웃었다.

"좋군, 좋아! 사랑하는 여인보다는 자신의 무공이 소중하단 말이지? 하하하… 괜찮은 사고방식이야. 정말 무인으로서 올바른 정신 상

태구먼!'

"그게 아니라……."

유검은 고개 저으며 말했다.

"오른팔을 벨 만한 능력이 안 됩니다. 몸이 원체 질겨서 안 잘라지거든요. 가끔 발휘되는 그… 힘이라면 가능할지 모르겠지만, 현재는……."

교주는 묵묵히 유검의 전신을 훑었다.

"어검술로도 불가능… 금강불괴인가?"

"아마도……."

"흠… 금강불괴라……."

교주는 신기하다는 듯 유검의 위아래를 다시 훑어보았다.

"하긴 번개 맞고도 멀쩡한 걸 보면……."

납득한다는 듯 고개를 끄덕이며 말을 이었다.

"내가 알고 있는 한 놈도 금강불괴였다. 흠… 길고 긴 무림사(武林史) 중 누가 금강불괴에 이르렀다는 이야기는 들어본 적 없는데, 내 눈으로 벌써 두 명이나 보게 되다니……. 그놈은 친구라고 하기엔 좀 그렇고… 경쟁자라고 할까나? 하여간 그놈을 통해 안 사실이 있다. 금강불괴가 되면 치명적인 단점이 생기지. 그게 뭐냐하면……."

"알고 있습니다."

유검은 쓸쓸하게 웃으며 말했다.

"오감이 예전보다 많이 둔화되었더군요. 아니… 이목은 영민해졌지만, 그 판단력이 약해졌다고나 할까… 고통을 느끼지 못하니 상대가 검을 휘둘러 공격을 해와도 별것 아니게 느껴집니다. 그러니 상대의 검초를 세밀하게 살필 집중력도 떨어지구요. 즉각적으로 피하고 그 변화에 맞춰 대응을 하는 그런 일련의 흐름이 자꾸만 느려지고 있습니다.”

“흠…….”

“하지만 장점도 있습니다. 상대의 검을 두려워하지 않으니 어떤 위험한 초식도 쉽게 시도해 볼 수 있지요. 그러니 기교 자체는 오히려 증가될 수 있다고 봅니다.”

유검은 교주가 자신의 이야기를 진지하게 들어주자, 자신도 모르게 심중에 가지고 있던 말을 꺼내놓고 있었다. 금강불괴에 이르러 느끼는 무공의 한계점, 이런 화제를 과연 누구와 대화를 나눌 수 있겠는가.

교주는 고개를 끄덕이며 말했다.

“검강과 어검술을 쓴다면 이는 맹수의 무공일세. 간단히 말해 공격의 분야지. 이에 반해 금강불괴는 방어의 수단 중 가장 높은 곳에 자리한 경지일세. 자네 나이에 그 정도라니… 대단하군, 대단해.”

뭔가 다른 의미가 숨어 있는 듯하여 유검은 눈빛을 반짝이며 물었다.

“가르침이 계신지요?”

교주는 빙그레 웃으며 물었다.

“혹 스스로 무공이 퇴보하고 있다는 것을 느끼지는 못했는가?”

유검은 흠칫했다.

‘진 대협도 그런 소릴 하더니… 정말로 나의 무공이 퇴보되고 있다는 말인가?’

유검은 미간을 찌푸리며 대답했다.

“상대의 공격에 대한 반응은 좀 무뎌졌습니다만… 정말로 저의 무공 자체가 퇴보한 것은 아니라고 생각합니다.”

그렇게 말하고 나니 자신의 말이 뭔가 미흡하다 여겨졌다.

교주는 탄식하듯 중얼거렸다.

"높은 산에 올라 정상에 서니, 이제는 내려갈 일을 걱정하는 건가? 또 다른 높은 산이 있음을 어찌 모르는가."

교주는 말해 봐야 부질없다는 듯 좌우로 고개를 젓더니 이어 말했다.

"어쨌든 자네 스스로 차차 깨우쳐 갈 테니 내가 덧붙일 말은 없겠지. 지금 말한다 해서 자네가 납득할 수 있을지도 의문이고……."

"……."

"한 가지는 확실하지. 금강불괴 상태로 있는 한, 무공은 일정한 한계점을 벗어나지 못하네. 친구인 그놈을 상대로 직접 경험한 것이니 틀리진 않을 걸세."

유검은 눈빛을 반짝이며 물었다.

"혹 그분도 같은 마교의 고수였습니까?"

교주는 흠칫했다.

묵묵히 유검의 두 눈을 쏘아보다 조심스레 물었다.

"알고 있었나?"

"총관을 통해 들었습니다."

교주는 한동안 말문을 열지 못했다. 폭우가 쏟아지는 먼 하늘로 시선을 돌리고는 한참을 그렇게 있었다.

형언하기 힘든 심정을 대체 어떻게 드러내야 한단 말인가.

겉으로는 태연했지만 심중에 거대한 파도가 일고 있었다. 언젠가는 밝힐 것이라 생각했지만, 이처럼 느닷없이 찾아오리라고는 생각지 않았기에 마음을 진정시키기가 쉽지 않았다.

교주는 일단 길게 심호흡을 하고 나서 천천히 고개를 끄덕이며 말했다.

"그래, 내가 네 아비다."

유검은 무슨 말인지 알아들을 수 없다는 얼굴로 멍하니 있었다.

한참 후에야 얼떨떨한 표정으로 반문했다.

"…예?"

교주는 기대했던 감격스런 부자상봉(父子相逢)의 장면에 금이 가는 것을 느꼈다. 유검의 태도에 뭔가 서로 말이 어긋남을 깨닫고 황급히 말을 돌렸다.

"아… 네 아버지가 나의 절친한 친구였으니, 나를 아버지로 여겨도 좋다는 말이다. 허허허……."

"아… 예."

유검은 멀뚱한 표정으로 그렇게 대답하고 말았다.

사실 유검은 마교에 대해 별다른 적개심을 느끼지 못했다. 아니, 마교가 아니라 일월표국의 국주와 총관에 대해서라고 해야 할 것이다.

오히려 교주와 총관에게 막연한 호감을 가지고 있었는데, 이는 아마도 무의식 중에 자리한 아버지에 대한 그리움 때문일 것이다.

이제 교주가 자신을 아버지로 여겨도 좋다고 하자 자신도 깜짝 놀랄 정도로 너무 쉽게 대답이 나와 버렸다.

어디 옆집 아저씨라든지 지탄받는 색마였다면 차라리 나았을 것이다.

상대는 마교의 교주가 아니던가.

자신이 여태껏 살아오며 관계 맺었던 모든 사람들, 특히 사문과는 철저히 원수지간에 서 있는 사람이다.

그런 사람에게 아버지로 여기겠다는 대답을 하다니.

하지만 그렇다고 대답을 철회하고 싶은 생각은 없었다.

유검은 하얀 포말을 일으키며 떨어지는 폭포수를 향해 눈길을 돌렸다.

자연은 항상 그대로인데, 왜 그 안에서 인간들은 서로를 적으로 규정 짓고 싸워야만 하는 건가? 절대선과 절대악이란 과연 있는 것인가?

'마교든 뭐든 어차피 인간이다. 인간과 인간끼리 서로 원수질 수도 있고, 서로 마음이 맞아 사귈 수도 있는 법. 뭐, 대충 그런 게 아닐까?'

말해 놓고도 스스로의 감정을 이해할 수 없었지만 어차피 저지른 일, 유검은 편하게 생각하기로 했다.

언뜻 교주가 중얼거렸던 말이 다시 뇌리에 떠올랐다.

'높은 산… 난 이미 정상에 올랐다 여기고 있는 걸까? 그래서 새로운 무공의 경지가 있는데도 그냥 여기서 안주하고 있는 것일까?'

그건 아니라고 생각했다.

어디까지나 자신에게는 더할 나위 없이 높은 목표점이 있지 않은가.

무상검.

잠꼬대로 낙양을 반 갈라 버리고 말았다는 사부의 증언을 제외하면, 무림맹 내에서 어쩌다 딱 한 번 펼쳐 봤을 뿐인 그 일검.

그 일검은 항상 마음속에 있었다. 의식을 하든 하지 않든…….

그렇게 항상 산을 오르는 도중이라고 생각했다.

그런데 진삼원이 자신의 무공이 오히려 퇴보되었다는 말을 하자, 유검은 혹시 자신이 다른 산을 오르는 것은 아닐까 하는 의심이 들었다.

순간 의심은 영감을 불러일으켰고 뭔가 무상검에 대한 단서를 깨우칠 듯했다.

교주의 방해만 없었다면…….

안타까움에 얼굴을 일그러졌지만 곧 평온을 되찾았다.

“휴… 욕심을 버리자. 뭐, 언젠가는 알게 되겠지.”

그래도 여전히 미련을 버리지 못한 듯 한숨을 내쉬는데 다우가 다가와 말을 걸었다.

“음… 오라버니.”

“음?”

다우는 두 눈을 동그랗게 뜨고 최대한 귀여운 표정을 지으며 물었다.

“만약… 오라버니가 금강불괴가 아니면 어떡하실 거예요?”

쏟아지는 폭우에 다우의 얼굴은 온통 빗물로 젖어 있었다. 머리카락은 흐트러져 몇 가닥 얼굴로 흘러나와 있었는데 귀엽다기보다는 애처로운 느낌이었다.

유검은 무슨 말인가 싶어 의아해하다가 곧 교주가 말한 인질, 협박 운운 소리를 기억해 냈다.

“금강불괴가 아니라면 팔을 잘라줄 수 있는가?”

유검은 싱글벙글 웃으며 대답했다.

“글쎄… 그때 가봐야 알겠는걸?”

“쳇.”

유검은 삐친 얼굴의 다우를 흐뭇한 미소로 지켜보았다. 귀엽기 짝이 없어 보여 안아주려는데 다우는 훌쩍 뒤로 물러났다.

“날 죽일 거예요?”

“그게 무슨 소리냐?”

“오라버니 몸엔 아직도 번개가 남아 있잖아요.”

한천검에 깃든 뇌전은 여전히 유검의 몸을 통해 방전하고 있었다.

푸르스름한 섬광이 전신을 뒤엎고 있었다.

"이거 참……."

유검은 곤혹스러웠다.

뇌전이 모두 방전되기 전에는 다우의 손 하나 잡을 수 없을 것이다. 그 사실이 꽤나 마음을 허전하게 만들었다.

유검은 문득 한 가지 의문이 떠올랐다.

"근데 대체 왜 여기로 온 거지?"

곧 하얀 포말을 일으키며 떨어지는 폭포수를 보고 깨달았다.

"폭포? 그러고 보니 여기는……."

이때 교주가 나지막이 소리쳤다.

"몸을 숨기게!"

유검은 그 말에 자신도 모르게 몸을 낮추고 수풀 뒤로 숨었다. 이는 습관적인 행동이었다. 여사제들의 목욕 장면을 훔쳐볼 때면 항상 몸을 숨겨야만 했으니까. 다우는 몇 걸음 떨어진 곳에서 여전히 가까이 다가오려 하지 않았다.

폭포수 주위는 원시림으로 덮여 있어 몸을 숨길 만한 곳은 많았다.

교주 역시 몸을 낮추고 다가와 폭포수 맞은편을 가리켰다.

"저길 보게."

폭포수 맞은편에 어느새 몇 명의 인영이 나타나 있었다.

한 명은 안색이 창백한 젊은 청년이었는데 가마처럼 생긴 의자에 앉아 있었고, 그 옆에 신농산장의 소 노인이 서 있었다.

그 옆에 가마를 메고 온 하인 둘이서 두 사람을 모두 덮고도 남을 만한 우산을 들고 서 있었다.

유검은 안색이 창백한 청년의 얼굴을 확인하고 안색이 굳어졌다.

여문의 정혼자, 어찌 그 얼굴을 못 알아보겠는가.

교주는 청년을 가리키며 말했다.

"저 녀석은 정혼자가 자신을 배신하려 하자 스스로 심장에 칼을 찔러 넣었다고 하더군. 독한 놈이야."

교주는 짐짓 길게 한숨을 내쉬었다.

"휴우… 하지만 저놈보다 정혼녀라는 여자가 더 독하지. 정혼자가 저런 짓까지 하며 마음을 돌리려 했는데도 불구하고 여전히 마음속엔 다른 남자를 두고 있으니 원… 그렇지 않나?"

유검은 대답을 할 수 없었다.

여문과 그의 정혼자에 대한 이야기가 나오자 마음이 쓰라렸다.

자신의 시시한 농담에 웃는 여문.

돌아가신 부모님 생각에 몰래 눈물을 흘리던 여문.

몰래 여사제들 목욕을 훔쳐보다 마주친 한심하단 얼굴로 자신을 쳐다보던 여문.

여문… 여문… 여문…….

가까이 다가오는 발자국 소리에 회상에서 깨어났다.

다우가 울상을 짓고 서 있었다.

그녀는 울먹거리며 교주를 향해 소리쳤다.

"믿었는데… 너무하세요, 아버님! 어깨도 주물러 드렸는데… 비명 지르라고 해서 비명도 질렀는데……."

다우의 뒷말은 이어지지 못했다.

휙!

쏟아지는 빗줄기를 퉁기며 다우의 신형은 어느새 오 장여 밖으로 옮겨져 있었다.

교주는 다우를 내려놓고 나서 손짓하며 무언가 열심히 설명을 했다. 다우는 따지듯 묻는 듯하다가 뭔가 납득했는지 고개를 끄덕였다. 때론 고개를 흔들기도 했다.

사방 일 장여 밖에서부터 빗물이 퉁겨 오르는 것을 보면 호신강기를 끌어올린 듯했다. 물론 음파도 차단되어 무슨 소리를 하는지 유검은 알 수 없었다.

교주의 말이 끝난 듯한데, 다우는 고개를 바짝 들어 올린 채 뭐라 입을 열었다.

'정말요?'

표정을 보건대 마치 그렇게 되묻는 듯했다.

'물론이지.'

교주는 그렇게 대답하는 듯 고개를 크게 끄덕였다.

유검은 자신만 빼놓고 비밀 이야기를 하는 것 같아 심드렁했다.

'대체 무슨 이야기를 주고받는 거야?'

다우의 얼굴은 언제 울상을 지었느냐는 듯 환하게 밝아졌다.

유검은 교주가 자신을 여문이 있는 이곳으로 유인해 왔으니 다우가 울상을 짓거나 화를 내는 건 당연하다고 생각했다. 그건 말하기 이상하지만 남자의 자존심이었다.

그런데 교주의 말 한마디에 다우가 기뻐하는 모습을 보자 묘한 패배감이 느껴졌다.

'설마 하니 나중에 맛있는 거 사줄게, 라는 말 따위에 넘어간 건 아니겠지? 아니면 예쁜 보석을 주마, 같은 소리에……'

별일 아니라고 넘기려 해도 괜스레 신경이 쓰였다.

교주가 천천히 걸어오자 유검은 궁금해 물었다.

"대체 무슨 이야기를……."

교주는 아무렇지도 않게 말했다.

"거짓말은 남자의 능력. 뭐, 그런 거다."

"……."

"그런데 검은 왜 뽑아 들고 있는 겐가? 적이라도 나타났는가?"

"아… 한천검에 들어가 있는 뇌전 때문에 좀 불편해서요. 허공에 흩트리고 있는 중입니다."

교주는 그래? 라는 얼굴로 고개를 끄덕이다 빗줄기가 얼굴을 때리고 있음을 느꼈다. 뇌전이 방전되며 교주가 주위에 펼쳐 놓았던 호신강기가 어느새 지워져 있었던 것이다.

유검은 싱긋 웃으며 말했다.

"죄송합니다. 괜한 저의 행동 때문에 호신강기가 풀리고 말았군요."

빗물이 들어올 정도면 당연히 소리도 새어 나갔을 것이다.

유검은 조그만 복수의 승리를 만끽하기 위해 힐끔 다우에게로 시선을 돌렸다.

'방금 저 아저씨가 말한 거짓말이란 것, 너도 들었지? 라는 함축된 의미가 담긴 미소를 보여줬다.

하지만 다우는 아무것도 못 보고, 아무런 이야기도 못 들은 것처럼 전혀 변화가 없었다.

여전히 밝은 표정으로 조르르 다가와,

"어라? 번개가 사라졌네?"

그렇게 말하고는 유검의 품속으로 쏙 기어들어 와 앉았다.

"나 비 좀 가려줘. 비를 많이 맞으니까 춥네."

유검은 가슴에서 느껴지는 다우의 따스한 온기에 기뻐해야 할지, 아

니면 무위(無爲)로 돌아간 자신의 복수 실패를 안타까워해야 할지 갈피
를 잡을 수 없었다.

교주는 별것 아니라는 투로 말했다.

"예정된 거짓말은 이미 거짓말이 아니지."

"……."

유검은 그제야 깨달았다. 교주는 자신의 행동을 미리 예측하고, 다
우에게 예정된 거짓말에 대해 말해 놓은 것이다.

이로써 교주가 다우에게 무슨 말을 했는지는 몰라도 더욱 큰 신빙성
을 얻게 되었을 것이다.

'쩝… 교주라면 좀 더 근엄하게 행동할 것이지.'

기묘한 패배감이 은근히 스며들었지만 금세 잊어버렸다. 다시 안을
수 있는 품속의 조그만 존재에 충분히 만족했던 것이다.

유검은 문득 떠오른 것이 있어 물었다.

"아참, 다우야, 아버님이라니, 무슨 의미……."

물음이 끝나기도 전에 교주가 황급히 손가락으로 폭포수 맞은편을
가리키며 소리쳤다.

"잘 보게!"

신농산장의 소 노인은 하인에게 명해 쓰고 있던 우산을 치운 상태였다.

소 노인은 의자에 앉아 있는 곡부운에게 조그만 환약을 입 안으로
넣어주며 말했다.

"폭포수 아래로 들어갈 시간이네. 현재 쇠약해진 상태라 떨어지는
폭포가 무척 괴로울 줄은 아나… 여기저기 막힌 전신의 경락(經絡)을
풀어주는 데는 무척이나 효과있는 방법일세. 괴로워도 참게나."

곡부운은 힘없이 고개를 끄덕였다.

폭포 안으로 조그만 소로가 나 있었는데 소 노인이 지시하자 두 하인은 곡부운이 앉아 있는 가마를 메고 그곳 안으로 쑥 들어갔다.

소 노인은 고개를 절레절레 흔들었다.

"참으로 기이하구나. 웬만큼 나을 때가 된 것 같은데 영 차도가 없으니… 휴… 그 영물에게나 마지막 희망을 걸어봐야겠구먼."

유검은 의아해 교주에게 물었다.

"뭘 보란 겁니까?"

"잠자코 지켜보고 있게나."

소 노인은 다른 준비를 위해 초옥으로 되돌아갔다.

잠시 후 두 명의 하인이 폭포수 밖으로 나왔다.

한 명이 부르르 몸을 떨며 소리쳤다.

"젠장, 추워 죽겠군! 비 오는 날에도 이 짓을 해야 하다니! 대체 언제까지 이 짓을 해야 하는 거야?"

다른 하인이 화들짝 놀라며 말했다

"쉿! 언성을 낮춰! 들리면 어떡하려구?"

"뜨그랄! 들으라지! 입도 제대로 벙긋 못하는 병신이 무슨 말을 지껄이겠어? 하여간 저기 나무 아래 가서 좀 쉬고 있자구. 괜히 우리까지 고생할 필요가 뭐에 있겠어?"

"하긴… 가마를 단단히 매어놓았으니 폭포에 떠내려갈 일은 없겠지."

하인은 둘이서 불만을 터뜨리며 멀리 떨어진 고목으로 걸어갔다.

이 모습을 지켜본 유검은 심정이 착잡했다. 곡부운에게 동정심과 함께 죄책감이 일었다.

그가 이렇게 된 까닭은 어디에 있는가?

애당초 여문은 그의 정혼녀가 아니었던가.

곡부운이 여문의 마음을 되돌리기 위해 스스로 심장을 찌른 것은 대체 누구의 탓이란 말인가?

자신의 책임이 없다고는 할 수 없는 유검이었기에 반병신이 되고 지금은 하인들에게까지 무시받는 처지의 그를 보자 마음이 무거울 수밖에 없었다.

중원에서 이름난 사해표국의 셋째 아들이 왜 저런 지경이 되어야 한단 말인가?

'애당초 내가 우유부단했기 때문이다. 먼저 사매에게 청혼을 했더라면… 아니면 차라리 모든 것을 포기했더라면 이런 일은 생기지 않았겠지.'

그렇게 스스로를 자책하고 있는데 교주가 말했다.

"여 소저를 조금 전에 만났다네."

느닷없는 그 말에 유검은 흠칫했다.

"자네에게 정오 무렵까지 와달라고 했지만, 사실은 이미 안 올 줄 알고 있었다고 하더군. 사형을 보아온 지 몇 년인데 그 정도도 모르겠냐고… 곤란한 일이 생기면 무조건 피하고 보는 성격이라던가?"

교주는 사실 유검으로 변신을 한 채 여문을 만나러 갔다가 눈치 빠른 그녀에게 정체가 탄로나며 알아낸 사실이란 것은 쏙 빼버렸다.

유검의 얼굴이 굳어졌다.

"결심을 한 거지. 저런 비참한 처지의 정혼자를 두고 어떻게 다른 남자를 만나겠나?"

유검은 멍하니 있다가 힘없이 고개를 끄덕일 수밖에 없었다.

또다시 자책했다.

여문은 저 지경이 된 정혼자의 모습을 볼 때마다 얼마나 마음이 아팠을까. 그 착한 성격에……

이 모든 게 자신의 우유부단함으로 인한 것이라 생각하니 자책하지 않을 수 없었다.

다우는 자신을 감싸고 있는 유검의 손을 품속으로 꼭 끌어안았다.

유검의 마음이 아프다는 것을 알기에 위로해 주고 싶었지만, 차마 말이 나오지 않아 다만 두 손만 끌어안을 뿐이었다.

만약 옆 자리에 교주가 없었다면 본모습으로 돌아가 유검의 머리를 부드럽게 끌어안았을지도 모른다.

'쳇, 괜히 미안하네. 이런 걸 보고 싶었던 건 아닌데…….'

쏴아아─

폭우는 여전히 쏟아져 내렸다. 하지만 그보다 더 많은 눈물이 누군가의 가슴에서 내리고 있었다.

멍하니 떨어지는 빗줄기만 바라보고 있는데, 폭포수에서 누군가 날렵한 걸음걸이로 걸어나왔다.

매서운 눈길로 주위를 살피는 그의 모습을 확인한 순간 유검은 어리둥절했다. 금방이라도 숨이 넘어갈 듯한 창백한 안색의 곡부운이었던 것이다.

'어찌 된 거지?'

곡부운은 두 하인이 걸어간 방향을 향해 이를 갈았다.

"제기랄, 나중 너희 두 놈은 죽지도 살지도 못하게 만들어주겠다! 반드시!"

이때 멀리서 누군가 다가오는 인기척을 들은 듯 곡부운은 다시 폭포 안으로 들어가 버렸다.

두 하인이 급히 달려오더니 폭포수 안으로 들어갔고, 잠시 후 소 노인이 여문과 함께 기름 먹인 종이로 만든 우산을 쓴 채 천천히 걸어왔다.

여문의 손에는 조그만 화로가 들려 있었는데 몽글몽글 하얀 연기가 뿜어져 나오고 있었다.

소 노인은 품속에서 조그만 종을 꺼내어 흔들었다.

곧 두 하인이 곡부운이 탄 가마를 메고 폭포수 안에서 걸어나왔다.

다시 거대한 우산이 그 위에 씌워졌다.

여문은 곡부운의 상의를 벗기고 준비해 온 마른 천으로 그의 전신을 조심스레 닦았다. 그 후 화로를 가마 밑에다 놓았다.

모락모락 피어오르는 연기가 곡부운의 전신을 감싸며 물기를 말렸다.

소 노인이 여문에게 말했다.

"네가 드디어 결심했다니 노부는 참으로 다행이구나 싶다. 육지로 돌아가면 바로 혼례 준비를 해야겠구먼. 이 늙은이도 참석해서 국수를 얻어먹어야겠다. 허허허……."

여문은 조그맣게 '예' 하고 대답했다.

소 노인은 고개를 끄덕이며 말했다.

"곧 네 할아버지도 도착하실 테니 네 결심을 말해 드리거라. 아, 그리고 오늘 아침에도 이야기했다시피… 사해표국에서 드디어 네 집안을 멸문시킨 흉수에 대한 단서를 알아낸 모양이다. 얼마나 급히 알리고 싶었으면 전서구까지 날렸겠느냐? 그리고 그 원수를 갚는 데 온 힘을 기울이겠다니 그 의리가 참으로 보통이 아니다."

여문은 조그만 소리로 '예' 하고 대답했다.

"그 은혜를 어찌 모르겠습니까?"

유검은 곡부운의 행동에 수상쩍음을 느끼고 지켜보고 있었는데, 여문 집안의 흉수를 알아내었다는 말에 흠칫하며 싸늘한 목소리로 중얼거렸다.

"훙, 원수가 누군지는 모르겠지만……."

뒷말은 없어도 그 의지는 명백했다.

십여 년 이상을 함께 자라온 사매, 항상 마음속에 두고 있던 사랑하는 그녀의 부모님을 해친 원수다. 설령 웃으며 혼례식의 국수를 먹으러 갈지언정 어찌 그녀의 원수를 자신이 그냥 두고만 보겠는가.

이때 전갈을 알리는 하인 하나가 허겁지겁 달려오고 있었는데, 그 앞을 누군가 휙 지나왔다.

관운장 수염을 한 무서워 보이는 노인이었다.

여문은 반색하며 달려가 노인의 품에 안겼다.

"아… 할아버지!"

철면판관 여강은 그녀의 머리를 쓰다듬어 주며 혀를 찼다.

"그래, 그래. 참으로 고생이 많았구나."

여강은 곧 소 노인에게 인사말을 건네고는 비로 곡부운에게 다가가 감격 어린 목소리로 말했다.

"우리 가문의 원수를 알아내이 준 것만도 감당하기 힘든데… 아낌없이 힘을 보태주겠다니 그 은혜를 어찌 갚을까. 참으로… 참으로……."

소 노인이 웃으며 말했다.

"어차피 한집안 식구가 될 터인데 뭘 그리 부담을 가지십니까? 허허……."

여강은 고개를 저었다.

"그렇지 않소이다, 그렇지 않아. 천 번 만 번 내 목숨을 내놓는다 한들 어찌… 어찌……."

여강은 다시 곡부운의 손을 잡고 감격에 젖어 말했다.

"철없는 내 어린것이 자네를 너무 힘들게 했구먼. 참으로 미안허이."

그리고는 곧 품속에서 뭔가를 꺼내 들었다.

"우연찮게 장백산의 천 년 묵은 산삼(山蔘)을 구했다네. 조금이라도 자네에게 빨리 주려고 서둘러 왔네. 어서 몸을 쾌차하게나. 그래야 나도, 이 어린 못난 것도 미안함을 조금이나마 덜 것이 아닌가?"

소 노인이 옆에서 고개를 주억거리며 말했다.

"그나저나 귀하의 집안 흉수가 마교였다니 참으로 의외외다. 물론 악랄한 줄은 익히 알고 있었으되… 그보다 더 놀라운 것은 흉수가 마교임을 알고서도 거리낌없이 원한을 갚는 데 온 힘을 다하겠다는 사해표국 국주의 의리외다. 어느 누가 있어 감히 마교를 향해 원한을 갚아주겠노라고 공공연하게 강호동도들에게 큰소리칠 수 있다는 말이오?"

소 노인이 한마디 할 때마다 여강은 고개를 크게 끄덕이며 연신 옳다고 소리쳤다.

듣고 있던 유검의 검미가 치켜세워졌다.

"마교? 사매의 원수가 마교란 말인가?"

교주는 몸을 일으키더니 유검에게 말했다.

"일단 지켜만 보고 있게. 경거망동하지 말고……."

교주는 대답을 기다리지 않고 훌쩍 몸을 날렸다.

"으하하하하하하—!"

교주는 앙천광소를 터뜨리며 여강과 소 노인 앞으로 날아들었다.

엇갈리는 갈등

이야기를 나누던 여강과 소 노인은 돌연 낯선 불청객의 등장에 깜짝 놀랐다.

"누구냐!"

여강이 음성에 내력을 넣어 외쳐 물었다.

가볍게 폭포가에 착지한 교주는 적의없는 미소를 보이며 포권을 취해 보였다.

"근처를 지나다 유난히 귀에 들려오는 소리가 있어서 무례하게도 불쑥 끼어들고 말았소이다."

여강은 불쾌감을 감추지 못한 얼굴로 연신 관운잠 수염을 쓰다듬었다.

편복도에 적이 있으리라고는 생각하지 않았기에 큰 경계심을 가진 것은 아니었지만, 집안의 원수에 대한 이야기를 나누던 중이라 난데없이 끼어든 불청객의 행동이 탐탁할 리 없었다.

너무 무례하지 않냐며 따져 물으려는데 교주가 먼저 정중히 포권을 취해 보이며 말했다.

"호북성(湖北省)에서 가장 큰 대신표국(大信鏢局)의 총표두로 계신 여 대협의 커다란 명성은 워낙 강호에 자자하여 무딘 저로서도 귀에 따갑도록 들어왔습니다."

본래 교주가 날아 내릴 때 보인 신법은 일견 평범해 보였지만 지극히 가볍고 날렵했다. 그 모습을 보고 분명 강호에서 이름난 고수일 것이라 짐작했다. 그런 그가 자신을 알아보고 커다란 명성을 익히 들었다고 치켜세워 주자 여강은 흐뭇한 마음이 들어 그만 무례를 탓하고 싶은 마음이 쏙 들어가 버렸다.

"흠흠……."

여강은 가벼운 손길로 수염을 쓰다듬었다.

화가 날 때도, 기분이 좋을 때도 수염을 쓰다듬는 것은 동일했다.

"먹고 살 길이 막막하여 그냥 입에 풀칠이나 하기 위해 세운 조그만 장사 터외다. 그리 대단할 건 없지요. 흠흠……."

예의 차 꺼낸 겸손의 말에 교주는 일순 두 눈을 동그랗게 뜨고 절대 아니라는 듯 연신 고개를 저었다.

"아니외다, 아니외다. 십여 년 전 당시 마교는 강호의 이목을 피해 숨어 있었소. 그런 마교가 굳이 강호의 이목에 노출되는 위험을 무릅쓰고 멸문시키려 했는데 어찌 평범할 리가 있겠소? 비록 백 번 천 번 양보하여 지금은 보잘것없는 조그만 표국에 불과하다 할지라도 당시는 수많은 고수가 득실거리는 용담호혈이었음에 틀림없습니다."

칭찬인지 조롱인지, 아니면 뭔가 속셈이 있는 말인지 전혀 알아들을 수 없는 애매한 말에 여강은 눈살을 찌푸렸다.

곰곰이 생각한 끝에 스스로를 천하와 홀로 상대하던 마교와 동격으로 놓다니, 너무 자기 얼굴에 금칠을 하는 게 아니냐는 조롱으로 판단되었다.

여강의 안색이 굳어졌다.

화가 치밀어 올라 수염이 부르르 떨렸다.

"본 표국이 마교에서 급습할 가치가 없었다고 말하고 싶은 것이오? 본래 마교의 행사는 악랄하기 그지없어 무슨 짓을 했다 하더라도 이상하지 않소. 게다가 당시 본 표국은 우연찮게 얻은 기보(奇寶)가 있었는데 마교에서 그것을 알아차렸다면 노리지 않을 수 없었……."

"전법륜(轉法輪) 말이오?"

태연하게 되묻는 교주의 말에 여강은 입을 벌린 채 말문을 잇지 못했다. 어떻게 알고 있냐는 경악으로 두 눈이 부릅떠져 있었다.

지켜만 보고 있던 소 노인의 얼굴까지 경악으로 얼룩졌다.

그가 들고 있던 우산이 힘없이 땅으로 떨어졌다.

"전법륜이라니……!"

폭우는 그의 전신으로 쏟아져 내렸고, 소 노인의 입에서는 신음처럼 그 말이 흘러나왔다.

사람들의 경악에 아랑곳하지 않던 교주는 별일 아니라는 듯 말을 이었다.

"본래 전법륜은 일월교의 삼대법보(三大法寶) 중의 하나. 일월교에서 알고 있었다면 분명 노릴 게 분명하오. 하지만 일월교는 그 일에 관여한 적이 없소. 당시 다른 일에 바빠서 강호의 일에는 미처 신경 쓸 여가가 없었으니까."

여강은 쥐어짜 듯한 목소리로 물었다.

"그, 그대가 어찌 그런 사실을 안단 말이오?"

교주는 천천히 뒷짐을 지며 태연히 말했다.

"본 교에서 일어난 일을 내가 모르면 누가 알겠소?"

그 말에 여강은 버럭 의심이 들었다. 벼락처럼 소리쳐 물었다.

"귀하는 대체 누구요? 신분을 밝히시오!"

팍─!

사방으로 빗물이 퉁겨 나갔다. 교주의 주위로 순식간에 일 장여 크기의 호신강기가 펼쳐진 것이다.

"본좌는……."

교주는 사람들을 굽어보며 느릿하게 입을 열었다.

"일월교 이십삼 대 교주 유철심(柳鐵心)이라 하오."

음성에 내력이 담긴 것은 아니었다. 무슨 기이한 미혼술이 펼쳐진 것도 아니었다.

하지만 사람들은 심령에 커다란 충격을 받아야만 했다. 나지막한 그 목소리에 절로 전신이 떨려왔다.

마교의 교주라는 말에 그 누가 놀라지 않을 수 있다는 말인가.

한차례 파도처럼 충격이 지나가자 여강과 소 노인은 혼란에 빠졌다.

누군가 느닷없이 나타나 이런저런 이야기를 꺼내더니 자신을 마교 교주라고 소개한다. 농담이라고 보기엔 지나치게 진지했고, 사실이라고 보기엔 너무도 황당한 사실 앞에 여강과 소 노인은 대체 갈피를 잡을 수 없었던 것이다.

여강은 더듬거리며 물었다.

"귀, 귀하는 대체……."

교주는 돌연 검미를 치켜세우더니 가마 위에 앉아 있는 곡부운을 향해 버럭 소리를 질렀다.

"본좌가 신분을 밝혔는데도 너는 감히 의자에 앉아 일어나지도 않는단 말이냐?"

가을날 서릿발 같은 호통 소리에 여강도 소 노인도 가슴이 덜컥 내려앉는 듯했다.

천하를 굽어보며 수만의 우두머리에 선 자만이 가지는 위엄과 광오함뿐 아니라 웅후하기 그지없는 내공이 함께 담겨 있어 실로 심령(心靈)을 떨리게 하고 전신의 기혈(氣血)을 들끓게 만들었던 것이다.

소 노인은 곡부운을 위해 황급히 변명했다.

"그 아이는 지금 병세가 위중하여……."

곡부운은 교주의 기세에 놀랐는지 움찔거렸지만 여전히 말조차 제대로 하지 못하는 병신 흉내를 내고 있었다.

"흥!"

교주 유철심은 차가운 코웃음과 함께 손을 쭉 뻗었다. 순간 대체 어디서 나타났는지 하나의 묵검(墨劍)이 그의 손에 들려 있었다.

주위는 밤하늘처럼 어두워졌다.

"일월신검(日月神劍)!"

여강이 놀라 비명을 지르듯 소리치는데, 검은 어느새 곡부운의 심장을 관통해 있었다.

"커억!"

검에 관통당한 채 허공에 대롱대롱 매달린 곡부운은 단말마의 비명과 함께 입으로 피거품을 내뿜었다. 그의 전신은 갑작스런 충격에 들썩들썩 경련을 일으켰다.

즉사(卽死)였다.

"끼아악—!"

멍하니 지켜보고 있던 여문이 비명을 지르며 그 자리에 털썩 주저앉았다.

"이 악마 같은 놈!"

여강은 애병인 천관필(天官筆)을 뽑아 즉시 교주의 견정혈(肩井穴)을 노리고 찔러갔다. 소 노인도 품속에서 은 바늘을 꺼내어 암기처럼 날리며 곡부운의 신형을 빼앗기 위해 달려들었다.

쿵!

교주는 한 발을 들어 땅을 굴렀다.

순간 지면이 크게 파도가 일듯 출렁거리는 듯했다.

교주를 향해 공격해 가던 여강과 소 노인은 땅이 갑자기 솟아오르자 미처 균형을 잡지 못하고 우당탕 뒤로 넘어져 굴렀다.

교주가 디디고 서 있던 지면이 우르르 폭포수 아래로 무너져 내렸다.

교주는 꼬치에 꿴 듯 곡부운의 심장을 관통한 검을 든 채로 허공에 둥실 떠 있었다.

여강은 몸을 일으킬 생각도 못하고 쓰러진 채 악을 쓰듯 교주에게 물었다.

"지, 진짜 마교 교주요?"

일월신검은 익히 강호에 알려진 바대로 마교의 삼대법보 중 하나이며 교주의 신분을 상징하는 신물(信物)이기도 했다.

그러니 이미 검을 꺼낸 순간 본능적으로 그의 정체를 깨달았지만, 너무도 믿기 힘든 일이라 그렇게 악을 쓰듯 물은 것이다.

교주는 담담한 목소리로 여강에게 물었다.

"혹 전법륜의 효용이 무엇인지 아시오?"

획―

교주는 대답을 기다리지 않고 검을 떨쳤다.

즉사한 곡부운의 시체가 날아와 소 노인 옆에 털썩 떨어졌다.

여강과 소 노인이 깜짝 놀라 달려가는데, 돌연 죽어 있던 곡부운의 시체가 벌떡 몸을 일으켰다.

중인들이 미처 놀라기도 전에 곡부운은 빠르게 경신술을 펼쳐 달아났다. 마교 교주와 반대되는 방향이었다.

죽어 있던 시체가 살아난 것만도 놀라온 일인데, 평소 손가락 하나 까닥하지 못하던 그가 경신술을 펼치다니?

소 노인이 받은 충격은 더 컸다.

의원인 자신이 그를 진맥하고 치료해 오면서 거짓 환자라는 것을 눈치 채지 못하다니.

죽은 자가 되실아나는 보습에 여강과 소 노인은 동시에 머리 속으로 떠오르는 것이 있어 비명처럼 부르짖었다.

"시, 실바 하니……."

교주는 씨익 웃으며 고개를 끄덕였다.

"이해가 빠르군. 물론 전법륜의 권능이 없다면 불가능한 일이지."

말이 끝나기도 전에 그의 검에서 묵광이 일었다. 주위가 어두워지는 것은 여전했으나 그 흔적이 길게 남지는 않았다.

어느 순간 검은 교주의 손을 떠나 벌써 백여 장 밖을 달려가고 있는 곡부운의 등을 찔러 관통한 것이다.

이젠 연극할 필요가 없다고 느꼈는지 죽은 체하지는 않았다. 검에서 달아나고 싶었는지 허공에서 마구 바둥거렸다.

교주는 허공을 걸어와 여강 앞에 섰다.

그에 맞춰 검이 도착하고 곡부운의 몸은 또다시 땅바닥에 패대기쳐졌다.

“크으으으……."

곡부운은 비록 죽지는 않았지만 고통이 무척 심한 듯 짐승 같은 신음성을 흘렸다.

교주는 곡부운에게 차가운 음성으로 말했다.

“이제 네 녀석이 말할 차례인 것 같군.”

검으로 그의 머리를 툭툭 치며 물었다.

“자, 들어볼까? 십여 년 전에 사라진 전법륜이 네놈에게 간 이유를 말이다.”

여강의 안색은 창백해졌다.

사랑하는 아들 부부가 횡사를 당한 것은 전법륜이라는 기보 때문이었다. 그 기보가 어떻게 해서 사해표국의 아들 손에 넘어가 있다는 말인가?

도저히 믿기 힘든 사실이었지만, 검에 심장을 관통당하고도 죽지 않는 곡부운이 바로 눈앞에 있다. 전법륜의 권능이 없다면 불가능한 일이다.

여강은 와락 곡부운의 멱살을 낚아챘다. 그의 두 눈에 시뻘건 핏발이 곤두서 있었다.

“정녕 네놈이 전법륜을 가지고 있느냐?”

물론 기보에 대한 욕심으로 묻는 말이 아니었다. 혹시 아들 부부를 해친 흉수가 사해표국 네놈들이 아니냐고 추궁하는 것이다.

여문은 창백한 얼굴로 아무 말 없이 곡부운을 내려다보고 있었다.

곡부운은 바들바들 몸에 경련을 일으키며 고개를 저었다. 그리고 쉬어버린 목소리로 띄엄띄엄 간신히 말했다.

"내, 내게 그 딴 건 없다!"

"물론이지. 네깟 놈이 그런 기보를 지니고 있을 리야 있나."

교주는 눈빛을 예리하게 빛내며 물었다.

"하지만 전법륜의 불사(不死) 권능을 네놈에게 베푼 자가 있다. 그는 누구지? 네 아비냐? 아니면……."

"모, 모른다!"

곡부운은 안간힘을 다해 그 말을 내뱉더니 이어 기절해 버리고 말았다.

여강은 그의 멱살을 붙잡고 흔들었다.

"이놈! 말해라! 네놈들이었더냐? 기보를 탐내어 내 아들을 죽인 놈들이 바로 네놈이냔 말이다!"

곡부운의 나이를 보건대 물론 흥수일 리가 없다. 네놈이냐고 물은 대상은 바로 사해표국.

곡부운이 기절해 버리고 말자 답답함을 참을 길 없는 여강은 교주를 향해 울부짖듯 외쳤다.

"진짜 흥수를 혹 알고 있소? 누구요? 제발 대답해 주시오! 제발……!"

아들을 가슴에 묻어야만 했던 노인네의 한이 마침내 폭발하듯 터져나왔다. 두 눈의 실핏줄은 터져 버렸고 목은 벌써 갈라져 있었다.

보다 못한 여문이 다가가 그의 어깨를 흔들며 애타게 말렸다.

"할아버지, 진정하세요. 제발……."

여강은 버럭 화를 내었다.

"네 아비와 어미가 억울하게 죽었다. 십여 년간 흉수를 은인으로 알고 있었다니, 어찌 가만두고만 보란 말이냐?"

여강은 다시 교주를 향해 울부짖듯 애원했다.

"제발 알려주시오. 그대의 신분은 무림에서 으뜸가는 신분이외다. 결코 거짓을 말하지 않으리라 생각하오. 제발 가르쳐 주시오. 나의 아들 부부를 죽인 흉수는 누구요? 사해표국이오? 그렇소?"

처절하게 묻고 있지만 사실 흉수는 사해표국이라고 이미 확신하는 듯했다.

국주는 냉정하게 말했다.

"난들 어찌 알겠는가? 나로선 다만 잃어버린 전법륜만 찾으면 그뿐이다. 남의 집안일 따윈 상관하고 싶지 않아."

어느새 하대로 변해 있었지만, 누구도 그 점을 신경 쓰지 않았다.

여강은 자리에서 벌떡 일어나더니 그 자리에 머리를 쿵! 하고 조아렸다.

"제발 이 늙은이의 소원을 들어주시오. 교주의 신통한 법력(法力)은 이미 두 눈으로 확인했소이다. 알고 있는 것을 제발 나에게 알려주시오."

주위 사람들은 그런 여강의 행동에 대경실색했다. 그가 마교의 교주에게 절을 하고 애원했다는 사실이 알려지면 어떤 오해의 소지를 불러일으킬지 모르는 것이다.

교주는 냉정하게 뒷짐을 지고 먼 곳으로 시선을 돌리고 있었는데, 여강의 그러한 말에 기묘한 표정을 지었다.

"희한하군. 나에게 부탁을 하다니. 내가 누군지 정말 알고 하는 부탁인가?"

"물론이오!"

"흐음… 좋아, 지금 아는 바는 없지만 마음만 먹으면 모든 진실을 알아낼 수 있지. 그런데 내게 어떤 대가를 치를 셈인가? 설마 하니 그냥 공짜로 말해 달라는 건가?"

대가라는 말이 나오자 여강은 갑자기 찬물을 뒤집어쓴 듯했다.

'대체 내가 지금 무슨 짓을 하고 있는 건가? 악랄하기 그지없는 마교의 괴수가 나에게 호의를 베풀 리 없지 않은가. 그러고 보니 이곳에 나타난 것도 어떤 속셈이 있는 게 틀림없다.'

버럭 의심이 들었지만 아들 부부의 참사는 여강에게 한평생 한이 되어왔기에 여강은 지푸라기라도 잡는 심정으로 간절하게 말했다.

"무엇을 원하시오? 설령 이 촌부(村夫)의 심장을 달라고 한들 당장 가슴을 열어 보이겠소!"

교주는 고개를 저었다.

"쉰내나는 늙은 목숨 따윈 내게 필요없다."

그리고는 손가락으로 여문을 가리켰다.

"그대의 손녀딸인가? 꽤 미인이구먼."

여강의 안색이 딱딱하게 굳어졌다.

여문은 교주가 자신을 지목하자 흠칫 놀랐지만 곧 침착하게 말했다.

"할아버님의 명에 따르겠습니다. 부모님의 원수를 갚기 위해서인데 무슨 일인들 못하겠어요."

그녀의 두 눈에는 자포자기와 함께 아련한 슬픔이 담겨 있었다.

교주는 빙그레 웃으며 말했다.

"한집안 식구가 된다면 나도 더 이상 방관만 할 수야 없지. 그대 집

안의 원수는 곧 나의 원수이니까 말이야. 하하하!"

교주는 호탕하게 웃었다.

여강의 얼굴은 딱딱하다 못해 철판 같았다. 그의 관운장 수염이 부르르 떨리고 있었다. 치미는 분노를 참을 길 없는 듯 두 주먹을 꽉 쥐고 있었다.

억울하기 그지없는 아들 부부의 죽음에 대한 가슴속의 한은 그를 체면 불구하고 머리 조아리게도 만들었지만, 그보다 더 큰 억울함과 분노가 치밀어 오르고 있었다.

그 바탕은 손녀딸에 대한 사랑이었다.

여강은 도저히 참을 수 없다는 듯 교주를 향해 손가락질하며 버럭 소리를 질렀다.

"이 후안무치하고 악랄하기 그지없는 마두 놈이! 어딜 감히 내 손녀딸을 넘본단 말인가?!"

소 노인 등은 당황했다.

여강이 교주에게 머릴 조아리며 애원할 때보다 더한 당황했다.

갑자기 욕설을 내뱉다니!

교주가 화가 나서 당장 손을 쓴다면 과연 지금 이 자리에서 누가 목숨을 부지할 수 있다는 말인가?

뜻밖에도 교주는 화를 내는 것이 아니라, 오히려 당황해하며 변명하듯 말했다.

"이런…! 잘못 알아들었구려. 한집안 식구가 된다는 것은 그러니까 내가 아니라……."

"그만두세요."

탄식 같은 그 한마디와 함께 맞은편 숲에서 한 인영이 허공을 가로

질러 왔다.

유검이었다.

교주는 난색을 지으며 전음으로 말했다.

─경거망동하지 말고 일단 기다리라 했…….

"더 이상 저를 위해 애쓰실 필요는 없습니다. …아버님."

교주는 전음을 더 이상 잇지 못했다.

묵묵히 침묵하다 한참 후에야 다시 입을 열었다.

"뭐… 라고 했지?"

유검은 시큰둥한 어조로 말했다.

"별로 마음에 드는 건 아니지만… 그렇다고 당신을 부정하진 않겠습니다. …아버님."

교주는 뭐라 형언하기 힘든 얼굴로 한숨 쉬며 말했다.

"흔한 이야긴 아닌데… 용케도 알아들었구나."

"제 사부님이 알고 계셨죠."

유검은 어릴 적 사부에게 부모에 관해 물은 적이 있었다.

"만물은 모두 시원(始原)을 가진다 말씀하셨는데, 그렇다면 과연 검에게도 부모가 있습니까?"

현풍은 물론이라며 그것은 곧 '쇠의 마음'이라고 답했다.

풀어 말하기를 쇠의 의지가 곧 마음이 되고, 그것이 장차 검의 형상을 이루게 한다고 하였다.

검초를 펼치는 데 큰 영향을 끼치는, 검의 단단함과 탄력 등은 곧 쇠의 타고난 성질과 제련 과정에서 결정되어지기에 그렇게 비유해서 말한 것이다.

후일 유검은 그 말이 사부만의 독특한 고견이 아니라 당시 무인들이 일반적으로 흔히 내놓는 말이라는 것을 알았다.

그렇다고 유철심이라는 말 한마디에 바로 교주의 정체를 깨달은 것은 아니었다.

유검은 애당초 교주의 정체에 대해서는 조금씩 의혹이 일고 있었다. 말실수처럼 돌리기는 했지만 스스로 아비라 일컬었다. 다우도 아버님이라 불렀다. 게다가 그가 자신의 주위를 맴돌며 하는 행동은 단순히 아버지의 친구로 보기에는 너무나 정감 어린 것이었다.

교주의 거침없는 손속과 상대를 무릎 꿇게 만드는 위엄을 보고 나니 그러한 점은 더 더욱 확연하게 느껴졌다.

이에 교주가 스스로 유철심이라 이름을 밝히니 그것이 곧 화룡점정(畵龍點睛)이 되어 결국 유검은 그 이면에 숨은 의미를 깨닫게 된 것이다.

교주는 가슴을 치미는 감격에 뭐라 말해야 할지 몰라 멍하니 유검의 얼굴만 바라보았다.

쏴아아—

폭우는 여전히 쏟아지고 있었다.

유검은 비에 흠뻑 젖은 채 멍하니 자신을 쳐다보는 여문에게 말없이 고개를 끄덕여 주고는 여강을 향해 정중히 포권을 취해 보였다.

"어르신, 오랜만에 뵙습니다."

유검은 홀로 마음을 세우고 있었다. 이제부터는 스스로 길을 헤쳐 나가기로.

설령 결과가 어떻게 나온다 한들 이제부터는 자신의 의지를 가슴에

품고 직접 몸으로 부딪치겠다 결심한 것이다.

이미 여강과 여문이 보는 앞에서 마교 교주를 향해 아버님이라 불렀다. 현실을 있는 그대로 받아들일 것이며, 당당히 마주치기로 한 결심의 증거였다.

흐르는 물처럼 산다면 어떤 고난이 올지라도 평온한 마음을 유지하며 살겠지만, 자신과 관련된 다른 이들은 오히려 상처만 입고 만다.

유검은 이제 몸에 배인 도가(道家)의 가르침을 무시하고 적극적으로 현실에 뛰어들려 하고 있었다.

유검은 딱딱한 얼굴로 자신을 쏘아보는 여강에게 정중히 말했다.

"아버님의 말씀은 여문을 제게 주십사 하는 것이었습니다. 못난 자식을 위해 애쓰는 모습을 더 이상 지켜만 보고 있을 수 없군요. 이제 제가 저의 의지로 다시 말씀드리고자 합니다. 여문을 제게 주십시오."

갑작스런 유검의 요구에 여문은 가슴이 두근거려 견딜 수가 없었다. 초조한 얼굴로 할아버지의 대답을 기다렸다.

여강은 냉소하며 날카롭게 말했다.

"네 녀석이 마교 교주의 아들이라고? 흥, 뭔가 대단한 위세를 부리는 것 같군. 네놈은 부끄럽지도 않은가? 여문을 데리고 가면? 네 녀석은 앞으로 온 무림의 표적이 되어 험란한 피의 길을 걷게 될 것이다. 그런데 여문을 달라고? 네 욕심만 채우기 위해? 이 무슨 부끄러움도 모르는 망발이란 말이냐!"

서릿발 같은 호통에도 유검은 전혀 표정의 변화가 없었다.

유검은 여문을 향해 손을 내뻗었다.

"아문! 이곳으로 오거라. 더 이상 할아버지의 말에 따를 필요 없다. 오직 너의 마음만이 중요하다. 누가 뭐라고 한들 네 마음만 결정되어 있다면 내가 모든 것을 알아서 하마."

단호하기 짝이 없는 유검의 말에 여문은 휘청거리다 마치 최면에 걸린 듯한 발짝 유검에게 내디뎠다.

이때 여강은 싸늘한 눈빛으로 그런 그녀의 행동을 지켜볼 뿐 제지하지는 않았다. 대신 그는 품속에서 붓처럼 길쭉한 화살을 꺼내 들더니, 그것의 밑바닥에 달린 비단실을 홱 잡아당겼다.

쒸이잉—!

막대는 폭죽이 되어 쏟아지는 폭우를 뚫고 순식간에 하늘 높이 솟았다.

허공에 빨간 꽃을 그려졌다.

여강은 차가운 안색으로 교주와 유검을 돌아보며 말했다.

"곧 무림맹의 사람들이 달려올 것이다. 화산(火山)이 당장이라도 폭발할 듯한 징조가 발견될 때에 올리는 급전(急傳)이니 진 대협은 물론 함께 온 무림의 고수들도 모두 달려올 것이다. 홍, 피할 곳 없는 이 섬에서 네놈들은 도망치다가 급살 맞고 뒈져 버리겠지. 설령 우리가 이 자리에서 당장 죽임을 당할지라도 복수는 된 셈이다. 억울할 건 없지."

교주는 어이없는 얼굴로 여강에게 물었다.

"이봐, 늙은이. 왜 우리에게 원한을 가지는 거지? 사해표국에게 원수를 갚고 싶지 않나? 손녀딸을 준다면 원수는 틀림없이 갚아줄 테니까 그냥 고개 끄덕이는 게 어때?"

여강은 코웃음을 쳤다.

"홍, 생각해 보니 네놈 말을 믿은 내가 멍청했다. 사해표국이 흉수라면 그동안 우리를 그렇게나 도와줄 까닭이 없지. 차라리 몰래 손을 써서 뿌리를 제거시켜 후환을 없애려 했다면 몰라도. 본래 손녀딸이 무당파에 들어갈 때 가장 힘을 써준 곳도 사해표국이다. 만약 사해표국이 흉수라면 자신들의 행사가 아무리 완벽하다고 자신한다 할지라도 괜히 원수의 딸을 무당파에 들여보내지 않을 것이다. 혹시나 후일 들통났을 때 커다란 적으로 바뀌게 될 텐데 왜 무당파에 들여보낸단 말인가?'

교주는 어이없는 얼굴로 땅에 쓰러져 있는 곡부운을 가리키며 말했다.

"저놈이 보이지 않나? 저 수상쩍은 놈 말이다. 저놈이 사해표국의 아들이란 걸 잊은 거 아닌가? 설마 하니 저놈을 보고도 의심이 들지 않는단 말인가?"

"흥, 그건 이 녀석을 추궁해 보면 알 일이다. 혹시나 네놈이 악랄한 속셈으로 뭔가 간계를 부리지 않았는지 어떻게 안단 말인가?"

여강은 진삼원 등 무림고수들이 도착하길 기다리며 시간을 끌 속셈이 있었기에 일일이 말대꾸를 하며 말을 길게 이어갔다.

교주는 그런 점을 눈치 챘지만 아랑곳하지 않았다. 누가 감히 자신의 앞길을 가로막는단 말인가.

유검은 혹시나 싶어 교주에게 물었다.

"모든 걸 아버님이 꾸미셨습니까?"

교주는 발끈하여 곡부운을 가리키며 외쳤다.

"아니다. 절대 아니야. 저놈 수상한 놈 맞아! 진짜 수상한 놈이라구!"

유검은 비록 교주를 아버님으로 인정했지만, 그가 하는 말 모두 무조건 옳다고 여기는 효자는 아니었다.

"흠……."

유검은 팔짱을 끼고 곡부운을 내려다보았는데, 교주가 한 말의 진위 여부를 곰곰이 따져 보는 듯했다.

교주는 그런 유검의 태도에 굉장한 억울함을 느꼈다.

억울함은 곧 분노로 변했고, 그것은 여강에게로 향했다.

"너 따위 놈의 손녀딸이라면 내가 거절하겠다. 어디서 감히 나에게……."

교주는 말을 더 잇지 못했다. 유검이 앞을 가로막고 나선 것이다.

유검은 여강을 향해 포권하며 말했다.

"좋습니다. 십여 년 전 있었던 그 참사에 관해서 제가 알아보지요. 모든 은원을 종결 짓고 나서 다시 여문을 찾으러 오겠습니다."

그렇게 단호히 결정짓고 나서 여문을 향해 시선을 돌렸다.

"사형……."

그녀의 입술이 열렸다. 귀에 잘 들리지도 않는 조그만 음성이었지만, 분명 울먹이고 있다는 것은 확실했다.

유검은 웃었다.

"이젠 머리카락이 제법 길었구나. 산을 내려올 그때 당시에는 꽤 짧았었는데……."

무심코 말해 놓고 보니 어제 그녀를 만났을 때는 미처 느끼지 못했던 사실이다.

문득 유검은 한 가지 사실을 깨달았다.

그녀가 그때 당시 머리카락을 자른 이유가 자신에게 있었다는 사실을.

어쩌면 주화입마 때문일 것이고, 어쩌면 하산(下山) 때문일 것이다. 어쨌든 자신으로 인한 것이 틀림없다.

유검은 웃음이 나왔지만 씁쓸하기 그지없었다.

"그걸 이제야 깨닫다니… 하하하!"

여문은 조용히 미소를 지었다.

그녀의 젖은 얼굴 위로 빗물이 흘러내리고 있었다.

여강 등은 오로지 시간을 벌 속셈이었기에 유검의 말과 행동과 냉소를 터뜨렸지만 트집을 잡지는 않았다.

교주는 저 멀리 분화구 쪽으로 시선을 돌리고 있었다. 폭우가 쏟아지는 소리를 뚫고 저 멀리서 귀에 익은 음성이 들려왔던 것이다.

"총관이군. 대체 뭐라 지껄이는 거야? 그 나이면 알아서 할 것이지 날 찾긴 왜 찾나?"

휘이익—!

교주는 긴 휘파람 소리를 냈다. 짐작하기 어려운 심후한 내공이 담겨 있어 검을 튕기는 듯한 맑은 소리기 창공을 뚫고 퍼저 나갔다.

교주는 유검에게 말했다.

"자, 일단 이 자리를 벗어나도록 하자. 강아지들이 떼거리로 몰려오면 귀찮으니까 말이다."

유검은 고개를 끄덕이며 여문에게 말했다.

"몸이 젖었구나. 감모(感冒) 걸리지 않게 조심하거라. 그리고 이번에는 반드시 널 찾을 테니 기다려도 좋아."

여문은 조용히 고개 끄덕였다.

뭔가 한마디 하고 싶은 듯 조그만 입술을 달싹였으나 호랑이 눈의 할아버지가 지켜보는 앞이라 그런지 차마 입 밖에 내지 못했다.

유검은 이미 그녀의 눈빛으로 모든 말을 알아들었다. 그 화답으로 미소를 보여주고는 몸을 돌리는 순간,

"사형―!"

그녀의 목소리에 다시 돌아보니 훌쩍 날아드는 가녀린 몸.

싸한 박하 향의 머리카락이 코끝을 간질였다. 금방이라도 꺾어질 듯한 가는 허리를 소중히 껴안는데 그녀가 도발적으로 목을 껴안으며 입을 맞춰왔다.

대담하기 그지없는 그녀의 돌연한 행동에 놀라기는 했지만 거부하지는 않았다.

여강은 놀라 호통 쳤다.

"문아야!"

교주는 흐뭇한 미소를 지으며 그 광경을 음미했다.

그녀의 향기가 채 여운이 가시기도 전에 유검은 훌쩍 몸을 날렸다.

교주도 서둘러 신형을 날리며 여강에게 소리쳤다.

"이봐, 늙은이, 저놈 수상한 놈 맞아. 내가 조금 수작을 부린 건 맞지만, 하여간 저놈은 수상한 놈 맞아. 그러니까 잘 조사해 보는 게 좋을걸? 호호호!"

손가락으로 곡부운을 가리키며 소리치는 그의 모습에서는 이미 마교 교주로서 보여왔던 위엄과 신위는 사라지고 없었다. 잃어버린 자식을 찾은 철없는 아버지의 기쁨만이 그대로 드러나 있었다.

유검은 숲 속에서 비를 맞으며 기다리고 있는 다우에게 다가가 어색한 미소를 띠며 조심스레 말했다.

"다우야, 이 오라버니를 이해하지?"

◆ 第五章

마교 내에
반란이 일어나다

마교 내에 반란이 일어나다

“나… 가봐야 할 것 같아.”

다우의 말에 유검은 잠시 당황했다.

입을 삐죽이며 투덜대거나 혹은 진천뢰를 집어 던지거나 할 줄 알았지, 즉시 떠나겠다는 말이 나올 줄은 전혀 예상치 못했던 것이다.

유검은 진땀이 나왔다.

묵묵히 자신을 바라보고 있는 다우의 검은 두 눈동자에는 아무런 감정도 내비치지 않고 있었다.

삐이익—

날카로운 호각 소리가 연신 울려 퍼졌다. 폭포수 주위로 사람들이 몰려들고 있었다.

“다, 다우야, 이건 말이지 그러니까……..”

허둥대며 뭔가 말을 꺼내는데, 다우는 힐끔 여문이 있던 곳을 일견하고는 고개를 저었다.

"걱정 마. 질투 때문에 떠나거나 하는 건 아니니까. 오라버닌 본래부터 그렇다는 건 알고 있는데 새삼 화를 낼 까닭이 없잖아."

다우는 폭포수 맞은편 여강을 가리키며 말했다.

"저 할아버지가 방금 쏘아 올린 화살은 본 문에서만 만들어지는 태화전(泰花箭)이란 거야. 불 없이도 저렇게 쏘아 올리려면 유황(硫黃)을 제대로 다룰 수 있어야 하는데, 그런 기술은 본 문에만 있어."

다우는 아미를 찌푸리며 말을 이었다.

"태화전은 본 문의 장로들 이상만 소지할 수 있어. 저 할아버지가 태화전을 가지고 있는 걸 보면 아무래도 본 문의 장로들도 함께 온 것 같아. 본래는 절대 남에게 주는 물건이 아닌데… 아마도 무림맹에서 급한 요청을 했을지도… 아, 그리고 이런 화산에 대한 풍수가(風水家)도 본 문이 가장 유명하니까 함께 왔을 거야. 지금 가봐야 할 것 같아."

유검은 어쩔 수 없이 고개를 끄덕이며 조심스레 물었다.

"그런데… 꼭 가봐야 하니?"

"할 수 없어. 문도(門徒)들이 왔는데 내가 얼굴을 내비치지 않을 수는 없으니까. 아마도 여기 오기 전에 날 많이 찾았을 거야. 이런 중요한 일에 사람을 보내는 것에 장로들만으론 부족해. 다시 말해 문제가 생길 경우 책임을 질 사람이 필요한 거야."

유검은 다우의 말을 들으며 내심 의심이 일었다.

'정말 화가 안 난 걸까? 문도들이 와서 가봐야 한다는 저 말이 사실일까?'

그녀의 차분한 얼굴과 눈빛을 보니 거짓말 같지는 않았다.

하지만 있는 그대로 믿기에는 뭔가 석연찮았다. 아무래도 말하기 어려운 숨겨진 내막이 있는 듯했다.

역시 다우 혼자 보내기에는 불안했다.

"좋아, 그럼 나도 같이 가마. 방금 소동이 있긴 했지만 변장하면 괜찮을 거다."

다우는 묵묵히 유검의 얼굴을 올려다보다 천천히 고개를 가로저었다.

"난 벽력문의 이십팔대 문주. 언제까지나 오라버니 곁에 있고 싶지만 그건 다우일 때만 가능해. 벽력문의 문주로서 할 일이 있을 때는……."

다우는 조그만 입술을 깨물며 천천히 고개를 가로저었다.

"나 문주로서 문도들에게 명을 내리고, 엄한 벌을 줄 때도 있어. 나… 그런 모습 오라버니에게 보이고 싶지는 않아. 이해하지?"

유검은 아무런 대꾸도 하지 않았다.

묵묵히 다우의 두 눈을 바라보며 그녀의 내심을 헤아릴 뿐이었다.

다우는 그런 유검의 태도가 못마땅한 듯 정강이를 걷어찼다.

"쳇, 금방 돌아올 테니까 삐치지 마!"

그리고는 몸을 돌려 경신술을 펼쳤다.

"그럼 좀 있다 봐~!"

작별 인사를 하고 한 걸음 채 뻗어 나가기도 전에 다우의 몸은 허공에 멈춰져야만 했다.

"누구 맘대로?"

유검은 두 팔로 다우를 번쩍 들어 올려 목마 태우며 무뚝뚝하게 말했다.

"언제 화산이 폭발할지도 모르는데 널 어떻게 혼자 놔두나? 네가 벽력문의 문주인지 어떤지는 모르겠다만, 내게는 단지 그러니까……."

"…동생?'

"…생략."

다우는 생략이란 말의 의미를 곰곰이 되새겨보다 다시 조그맣게 말했다.

"나… 정말로 가봐야 해."

"안 돼."

다우는 짧게 한숨을 내쉬었다. 그리고 유검이 단호하게 말리자 가겠다는 소리는 더 이상 꺼내지 않았다.

유검은 주위를 돌아보았다. 같이 왔던 교주의 모습이 보이지 않았다.

"어디 가셨지?'

다우가 투덜거렸다.

"쳇, 저 언닌 봐줬다. 오라버니랑 십 년을 넘게 같이 있었잖아. 하지만 이제 더 이상 바람피우면 안 돼! 알았지?'

"…서로 간섭하지 않기로 한 거 아니었나?'

"그래? 좋아. 그럼 난 진 가가에게 갈 거야."

"안 돼."

"…욕심쟁이!"

옥신각신하며 교주를 찾아 주위를 두리번거리는데,

까가강―!

좌측 숲 쪽에서 병장기가 부딪치는 날카로운 소리가 들려왔다.

무림맹 사람들과 한바탕 싸움이 일어났나 싶어 유검은 그곳을 향해 몸을 날렸다.

과연 예측대로였다.

교주는 오만하게 뒷짐을 지고 서 있었고, 총관은 낭패한 몰골 그대로 그 옆에서 주위를 향해 뭐라고 소리치고 있었다.

비바람 속에서 많은 사람들이 병장기를 든 채 둘을 포위하고 있었다. 총관의 뒤를 쫓던 기재들 외에 예리한 안광을 지닌 중년인, 눈에 익은 몇 명의 교두, 보통 사람으로는 보이지 않는 비범한 기도의 노인네 등이었다.

유검은 교주의 무공을 견식한 적이 있었다.

주위를 포위하고 있는 자들이 어떤 신분인지는 모르나, 정면으로 부딪친다면 교주에 의해 모두 처참하게 살육당할지도 모른다.

이 싸움은 말려야 한다고 생각했다.

"풍환!"

대답이 없자 유검은 재차 불렀다.

"풍환!"

—부르셨습니까, 주인님. 여태껏 명만 내리시더니 오늘은 어인 일로 절 다 불러주세요? 소녀, 참으로 기쁘기 한량없사옵니다.

한껏 기뻐하는 풍환의 음성.

"흠, 여태껏 널 너무 무시한 것 같아서 불러봤다. 네가 힘이 미치는 범위까지 최대한의 광풍(狂風)을 일으켜라. 저기 칼을 들고 있는 자들이 바로 옆 사람도 알아보지 못할 정도로!"

—주인님의 의지는 바람의 권능. 명하시는 바 모두 이루어질 것입니다.

휘이잉—!

거대한 회오리바람이 일며 쏟아지는 폭우는 어지러이 흩날린다.

바닥에 깔린 나뭇잎과 모래, 돌멩이 등 대지에 얽매어 있지 않은 모든 것들이 일제히 바람을 타고 허공으로 솟구쳐 올라 사람들의 시야를 가렸다.

포위하고 있던 자들은 당황해 소리치고, 그 혼란 속에서 유검은 교주와 총관에게 전음을 날렸다.

교주는 투덜거리면서도 유검의 말에 따랐다.

부자의 감격적인 재회가 너무 맹숭했다고 여겼기에 이번에야말로 제대로 느껴보자고 생각했다. 쓸데없이 무림맹 촌닭과 싸움이나 할 이유가 없었다.

얼마 지나지 않아 십여 리 떨어진 숲 속의 조그만 공터에 도착하였다.

총관은 드디어 교주를 만났다는 감격스러움을 이제야 마음껏 드러내며 털썩 무릎을 꿇었다.

"교주님!"

아들과의 감격적인 재회 장면을 준비하던 교주는 심드렁하게 되물었다.

"왜?"

총관이 유검을 힐끔 일견하며 머뭇거리자 교주가 퉁명스레 말했다.

"괜찮아. 내 아들에게 뭘 숨긴단 말인가."

"아, 드디어……."

총관은 축하의 말조차 제대로 하지도 못하고 바로 본론을 꺼냈다. 처절하기 그지없는 표정으로.

"본 교에 반란이 일어났습니다!"

"그래?"

그게 무슨 별일이라도 되냐는 듯한 교주의 시큰둥한 대답에 총관은 악을 쓰듯 다시 말했다.

"본 교에 반란이 일어났다구요!"

그리고 품속에서 전서구를 통해 받은 붉은 서찰을 꺼내어 교주에게 바쳤다.

교주가 바위에 걸터앉아 그것을 힐끔 읽어보는 동안 총관은 심중의 격동을 참을 수 없어 흐느끼듯 말했다.

"상황은 절망적입니다. 그러길래 평소 수하들을 좀 제대로 다스려야 한다고 말씀드리지 않았습니까? 항상 본 교의 총단을 비우고 매일 강호로만 나돌아다니니 이런 일이 벌어진 것 아니겠습니까! 지존(至尊)의 자리를 바라는 놈들이 얼마나 많은데 한 번도 견제를 하지 않으니……."

"시끄러워!"

교주는 별것 아니라는 듯 서찰을 씹어 던졌다.

"그보다 어디 근처에 비를 피할 곳이나 찾아봐. 뭐 아무거나 사냥해서 요리도 만들어보고. 흠… 이럴 때 술이 있어야 하는데……."

교내 반란이 일어났다는 커다란 변고를 듣고도 너무나 태연자약한 교주의 태도에 총관은 할 말을 잊었다.

순간 뇌리를 스치는 생각이 있었다.

철판처럼 딱딱하게 굳어져 있던 얼굴이 기묘하게 일그러졌다.

"혹시… 반란이 일어날 줄 예측했던 겁니까?"

총관은 소리를 높여 되물었다.

"아니, 혹시… 반란이 일어나길 오히려 기대하고 계셨던 건 아닙니까?"

“시끄러워!”

역정을 부리는 교주의 태도에 총관은 자신의 짐작이 옳음을 확인하고 절망했다.

“너무하십니다. 정말 너무하세요. 흐흐흑……”

종내 땅을 치고 통곡했다.

그 모습에 교주는 혀를 찼다.

“너도 참 어리석구나. 애당초 나는 본 교의 행사에 이미 손을 놓았다. 본 교로 돌아가면 내가 지닌 신물(信物)과 함께 모든 것을 ‘그 녀석’에게 물려줄 생각이었지.”

총관은 문득 뇌리를 스치는 생각이 있어 얼굴이 창백해졌다.

“호, 혹시… 반란을 일으킨 자가 누구인지 짐작하고 계시는 겁니까? 그자가 바로……”

교주는 고개를 끄덕였다.

“네 짐작이 옳다. 아마도 반란을 일으킨 것은 ‘그 녀석’인 듯하다. 장로들 팔 할 이상이 그 녀석을 지지하는데, 다른 어떤 놈이 반란을 일으킨단 말인가? 애당초 그 녀석에게 이 자리를 물려주려 했다. 그러니 달리 큰 변고가 일어났다고는 할 수가 없지.”

“그, 그분이 왜! 조만간 교주 자리를 이어받으실 분이 왜 반란을 일으킨단 말입니까?”

교주는 먼 하늘로 시선을 돌렸다. 묘한 감회가 몰려와서였다.

“아마도… 복수일까? 그 녀석의 아비가 나로 인해 죽었으니 한을 가질 만도 하겠지.”

“하, 하지만 그것은 어디까지나 본 교의 율법상 어쩔 수 없는……”

“어쨌든 나 때문인 건 확실하지.”

총관은 곧 뭔가 이상함을 깨닫고 벌떡 일어나 소리쳤다.

"그분의 태생을 아는 이는 몇 장로들밖에 없는데, 감히 누가 그 사실을 알려줬단 말입니까?"

"내가 어떻게 아나?"

교주는 한숨을 쉬며 총관에게 말했다.

"자, 너도 떠나거라. 그 녀석이 반란을 일으킨 이상 틀림없이 성공했다고 봐야지. 그러니 나도 이젠 본 교에서 쫓기는 몸이요, 범부(凡夫)에 불과하다. 자네가 내 곁에 있을 이유는 더 이상 사라졌어."

야박한 교주의 말에 총관의 통통한 두 볼이 부들부들 떨렸다.

머리를 땅에 콩콩 박으며 단호하게 외쳤다.

"저를 어떻게 보고 그렇게 말씀하십니까? 교주님을 떠나라니요! 전 끝까지 교주님을 따르겠습니다!"

교주는 웃으며 물었다.

"난 권력도 지위도 더 이상 없는 것이나 마찬가지다. 반란을 제압하고 싶은 생각도 없고 다시 교주 지위를 찾고 싶지도 않다. 그런데도 나를 따르겠다는 말이냐?"

총관은 부르르 어깨를 떨다가 쿵 하고 머리를 땅에 박았다.

"물론입니다, 주군(主君)! 한 몸으로 어찌 두 주군을 섬기겠습니까!"

교주는 입맛을 다셨다.

"흠… 귀찮지만 어쩔 수 없지. 마음대로 하게."

총관은 기뻐하며 다시 머리를 조아렸다.

그리고 조그만 소리로 볼멘소리를 했다.

"하지만 너무하시군요. 미리 제게 알려줬다면 저도 좀 편하게 살았을 것 아닙니까?"

교주는 그의 불만을 일축하곤 다시 비를 피할 곳을 찾고, 뭔가 사냥해 오라고 명을 내렸다.

총관은 궁시렁거리며 몸을 일으키다 갑자기 안색이 바뀌었다.

흥미진진하게 지켜보고 있던 다우가 유검에게 말했다.

"얼굴이 엄청 자주 바뀌네? 그치?"

"그래, 참 재밌는 사람이야."

총관은 아차 하는 표정으로 교주에게 말했다.

"본 교에서… 살수(殺手)가 올지 모릅니다. 교주님을 암습하기 위해……."

"음? 나의 행적을 어떻게 알고?"

총관은 불만 어린 얼굴로 말했다.

"그러길래 미리 제게 이런 이야기를 해주셨으면 별문제없었잖습니까?

"누가 온들 이 한 몸 지킬 수는 있으니 문제없다."

총관은 머뭇거리다 말했다.

"사실 바다로 나서기 전 항주에 있을 때, 몰래 교주님의 행적을 알려두고 왔습니다. 사실 무림맹과 언제 전쟁이 벌어질지 모르는 이런 상황에서 교주님이 행적도 밝히지 않고 강호를 돌아다닌다고 장로들의 불만이 많고 해서……."

교주는 얼굴을 찡그리며 물었다.

"혹시… 내가 수밀지체를 찾아간다는 이야기도 했는가?"

교주의 태도가 심상치 않아 보이자 총관은 식은땀을 흘리며 그렇다고 답했다.

교주는 버럭 소리쳤다.

"이 바보 같은 놈!"

그리고 유검을 향해 급히 말했다.

"나의 아들아! 서두르자! 급하다!"

유검은 어리둥절해하며 물었다.

"뭘 서두른단 말입니까?"

교주는 진지한 얼굴로 검미를 치켜세웠다.

"내 며느리이자 네 녀석의 부인이 될 여자를 멀쩡히 두 눈 뜨고 빼앗기겠단 말이냐?"

꽉!

다우의 조그만 열 손가락이 절로 유검의 머리카락을 움켜쥐었다.

*　　　*　　　*

쫘이악

풀들이 양 옆으로 갈라지고 쏟아져 내리던 폭우는 사방으로 비산한다.

그 속을 뚫고 일직선으로 날아가는 한 인영.

"제발 잠시만 멈춰보세요!"

교주의 손에 붙잡혀 허공에 날리는 연이 되어 있는 유검은 소리 질렀지만 자신의 귀에도 들려오지 않았다.

나아가는 기세를 종심(從心)으로 하여 한 바퀴 몸을 회전시켜 몸의 중심을 잡는데 불쑥 눈앞에 둥실 떠 있는 조그만 쇠구슬.

유검은 급히 소맷자락을 휘둘렀다.

꽈아앙—!

한 무더기의 인영이 지나간 즉시 쇠구슬은 붉은 화염과 함께 그 자리에서 폭발했다.

유검은 오른쪽 팔로 안고 있는 다우에게로 고개를 숙이며 애원하다시피 소리쳤다.

"어이쿠, 다우야! 제발 그만둬. 난 금강불괴라 괜찮지만 네가 다친단 말이다!"

다우 역시 몰려오는 비바람에 눈조차 제대로 뜨지 못하면서도 악을 쓰듯 소리쳤다.

"몰라! 빨랑 내려줘! 내가 왜 따라가야 해!"

"무림의 흥망이 달렸다는데 그럼 어떡해? 그리고 널 두고 갈 수도 없잖아!"

"나하고 무슨 상관이야!"

유검은 입을 앙 하고 벌려 날아오는 다우의 조그만 주먹을 덥석 물었다.

그리고 한 팔로 다우를 꼼짝 못하게 감싸 안았다.

그제야 그녀를 제압했다 여기고 유검은 전신의 기운을 끌어올려 몸의 중심을 잡았다.

쐐아앙─

지면에 발이 닿는 순간 유검의 몸이 퉁기듯 앞으로 날아갔다.

겨우 교주와 비슷한 속도로 달릴 수 있게 되자 잡혀 있는 손을 뿌리치고는 입에 물려 있는 다우의 나머지 손마저 제압했다.

입이 자유로워지자 교주에게 외쳤다. 이번에는 내공을 실었기에 음성이 흩어지지 않고 뚜렷하게 전달되었다.

"뭘 그렇게 서두르세요? 오늘 아침에 보니 근처로 오는 배도 없었는데! 만약 마교, 아니 일월교에서 고수들이 도착하려면 한참 걸릴 겁니다!"

교주는 얼굴을 찌푸리며 대답했다.

"바보 녀석! 누가 배로 오는 녀석 따윌 두려워한다더냐?"

"그럼 대체 누구를… 어이쿠!"

유검에 안겨 두 팔이 꼼짝 못하게 되자 다우는 몸을 휙 돌리며 한 발을 차올렸다.

발은 짧았지만, 묻어 있던 진흙덩어리가 날아와 얼굴을 때렸다.

그와 함께 다우의 품속에서 우르르 쏟아지는 쇠구슬들.

"으이그……!"

유검은 투덜대며 쑥 몸을 뽑아 올렸다. 숲을 빠져나와 하나의 언덕을 넘는 순간이었다.

꽈꽈가가강―!

피어오르는 붉은 화염과 수많은 파편이 날아오른다.

유검은 이미 그 자리를 벗어나 두 번째 언덕을 뛰어넘고 있었는데, 눈에 보이는 광경이 낯익다는 사실을 발견했다.

"이 길은… 왜 마을로 가는 겁니까? 화는 저기 위쪽 공터에서 기다리고 있을 텐데?"

교주는 잘라 말했다.

"설명할 시간 없다."

둘이 달려가는 속도는 그야말로 번개를 무색케 할 정도로 빨랐다.

그들은 이미 마을 안으로 들어서고 있었다. 총관은 저 멀리 혼자서 열심히 뒤따라오고 있었다.

교주를 따라 달리던 유검은 검미를 찌푸렸다.

“왜 제 집으로……?”

“묻지 마.”

담장을 넘는 순간 정원에 몇 명의 남녀가 모여 있는 것을 보았다. 대충 보니 오룡삼봉의 기재들이었다.

기재들은 뭔가 날아오는 것은 보았지만, 워낙 빨라 흐릿하게만 보였기에 정체를 깨닫지는 못했다.

“뭐야? 새인가?”

“새치고는 너무 크군. 앗! 안으로 들어간다.”

“들어가 보자!”

집 안으로 들어서려는 순간 오룡삼봉은 뭔가 조르르 뭔가 굴러오는 것을 발견했다. 주먹만한 크기의 쇠구슬이었다.

그 쇠구슬은 이미 그들에게 낯이 익었다.

초영영은 낯빛이 하얗게 변해 신음하듯 소리쳤다.

“지, 진천뢰―!”

그녀가 소리치기도 전에 기재들은 이미 사방으로 흩어지고 있었다.

꽈아앙―!

가장 큰 폭발음과 붉은 화염이 일었다.

교주는 집 안으로 들어서자마자 유검의 등을 떠밀곤 소리쳤다.

“빨리 찾아봐. 다행히 아무도 오지 않은 것 같군.”

“좋습니다. 대신…….”

“음?”

교주는 눈앞에 고개를 바짝 들고 자신을 쏘아보고 있는 다우를 보곤 한쪽 입술을 실룩거렸다.

‘누가 온다고 저러는 거지? 게다가 도대체 내 집에 화가 있을 리

가……'

투덜거리면서도 유검은 집 안 여기저기 방문을 열어보며 화를 찾았
다.

하나의 방문을 여는 순간 유검은 그 자리에 얼어붙었다.

자욱하게 피어오르는 수증기, 조그만 욕실이었다.

욕실 안에는 나무로 짜 만든 원통의 욕탕이 있었는데, 그 안에 한 소
녀가 들어가 있었다.

"정말 있네?"

놀람으로 두 눈을 동그랗게 뜬 채 자신에게로 고개 돌린 그녀의 얼
굴을 확인하고 유검이 중얼거린 말이었다.

"끼아아악—!"

일단 터져 나오는 날카로운 비명 소리.

유검은 버릇처럼 황급히 뒤돌아 도망치려다,

'이게 아니지.'

라고 생각하고 일단 침착하게 입을 열었다.

"내가 갑자기 널 찾아온 건 사정이 있다. 마교에서 그러니까……."

깡—!

물을 뜰 때 소용되는 조그만 바가지가 날아와 유검의 머리를 때렸
다.

유검은 침착하게 말을 이었다.

"당황스러운 건 알겠지만 일단 내 말을……."

까강! 퍼퍼퍽!

연이어 수없이 날아오는 정체 불명의 물건들.

'대체 욕실 안에 저런 물건들이 왜 있는 거지?

조용……

갑자기 정적이 찾아왔다. 방금 있었던 요란한 소동이 거짓말처럼 느껴질 정도였다.

조르르— 땡!

뭔가 구르는 소리가 나고 이어 쏴아아 물이 갈라지는 소리가 들려왔다.

화가 욕탕에서 몸을 일으킨 것일까?

"……."

사뿐한 발자국 소리가 천천히 다가왔다. 물방울이 바닥으로 떨어지는 소리도 함께 들렸다.

돌아볼까 망설이는데, 화의 음성이 들려왔다.

"검랑……."

부드럽고 정이 듬뿍 담긴 목소리였다.

유검은 자신도 모르게 가슴이 두근거렸다.

'오늘 정오의 약속에 가지 않았으니까 무척 화가 나 있을 텐데… 왜 이렇게 부드럽게 나올까?'

이때 등 뒤로 그녀의 부드러운 육체가 느껴졌다.

그리고 귓가에 봄바람보다 더 부드럽고 간지러운 목소리가 이어 들려왔다.

"사랑해요."

유검은 눈앞에 놓인 두 개의 하얀 두 팔을 보며, 화가 자신을 등 뒤에서 껴안은 게 틀림없다고 확신했다.

자신도 모르게 입가에 미소가 걸렸다.

히죽 웃고 있는데, 방문 밖에 다우가 쪼그리고 앉아 턱을 괸 채 자신을 멍하니 보고 있는 모습이 들어왔다.

"하하… 이건……."

유검은 식은땀을 흘리며 애써 변명거리를 찾고 있는데, 화가 다정한 목소리로 물었다.

"어때요? 만족해요?"

"뭘?"

"검랑이 시키는 대로 했잖아요."

"내가 언제?"

황당하기 그지없어 반문하는 순간 화가 등을 확 떠밀었다.

화는 옷가지로 겨우 앞가림만 하고 있는 모습이었는데, 얼굴이 빨갛게 상기된 채 화가 난 듯 소리쳤다.

"이제 와서 딴소리야? 네가 시켰잖아! 널 보는 즉시 안기면서 사랑한다고 말해라고 말야! 하려니까 얼마나 부끄러웠는데… 이제 와서……."

화는 억울한 표정으로 울먹울먹거리더니 그 자리에 푹 쪼그리고 앉아 두 손으로 얼굴을 가리고 울음을 터뜨렸다.

아무리 여자는 타고난 연기의 천재라지만, 이런 행동은 절대 거짓같아 보이지는 않았다.

유검은 화와 다우를 번갈아보며 어색한 미소를 띠었다.

"여, 여긴 무슨 오해가… 하하하……."

말은 아무런 의미를 담지 못하고 허탈한 웃음과 함께 허공에서 그냥 스러져 버렸다.

등줄기 사이로 식은땀은 폭포가 되어 흘러내렸다.

이대로 입을 다물고 있어서는 안 된다는 절박한 심정에서 뭔가 이야

기를 꺼내려는데,

절렁, 철커덕—

쇠사슬 끄는 소리가 들려오는 듯했다.

정말로 들려오는 소리인지, 아니면 환청인지 알 수 없었다.

유검은 이 순간 딱딱하게 얼굴을 굳히고 있었다.

출처를 알 수 없는 짙은 살기(殺氣)…….

뿌연 안개처럼 희미하지만 늪처럼 끝없이 빠져들 것만 같았다.

유검은 자신의 팔뚝을 보고 검미를 찌푸렸다. 금강불괴에 달한 자신의 몸에 소름이 돋아나 있는 것이다.

퍽—!

진흙으로 쌓아 올린 벽을 뚫고 막대한 경력을 담은 쇠사슬이 날아왔다.

꽝—!

쇠사슬에 맞은 유검의 신형은 한순간에 뒤로 튕겨났다. 충격의 순간 중심을 잡으려는 유검의 두 발이 지면에 뿌리내렸지만 그 힘을 감당할 수는 없었다.

솟구치는 흙먼지와 함께 바닥에 기다란 두 개의 고랑을 만들며 유검의 신형은 욕실의 벽을 뚫고 끝없이 뒤로 튕겨났다.

벽이 우르르 무너지며 한 괴인이 욕실 안으로 성큼 한 발을 내디뎠다.

보통 사람들보다 머리통이 두 개 정도는 더 큰 거대한 체구였다. 머리카락은 산발하였고, 허름한 회의(灰衣) 위로 굵은 쇠사슬을 친친 걸치고 있었다.

그의 얼굴은 어둠에 갇힌 듯 도저히 알아볼 수가 없었다. 다만 소름

끼치는 한광(寒光)이 흘러나와 도저히 시선을 마주할 수가 없었다. 마치 저승사자를 마주한 것 같았다.

기이한 한기에 다우와 화는 얼어붙어 꼼짝할 수가 없었다.

괴인은 뚜벅뚜벅 욕실 안으로 걸어와 커다란 손바닥으로 화의 한 팔을 감아쥐고 들어 올렸다. 옷가지가 떨어져 내리며 가녀린 그녀의 나신이 드러났다.

"여기 있었군."

괴인이 고개를 끄덕이며 돌아서려는 순간,

꽝—!

천장에서 빛에 휘감긴 검 하나가 날아와 괴인의 정수리를 찍었다.

괴인의 몸뚱아리는 바닥으로 가슴 부위까지 푹 파고들었는데, 갑자기 나타난 신발 하나가 그의 팔꿈치를 와락 잡아 눌렀다.

잡혀 있던 화의 나신이 땅으로 굴러 떨어지고 그의 손아귀는 팔꿈치에 받은 충격을 감당 못해 무르르 떨었다.

"갑자기 암습이라니, 너무하잖아."

유검은 투덜거리며 퉁겼다가 다시 날아오는 한천검을 받아 쥐었다.

교주가 갑자기 욕실 안으로 뛰쳐 들어오며 소리쳤다.

"조심해라. 내가 말해 준 적이 있지? 내 친구 놈 중에……."

이때 괴인은 어검술에 격중당하고도 의식이 멀쩡한 것은 물론 조그만 상처 하나 없었다.

괴인이 한 팔로 바닥을 때리자 그의 몸이 쑥 위로 솟구쳤다.

그와 함께 그의 몸을 감고 있던 쇠사슬이 뻗어 나와 살아 있는 뱀처럼 꿈틀대며 유검의 전신을 순식간에 친친 감아버렸다.

"…금강불괴가 한 놈 있다고."

교주는 괴인과 겨우 일장을 마주하고 섰는데, 그제야 나머지 말을 시큰둥한 어조로 끝맺고 있었다.

유검은 못마땅한 듯 소리쳤다.

"앞으로 그런 건 먼저 본론부터 말해 주세요!"

화는 바닥에 주저앉은 채 부들부들 떨고 있었다.

괴인에게서 발산되는 기이한 한기를 견디지 못해 이를 딱딱 부딪치며 떨고 있었다.

마침 괴인과 눈이 마주치자 정신이 아득해져 왔다. 그렇게 정신을 잃고 바닥에 쓰러져 버렸다.

유검은 이때 전신에 불끈 힘을 줘서 쇠사슬을 잘라내려 했지만 뜻대로 되지 않았다.

쇠사슬은 뜻밖에도 약간의 탄성이 있어 힘을 줄수록 오히려 옥죄어 왔다.

'이건 대체 뭔데 이렇게 질기나?'

교주가 혀를 차며 유검에게 말했다.

"힘으론 안 된다. 만년한철보다 더 강하고 교룡(蛟龍)의 심줄보다 더 질긴 것이니까."

다우가 뒤에서 걸어나와 더듬거리며 물었다.

"오라버니… 잡힌 거야?"

유검은 멋쩍게 웃으며 고개를 끄덕였다.

"음… 그런가 본데?"

괴인은 이미 유검은 포획했다고 여겼는지 더 이상 손을 쓰지 않고 교주에게 말을 건넸다.

"오랜만이군."

"아아… 의례적인 인사말은 그만두지. 뭐, 본 지 얼마나 지났다고……."

어둠 속에 갇혀 있는 그의 얼굴 부위에서 시퍼런 한광이 흘러나왔다.

"날 무저갱(無底坑)에서 끌어 올려줘서 고맙다는 이야기는 꼭 하고 싶었네."

"원 별 이야길 다 하는군. 친구로서 당연한걸."

"친구라……."

괴인은 땅에 쓰러져 있는 화를 힐끔 일견하고는 말을 이었다.

"이번 선물도 고맙게 받아 가겠다. 방해하지는 말게."

교주는 피식 웃으며 말했다.

"이십여 년 전, 자네는 그때도 나를 이기지 못했다. 지금이라고 다를 거 같은가?"

괴인은 음침한 음성으로 그 말을 되받았다.

"물론이지. 신가(申家) 놈의 아들이 있으니까."

교주는 인정한다는 듯 고개를 끄덕였다.

"뭐, 혼자의 힘으로 본 교의 후계자가 된 놈이니 능력이야 나도 인정하지. 솔직히 그놈과 싸우는 건 나도 자신없어."

교주는 빙그레 웃으며 말을 이었다.

"하지만 내게도 아들이 있다네."

번쩍!

유검의 몸을 감은 쇠사슬 사이로 휘황한 검광(劍光)이 삐죽 빠져나오고 있었다.

그것을 본 괴인은 클클거렸다.

“검 따위로 자를 수 있는 물건이 아니다.”

쩌쩡!

검은 쇠사슬 중 한 가닥에 금이 갔다. 하지만 더 이상 다른 변화는 일어나지 않았다.

그것을 보고 괴인은 비웃었다.

“제법 용을 쓰는군. 하지만 결국 쓸데없는 짓.”

유검은 괴인의 말은 무시한 채 고개 돌려 교주에게 물었다.

“혹시 이 쇠사슬 비싼가요?”

교주는 고개를 끄덕였다.

“아마도…….”

“젠장, 하필! 더 이상 빚지긴 싫은데…….”

괴인이 눈살을 찌푸리며 뭔가 한마디 하려는 순간,

차르르—

시원하게 물살을 가르듯 붉은빛이 감도는 은광이 땅에서 하늘로 치솟았다. 이에 유검의 몸을 감싸고 있던 쇠사슬은 수십 토막이 되어 쩔렁거리는 소리와 함께 땅으로 떨어졌다.

괴인은 경악에 사로잡혔다.

“어, 어떻게…….”

한마디 채 꺼내기도 전에 강력한 힘이 그를 잡아당겼다.

유검이 괴인의 몸과 연결된 쇠사슬을 왼쪽 손에 친친 감고 휙 잡아당겼던 것이다.

이 순간 오른손에 들린 한천검은 하늘 높이 치켜세워져 있었다. 시퍼런 검강(劍罡)에 은은히 불그스레한 빛이 함께 어울려 있었다.

위이잉—!

한천검은 일체의 변화 없이 날아오는 괴인을 향해 위에서 아래로 내려쳤다.

그야말로 평범하기 그지없는 태산압정(泰山壓頂)의 초식. 무공에 입문할 때 누구나 제일 처음 배우는 초식 그대로였다.

하지만 지금 이 순간 펼친 유검의 일검이야말로 진정한 태산압정이라 할 만했다. 말 그대로 태산을 눌러 짓뭉개 버릴 듯한 힘이 실려 있었으니까.

꽝!

진천뢰가 폭발할 때처럼 굉음이 터져 나왔다. 도저히 검과 육신이 부딪칠 때 나는 소리라고는 믿기지 않았다.

괴인의 몸뚱아리는 비스듬히 땅바닥에 처박혔다.

자욱한 흙먼지와 부서진 나무판자 조각들이 허공을 날아오르고 괴인의 몸은 즉시 하늘을 비상하는 매처럼 비스듬히 하늘로 튕겨 올랐다.

유검의 신형이 흐릿해졌다.

갑자기 나타난 곳은 날아오르는 괴인의 앞.

유검은 또다시 한천검을 위로 치켜세운 채였다.

유검은 웃고 있었다.

"또 만났군요."

번쩍!

쏟아지는 폭우를 뚫고 시커먼 먹장구름 속에서 보라색 번개가 땅으로 내리꽂혔다.

하지만 유검의 일검이 더 빨랐다.

허공에 푸르스름한 검광으로 이루어진 반월이 생겨나고 그 후에야 번개가 번쩍였던 것이다. 마치 유검의 일검이 번개를 이끌어낸 듯 보였다.

난데없이 일어난 한바탕 소동에 오룡삼봉을 비롯한 마을 안의 기재들은 하늘을 올려다보고 있었다.

먹장구름을 배경으로 유검의 모습은 그들 눈에 마치 자유자재로 벽력(霹靂)을 다스리는 천신(天神)처럼 보였다.

꽝! 우르르릉—!

또 한 번의 폭발음과 연이어 귀청을 찢는 듯한 우레 소리가 났고 괴인의 몸은 날아오를 때보다 더 빠르게 땅으로 내리꽂혔다.

쿠웅—!

지축을 울리는 소리와 함께 자욱한 버섯 모양의 흙먼지가 일며 마을 대로(大路)에 거대한 웅덩이가 만들어졌다.

구경하던 기재들 중의 하나가 치를 떨었다.

"으… 누군지 몰라도 피박살이 났겠군."

유검은 웅덩이 옆으로 날아 내리며 주위로 몰려드는 기재들을 향해 외쳤다.

"다들 피해! 아직 승부가 난 건 아니……."

구덩이 속에서 돌연 쇠사슬이 튀어 나와 유검의 다리를 휘어감았다.

강력하게 잡아당기는 힘에 유검은 본능적으로 천근추(千斤墜)를 발휘하여 버텼다.

순간 괴인은 그 힘을 이용하여 잉어가 폭포를 거슬러 오르듯 웅덩이에서 튀어 나왔다. 고인 빗물이 사방으로 함께 튀어 올라 시야를 가렸다.

꽈꽈꽈꽈꽝!

괴인은 유검을 향해 두 주먹을 연달아 내질렀다. 눈에 보이지도 않을 만큼 빠른 연타였다. 한 주먹마다 마치 화약이라도 터지는 듯한 굉음이 일었다.

유검은 미처 신형을 바로 세우기도 전에 연이어 얻어맞은 격타에 끝없이 뒤로 물러섰다. 괴인은 그런 유검을 달리듯 뒤쫓으며 마구 두 주먹을 내뻗었다.

벽을 허물고 집 기둥을 쓰러뜨리며 유검은 끝없이 뒤로 물러섰다. 괴인은 유검에게 신형을 바로 세울 기회를 주지 않았다.

유검은 신형을 위로 띄울 수가 없었다. 만약 뒤로 물러서며 중심을 이렇게라도 잡지 않는다면 상대의 공격에 완전히 몸을 내맡겨야만 하는 것이다.

유검은 쇳덩어리조차 절단할 만한 힘이 실려 있는 괴인의 주먹에도 별다른 타격을 입지는 않았다. 하지만 이렇게 계속 두들겨 맞는다는 사실이 확실히 기분 좋은 일은 아니었다.

"풍환!"

유검은 소리쳐 풍환을 불렀다.

─예, 주인님. 뭐든지 하명하세요.

공손한 풍환의 대답에 유검은 즉시 명령을 내렸다.

"바람을……."

미처 명을 내리기도 전에 아래서 위로 뻗는 주먹에 턱을 강타당했다.

머리가 뒤로 홱 젖혀졌다.

"……"

순간 위에서 내려치는 주먹.

꽝!

유검의 신형은 결국 땅에 드러눕히고 말았다. 자신의 의지가 아닌 상대의 힘에 의해서.

괴인은 아직도 멀쩡해 보이는 유검을 향해 바드득 이를 갈았다.

"지독한 놈!"

누가 누구에게 할 말인지 알 수 없는 중얼거림과 함께 괴인은 유검의 두 발을 잡고 머리 위로 빙글빙글 돌리기 시작했다.

풍환은 공손한 어조로 유검에게 명을 재촉했다.

─하명하세요, 주인님. 어떤 명령이라도 즉시 주인님의 의지대로 이루어질 것입니다. 혹시 잊으셨을까 봐 말씀드리지만 어떤 종류의 바람도 일으킬 수 있으며 마음먹은 바대로 움직일 수 있답니다. 그리고…….

유검은 얼굴을 일그러뜨리며 외쳤다.

"시끄러! 일일이 설명 안 해도……."

순간 유검의 몸뚱아리는 땅바닥에 패대기쳐졌다.

퍼억!

바닥은 마침 화강암으로 되어 있었다. 괴인은 보다 큰 타격을 입히기 위해 그곳을 골라 패대기친 것이다.

유검의 신형은 대(大)자 모습으로 거의 일 척(一尺)이나 화강암 속으로 파묻혔다.

풍환은 유검에게 한 가지 제의를 내놓았다.

─주인님, 이건 어떨까요? 저기 주인님을 공격하는 사람을 광풍(狂風)으로 띄우면… 그럼 주인님은 기회를 잡아 다시 공격하실 수 있고…….

"시끄러!"

유검은 나지막한 소리로 으르렁거렸다.

"마음이 바뀌었다. 넌 들어가 있어!"

유검은 천천히 몸을 일으켰다.

빗물이 흘러내려 시야를 가리자 손바닥으로 훔쳐 내는데 괴인이 쇠를 긁는 듯한 소리로 중얼거렸다.

"아직도 살아 있는가? 정말 지독한 놈이군."

유검은 으르렁거리는 소리로 괴인에게 말했다.

"한 가지 알려줘도 되겠소?"

"뭘 말인가?"

"공격을 멈추다니, 당신은 실수한 거요."

씨익 웃으며 유검은 한천검을 오히려 허리춤에 다시 매었다.

두 다리는 기마 자세로 벌어져 지면에 단단히 뿌리내렸고 그의 오른쪽 주먹이 한껏 허리춤 뒤로 당겨졌다.

괴인은 가소롭다는 듯 비웃었다.

"겨우 주먹 따위로 날 어떻게 할 수 있을 것 같은가?"

"글쎄요?"

유검은 씨이익 웃으며 주먹을 단단히 움켜쥐었다.

백회(百會)와 용천(湧泉)을 통해 천지간(天地間)의 기운이 이미 한가득 그 주먹에 몰려 있었다. 가히 천지를 뒤흔들 만한 힘이 담겨 있는 것이다.

검강 등 무형의 기운으로는 절대 금강불괴를 깨뜨릴 수 없다는 것은 두 눈으로 확인했다. 기운이 엄밀하게 모여들고 모여들어 태(胎)를 이룬 것이 금강불괴이기에 무형의 기운으로서는 도저히 파괴시킬 수가 없는 것이다.

하지만 유검은 괴인의 공격에 자신의 몸이 어느 정도 충격받는 것을 보고 문득 깨달은 점이 있었다.

유형의 물체에 강력한 힘이 깃들면 만약 그 한도가 극한까지 올라가면 반드시 금강불괴를 깨뜨릴 수 있겠다는 사실을.

하지만 문제는 있었다.

금강불괴를 깨뜨릴 만한 거력이 깃들게 되었을 때, 과연 무엇이 그 힘을 간직하고 있을 수 있겠는가. 천하의 보검 한천검이라 할지라도, 설령 자신의 기운에 의해 보호받는다 할지라도 상대와 부딪치는 순간 유리 조각처럼 산산조각나 버릴 것이다.

그렇게 되면 애써 불어넣은 거력은 조각난 한천검과 함께 사방으로 흩어져 버리지 않겠는가.

이에 유검이 생각해 낸 해결 방법은 단순했다.

천지간의 거력(巨力)을 온전히 담을 수 있는 것은 역시 금강불괴에 달한 자신의 신체뿐, 바로 주먹이었던 것이다.

우우웅—!

천지간의 거대한 힘이 유검의 주먹으로 모여들며 원인을 알 수 없는 바람이 일기 시작했다.

버티고 선 유검의 두 다리를 중심으로 바닥이 쩌적 나선형으로 갈라져 가고 있었다.

"......!"

괴인은 뭔가 심상치 않다고 여기고 일단 피하려 했지만 갑자기 몸을 움직일 수가 없었다. 유검의 전신에서 뿜어져 나오는 기이한 기세(氣勢)에 눌려 한순간 몸이 마비되고 만 것이다. 마치 어깨 위로 무거운 짐을 옮겨놓은 것 같았다.

유검의 주먹이 천천히 움직였다. 차츰 가속이 붙으려는 순간,

"멈춰라!"

웅후한 내공이 실린 음성과 함께 교주가 이곳으로 날아왔다.

그의 손에는 나신의 화가 정신을 잃은 채 안겨 있었다.

교주가 날아온 방향은 괴인과 중간 사이였기에 유검은 내지르던 주먹을 일단 멈출 수밖에 없었다.

'대체 왜……!'

주먹을 통해 천지를 뒤흔들만한 거력이 움직이고 있었다. 그것을 억지로 멈추려다 보니 유검은 스스로 커다란 충격을 받고 말았다. 전신이 휘청거렸다.

갑자기 나타난 교주에게 뭐라 한마디 하고 싶었지만, 일순간 입을 열기 힘들었다.

괴인은 자신을 압박하던 기세가 사라지자 흠칫 뒤로 한 걸음 물러서며 괴이한 시선으로 유검을 살폈다.

조금 전 자신이 느꼈던 것이 실제인지 환상인지 분간을 할 수 없었다.

교주가 괴인을 향해 소리쳤다.

"여길 봐라."

교주는 오른 손바닥을 화의 머리 위에 올려놓고 있었다. 그 손바닥은 은은한 검은 기운이 어려 있었는데, 괴이하기 짝이 없는 마공(魔功)이 담겨 있는 듯했다.

누가 보더라도 여차하면 화의 머리통을 박살 내겠다는 위협의 행동이었다.

그 모습에 괴인은 당황해 외쳤다.

“무, 무슨 짓이냐?”

이제야 입을 열 수 있게 된 유검도 놀라 소리쳐 물었다.

“대체 무슨 짓입니까? 왜…….”

교주는 코웃음 치며 괴인에게 말했다.

“흥, 네놈은 이 아이를 원하는 것이겠지? 물론 ‘살아 있는 상태’ 로!”

‘살아 있는’ 에 특히 강조를 두어 말했다. 명백한 위협이었다.

괴인은 버럭 소리 질러 물었다.

“무, 무슨 의미냐!”

교주는 혀를 차며 괴인에게 말했다.

“쯧쯧, 이해가 안 되나 보군. 하긴 자네는 본래 머리가 좋지 않았지.
이해하네.”

교주는 또박또박 끊어 강조하며 말했다.

“당장 물러나게, 이 아이의 목숨을 살리고 싶다면.”

“비, 비열한……! 네놈은 항상 비겁하군! 정정당당히 싸울 수 없는
가?”

“나, 원… 나쁜 놈이 말하는 대사치곤 좀 이상하잖아. 좀 더 그럴듯
하게 말해 보라구.”

유검은 잠시 혼란이 일었다.

대체 화의 생명을 담보로 위협하다니, 이렇게 되면 누가 정의의 편
인지 알 수가 없다.

유검은 교주를 향해 소리쳤다.

“그럴 필요 없습니다. 저자는 제 힘으로…….”

교주는 피식 웃으며 유검의 말을 끊었다.

“이 녀석은 말 그대로 금강불괴다. 나도 여태껏 저놈을 죽이고 싶어

도 죽일 수가 없었다. 너라고 별 뾰족한 수가 있을 것 같으냐? 죽일 수 없다면? 평생토록 여기서 싸울 테냐?"

"휴… 저의 능력을 아직 모르시는군요."

유검은 다시 주먹을 허리춤 뒤로 돌리며 교주에게 외쳤다.

"비켜나 보세요. 금강불괴라도 견딜 수 없는 한 수를 보여 드리겠습니다!"

교주는 안색을 굳히며 버럭 소리 질렀다.

"멈춰라! 움직이면 이 아이의 목숨은 없다!"

음성은 차갑기 그지없었고 얼굴에 장난기는 전혀 없었다. 만약 유검이 말을 듣지 않는다면 화의 머리통을 박살 내버릴 것 같았다.

괴인이 코웃음 치며 교주에게 말했다.

"자넨 자네 아들의 간청도 무시하는가? 정말 냉혈한이로군."

"그런 소리 자네에게 듣고 싶지 않다니깐. 남들이 들으면 날 악당으로 볼 게 아닌가."

유검은 속에서 울컥 화가 치밀어 올랐다.

지금 이 순간 괴인보다 말리는 아버지가 더 미울 지경이었다.

심각한 회의가 일었다.

'정말 내 아버지가 맞는 것일까?'

마을 안의 기재들이 몰려오고 있었다. 그들 중 대체 무슨 일이 일어나고 있는지 아는 사람은 없었다.

사람들의 시선이 많아지자 유검은 교주에게 부탁했다.

"휴… 말을 따를 테니… 일단 뭐라도 좀 가리세요."

교주는 화의 나신을 옷가지 같은 걸로 좀 가려달라는 유검의 부탁은 전혀 아랑곳하지 않았다.

교주는 괴인을 향해 위협을 가했다.

"다섯을 헤아리겠다. 떠나지 않는다면… 흥!"

화의 정수리에 손바닥을 댄 채 당장 숫자를 헤아리기 시작했다.

"다섯, 넷, 셋……."

괴인은 당장 어떻게 해야 할지 결정을 못하고 망설이는 듯했다.

지켜보는 유검이 더 애가 탔다.

괴인은 이를 갈았다.

"바드득! 평소 네놈 성격으로 봐서 거짓말 같지는 않군. 지금은 물러난다만……."

"…하나!"

괴인이 무슨 소리를 하던 교주는 아랑곳하지 않고 마지막 숫자를 마저 헤아렸다.

유검이 당장 교주를 말리기 위해 달려가려는 순간,

핑―

괴인은 말을 끝맺지 못하고 황급히 신형을 날렸다. 쇠사슬 쩔렁거리는 소리의 여운만이 남았다.

그것을 본 유검은 내심 입맛이 썼다.

'평소 성격이 대체 어떠하길래 겨우 협박 한마디에 순순히 물러난단 말인가?'

"으아아악!"

괴인이 물러나는 방향에 처절한 비명 소리가 울려 퍼졌다. 화를 억누를 길 없는 괴인이 물러나는 길에 화풀이로 누군가의 목숨을 빼앗아 버린 것이다.

"휴……."

유검은 짧게 한숨을 내쉬었다.

대체 정말 누가 나쁜 놈이고, 좋은 놈인지 분간을 할 수 없을 지경이었다.

처절한 비명 소리가 울려 퍼지자 기재들은 당황해했다.

지켜보고 있던 기재들 중 한 명이 유검을 알아보고 소리쳤다.

"유, 유검이다!"

기재들은 호기심 반, 두려움 반으로 주위에서 웅성대고 있었다.

유검은 멍하니 교주를 바라보았다.

낯설기 그지없는 느낌이었다. 여태껏 자신이 익히 알고 있던 그가 아니라 마치 다른 사람처럼 느껴졌다.

어쩌면 지금 본 그의 모습이 진실인지도 모른다고 생각했다.

교주가 다가와 내던지듯 화를 건넸다.

얼떨결에 그녀를 건네받는데 교주가 자신의 상의를 벗어 던져 주었다.

"시간이 없다. 빨리 이 자리를 떠나자."

뒤돌아서는 교주를 향해 유검은 급히 소리쳤다.

"만일……!"

교주가 힐끔 뒤돌아보자 유검은 초조한 기색으로 물었다.

"만일… 만일 그자가 그대로 머물러 있었다면… 정말로 죽일 생각이었습니까?"

교주는 무표정하게 대답했다.

"아마 네 짐작이 맞을 것이다."

"그럼 역시……!"

정말로 죽이려 했구나! 싶어 불끈 화가 치밀어 올랐다.

하지만 아무렇지도 않게 등을 보이며 뒤돌아서는 교주의 넓은 등을 보자 뭔가 아니라는 생각이 들었다.

'내가 짐작한 게 맞을 거라고?'

자신은 대체 어떻게 짐작하고 있었단 말인가?

정말로 화를 죽이리라 생각했던가? 아니면 위협에 불과할 뿐 그럴 리 없다고 생각했던가?

"휴……."

유검은 짧게 한숨을 내쉬며 고개를 숙여 화의 얼굴을 보았다.

정신을 잃고 두 눈을 감은 채 빗물에 젖어 있는 그녀의 모습은 참으로 가련해 보였다.

빗물에 체온을 빼앗긴 탓인지, 아니면 겁에 질린 탓인지 입술이 파랗게 얼어 있었다.

어쩌다가 이런 꼴을 당해야만 하는 것일까.

왜 마교라는 거대한 조직에게 노림을 받는 처지가 되었단 말인가.

유검은 앞서 걸어가는 교주의 등에 대고 소리쳐 물었다.

"대체 이 소녀에게 어떤 비밀이 숨겨져 있는 겁니까?"

교주는 힐끔 뒤돌아보며 대답했다.

"그 소녀 안에 내재된 비밀이 깨어나는 순간, 무림은… 아니, 이 세상은 멸망할지 모른다."

유검의 두 눈이 동그래졌다.

"그, 그게 사실입니까?"

교주는 아무런 대답이 없었다.

한참 후에야 피식 웃으며 대답했다.

"그런 거짓말을 믿다니 너도 꽤나 순진하구나."

“……..”

“사실은 나도 몰라.”

“……..”

“본 교에 전해져 내려오는 전설이 하나 있다. 나를 제외하곤 모든 사람들이 그 전설을 믿지. 중요한 건 바로 그거야. 본 교에서 그 아이를 노린다는 건 분명한 사실이란 말이다.”

교주는 엷은 미소를 띠며 말했다.

“어쨌거나 잘 지켜라. 네 마누라를 다른 놈에게 빼앗겨서야 되겠느냐?”

마누라라는 말이 나오자 유검은 어색한 미소를 지었다.

“걱정 마십시오. 그자가 다시 온다면 정말로 뜨거운 맛을 보여주겠습니다.”

유검의 말에 교주는 눈살을 찌푸렸다.

“뭔가 잘못 알고 있는 것 같군.”

“예?”

“내가 서둘러 이곳으로 온 까닭이 조금 전 그 녀석 때문인 것 같으냐?”

유검은 흠칫했다.

“그럼 대체…….”

“너도 만나보지 않았더냐? 그 녀석 말로는 일면식이 있는 듯하던데 말이다.”

순간 유검은 주위가 낙양으로 향하는 관도 변으로 변해 버린 듯한 착각이 일었다. 기이하게 잘려진 바위 조각과 싸늘한 눈으로 자신을 바라보던 흑의청년도 함께 떠올랐다.

"내가 경지에 올라 처음 깨달은 것이다. 보고 얻는 게 있다면 너의 인연이 겠지."

아직도 잊혀지지 않는 그의 말이었다.

쏴아아—

폭우는 점차 더 거세어지고 있었다. 아무래도 태풍이 몰려오는 듯했다.

유검은 화를 안은 채 멍하니 빗속에 서 있었다.

좀처럼 잊혀지지 않는 그의 기도, 그의 기세, 그의 무공…….

아무리 자신의 무공이 강해진다 한들 결코 그를 뛰어넘을 수 없으리라는 예감이 드는 그였다.

'설마 하니 동일 인물일까?'

기이한 심적 충격과 함께 한순간의 상념 속으로 빠져든 유검이 다시 깨어난 것은 교주의 음성 때문이었다.

"왜 그리 조급해하는 게냐?"

유검은 그 말에 흠칫했다.

"무슨 말씀이신지……."

"너를 처음 만났을 때, 너는 한없이 여유로웠다. 고민하면서도 결코 얽매이지 않았었다. 그런데 지금은 왜 그리 초조해 보이는 게냐?"

"아……!"

유검은 화들짝 잠에서 깨어난 것 같았다.

돌연 세상 모든 것이 낯설게 느껴졌다. 떨어지는 빗줄기도 새롭기 그지없었고, 안고 있는 화의 얼굴도 전혀 모르는 여인처럼 느껴졌다.

마주 바라보고 있는 교주 역시 생판 처음 보는 다른 사람처럼 여겨졌다.

자신이 지금 하필 이 자리에 서 있다는 것을 인식하는 그 자체가 참으로 기이하게만 여겨지는 그런 감각이었다.

유검은 어떤 곳에도 시선을 두지 못하고 멍하니 텅 빈 공간을 바라보았다.

교주는 탄식하며 말했다.

"대체 무엇이 너를 변하게 했더냐, 나의 아들아……."

교주의 마지막 정감 어린 그 한마디는 충격이었다.

세상이 또 다르게 변하고 있었다.

전혀 자신과 상관없어 보이던 세상이 다시 씨줄과 날줄로 얽매이기 시작했다. 그것은 따뜻하면서도 기분 좋은 구속이었다.

유검은 돌연 눈시울이 뜨거워졌다.

이상하게도 눈물이 나려 했다.

애당초 감격적인 상봉이 되었어야 할 만남이었다.

뭐가 뭔지도 모르게 흘러가는 시간 속에 교주는 그냥 '나의 아버지구나' 하는 생각을 했다. 그렇게 머리로는 인식을 하고 있었지만 실제 가슴으로 느끼지는 못했다.

그런데 돌연 세상 모두가 낯설게만 느껴지는 기이한 그런 감각 속에서 교주의 낯선 음성을 들었다.

멍하니 교주의 얼굴을 보노라니 조금은 늙은 듯한 그 모습에 이상하게도 가슴이 저려오고 눈시울이 뜨거워졌던 것이다.

당장이라도 눈물을 쏟아내고 싶어졌다.

폭우는 그치지 않고 있었다.

다행히 무표정한 얼굴만으로도 눈물을 숨길 수 있었다.

"나는……."

유검은 스스로 생각하기에도 자신의 목소리는 너무 갈라져 있었다. 게다가 목이 꽉 메어와 도저히 다음 말을 이을 수가 없었다.

교주와 눈을 마주치지 못하고 유검은 시선을 돌리고 말았다.

주위에는 기재들이 몰려들어 포위망을 구축하고 있었다.

하나같이 얼굴이 딱딱하게 굳어 있었는데, 두 눈에는 호기심과 두려움 등이 섞여 있었다.

이상하게도 유검은 마음이 편해졌다.

현실과 꿈의 경계선을 알 수 없던 모호함이 사라졌다. 항상 악몽 같지 않는 악몽을 꾸며 쫓기는 듯한 초조함이 사라졌다. 더 이상 불안하지도 않았다.

낙양 관도 변에서 만났던 흑의청년을 떠올려도 더 이상 초조하지는 않았다. 설령 그에게 진다 한들 뭐 어떤가, 하는 느긋한 마음이 일었다.

"일단 여기를 벗어나는 게 좋겠군요, 아버……."

처음 입 밖으로 나온 아버지라는 말은 자신의 귀에도 들리지 않을 정도로 작은 목소리였다.

뒷짐을 지고 서 있던 교주의 귀가 쫑긋거렸다.

천천히 뒤돌아서서 유검을 바라보는 그의 얼굴은 무표정했다. 아니, 어떤 표정을 지어야 할지 몰라 그냥 그렇게 있는 듯한 얼굴이었다.

"흠……."

유검은 슬쩍 교주의 눈길을 피했다.

유검은 뚜벅뚜벅 걸어서 자신이 뛰쳐나왔던 욕실 쪽을 향해 걸어갔다.

주위를 포위하고 있던 기재들은 아무런 행동도 결정짓지 못하고 썰물 밀리듯 우르르 물러섰다.

여기 모인 청년들은 어느 하나 기재 아닌 이 없었으나 단지 무엇을 해야 할지 모르고 뭉쳐진 군중이란 바보에 불과했다.

물론 그것은 지도자가 나타나기 전까지의 일이다.

우우웅—

기이한 진언(眞言)이 저 멀리서 아련하게 들려왔다. 그에 맞춰 기재들의 몸놀림이 달라지기 시작했다.

유검의 움직임에 맞춰 기재들은 물러나고 전진하며 보폭을 맞추기 시작했는데, 조금 전과 같은 무규율의 난삽(難澁)함은 없었고 지극히 규칙적이었다.

교주는 유검의 뒤를 뒤따르고 있었는데, 돌변한 기재들의 움직임에 흥미를 드러내었다.

"진가 꼬맹이가 왔나?"

진언(眞言) 소리는 점점 커져 갔다. 기재들도 따라 부르기 시작한 것이다.

"다냐타 미마려미마려 바나구지려 시리말저 군나려 수노비 인나라의령모에 사바하……."

기재들이 일제히 입을 맞춰 합창하듯 외우는 진언은 사람의 심령을 자극시켜 불안하게 만드는 효과가 있었으나 유검에게는 단지 염불 이상은 아니었다.

"다우야!"

유검은 부서진 욕실 쪽을 향해 소리쳐 불렀다.

하지만 기다리고 있을 것으로 예상했던 다우의 대답은 없었다.

이상함을 느끼고 걸어 들어가려는 순간 교주가 어깨를 붙잡고 말렸다.

한 노인이 천천히 걸어나오고 있었다. 대춧빛처럼 붉은 동안에 희다 못해 은빛이 감도는 백발의 노인이었는데, 폭우가 쏟아지는 와중임에도 티끌 하나 묻어 있지 않은 듯한 백삼(白衫)을 입고 있었다.

"다냐타 미마려미마려 바나구지려……."

하얀색 일색의 노인 입에서도 진언이 흘러나오고 있었다. 그리고 그의 한쪽 팔에는 다우가 제압당한 채 안겨 있었다.

유검은 백발 노인의 얼굴을 알아보고 중얼거렸다.

"배에 타고 있던 노인이군."

백발 노인은 맹석천, 유검은 물론 그의 신분을 알지 못했다. 그리고 그가 자신을 반드시 없애고자 하는 목적을 가지고 있다는 사실도.

하지만 다우를 제압한 채 데리고 있다는 사실만으로 충분히 적이란 사실은 인지할 수 있었다.

다우는 입을 삐죽 내밀며 볼멘소리를 냈다.

"나… 잡혔어."

유검은 웃으며 고개를 끄덕였다.

"그러네."

백발 노인의 입에서 흘러나오던 진언이 뚝 끊겼다. 개구리 합창하듯 한 기재들의 진언 소리도 함께 끊겼다.

기재들은 주위를 포진하고 있었는데 조금 전의 방만한 포위망과는 전혀 달랐다. 그들의 눈은 정기로 가득했고, 각기 일곱 명이 한 조가 되어 하나의 거대한 진(陣)을 형성하고 있었다.

맹석천은 창노한 음성으로 유검에게 말했다.

"내가 이 아이를 데리고 있는 까닭을 아는가?"

유검은 고개를 갸웃거리며 되물었다.

"혹시… 절 협박하고 싶으신가요?"

"그렇다."

맹석천은 얼굴을 엄숙하게 굳히며 호통 치듯 말했다.

"너는 이제 네가 할 일을 깨달았느냐?"

"뭘요?"

"몰라서 묻느냐? 당장 네 스스로 목숨을 끊지 않는다면 이 귀엽고 착한 아이는 당장 처참한 시체가 되고 말 것이다. 너는 그것을 보고 싶단 말이냐?"

유검은 곤혹스러운 얼굴로 머리를 긁적거렸다.

"다우야."

"왜?"

되묻는 다우의 두 눈에는 전혀 불안한 표정이 없었다. 말똥말똥한 눈으로 유검이 어떻게 하나 지켜볼 뿐이었다.

"혹시 너… 스스로 잡힌 건 아니지?"

다우의 두 눈이 동그래졌다.

"아, 아냐! 절대 아냐! 내가 왜 그러겠어?"

유검은 의심을 떨쳐 버리지 못한 얼굴로 고개를 갸웃거렸다.

"너 진천뢰 하나 못 써보고 잡혔단 말이니? 아무래도 이상한데……."

"그, 그건 말야. 사정이 있어. 그러니까… 너무 갑자기 덤벼드는 바람에……."

"그리고 저 노인네는 누구니? 누군데 널 붙잡고 날 협박하는 거지? 설마 하니 널 인질로 삼고 협박하면 먹힐 거라면서 친절하게 설명해 준 건 아니겠지?"

다우는 연이은 유검의 질문에 울먹울먹거렸다.

"그, 그냥 오라버닐 응원하는데… 할아버지가 물어봐서 그냥 대답한 것뿐이라구! 왜 자꾸 잡혀 있는 날 의심하는 거야? 너무해… 엉엉!"

"아, 아니다. 의심하는 게 아니라… 그래, 그래. 미안해. 내가 무조건 잘못했다."

유검은 결국 사과하고 말았다.

지켜보던 맹석천이 얼굴을 붉게 물들이며 버럭 소리를 질렀다.

"무슨 허튼수작이냐! 빨리 스스로 목숨을 끊지 못하겠느냐!"

자신의 협박을 지나가는 개소리처럼 여기는 듯한 유검의 태연자약한 태도에 맹석천은 울컥 분노가 치밀어 올랐다.

'오만하고 멍청한 것은 사부나 제자나 똑같군!'

유검은 힐끔 맹석천의 얼굴을 일견하고는 다시 다우에게 말했다.

"네가 물었지? 널 인질로 해서 위협하면… 난 어떻게 할 거냐고?"

다우는 울음을 뚝 그치고 호기심 어린 눈으로 되물었다.

"어떻게 할 건데?"

유검은 싱긋 웃으며 말했다.

"지금부터 보여주마."

돌연 일진광풍(一陣狂風)이 일었다.

부서진 판자 조각과 흙덩이들이 광풍에 휘말려 소용돌이쳤고 쏟아지던 빗줄기도 오히려 허공으로 치솟았다.

맹석천은 싸늘하게 코웃음을 쳤다.

"홍, 시야를 가리고 그사이 이 아이를 구출하겠다는 건가? 너무 뻔한 수법! 날 너무 얕보는구먼."

호통 치며 즉시 몸을 일 장여 뒤로 피했다.

뭔가 광풍 속에서 번쩍 빛이 났던 것 같았다.

맹석천은 자신의 말이 단순한 위협이 아님을 보여주기 위해 버럭 고함을 지르며 다우의 한쪽 팔을 부러뜨리려 했다.

"감히 내 말을 듣지 않다니! 당장 후회하게 해주마!"

와락 손아귀에 힘을 주는 순간 비명은 오히려 맹석천에게서 터져 나왔다.

"크윽—!"

다우의 팔과 그의 손바닥 사이에는 어느새 이거어검된 한천검이 삐죽 비집고 들어와 있었다. 팔을 부러뜨리기 위해 힘을 주는 순간 그의 손가락은 한천검에 오히려 베이고 만 것이다.

유검은 왼손으로 화를 안은 채 자유로워진 오른 손바닥을 쭉 내뻗었다.

펑—!

북 터지는 소리와 함께 맹석천은 복부에 강력한 일장을 얻어맞고 뒤로 주르르 밀려났다.

사람은 배에 강력한 타격을 입게 되면 자연히 몸에 힘이 빠진다. 무림의 고수라고 예외는 아니었다.

다우를 붙잡은 힘이 약해진 순간 맹석천은 두 팔이 허전해졌음을 깨달았다.

유검은 다우를 구출해 내자마자 지체없이 신형을 위로 뽑았다.

주위에 기재들이 형성한 진으로 인해 허공에도 막강한 인력이 펼쳐져 있었다.

막강한 반탄력에 의해 유검의 신형이 멈칫거린 순간 재차 번개가 번쩍거렸다.

하늘에서, 땅에서…….

기재들은 비틀거렸고 허공은 갈라졌다.

벽력성이 울려 퍼질 무렵 유검의 모습은 더 이상 보이지 않았다. 물론 교주도 마찬가지.

第六章

성녀의 전설과 수정궁

성녀의 전설과 수정궁

화와 다우를 안은 유검은 어검비행술로 검을 타고 해안가를 향해 날아갔다.

다우가 볼멘소리로 투덜거렸다.

"쳇, 뭔가 보여준다더니 이게 뭐야? 그냥 무식하게 쳐들어와서 구해내는 건 누가 못해? 대체 어떤 감탄할 점이 있는 거야?"

"전혀 답이 안 된 거냐?"

"이런 건 무공이 강하면 누구라도 할 수 있잖아! 난 오라버니만 할 수 있는 그런 걸 기대했단 말야!"

"음… 요구 사항이 너무 많은 거 아니냐?"

"생각해 봐. 만약 그 할아버지의 무공이 더 높다면 어떡할 거야? 지금처럼 무식하게 마구잡이로 날 빼앗는 방법이 안 통하면 어떡할 건데?"

"글쎄… 그땐 다른 방법을 생각해 보지 뭐."

"쳇!"

"근데 너… 정말로 일부러 잡힌 거 아니지?"

"아냐! 그냥……."

"그냥?"

"그냥 나보고 오라버니랑 친하냐고 묻길래… 그렇다고 대답한 거밖에 없어."

"……."

"뭐, 그 할아버지가 오라버니를 막 무시하잖아. 만약 날 인질로 잡아도 오라버니는 절대 눈 하나 깜짝 안 할 거라고 빈정거리더라구. 그래서 난 절대 아니라구 했지. 그냥… 그뿐이야."

"…그래."

해안가에 도착하니 소용돌이치는 바다 너머 거대한 범선이 닻을 내리고 있었는데 몇 개의 기다란 쇠사슬이 백사장과 연결되어 있었다.

무림맹의 호위무사들은 그곳을 지키며 대기하고 있었다.

뒤따라온 교주가 범선을 가리키며 말했다.

"저 배를 훔쳐 타고 당장 이 섬을 빠져나가자! 아무래도 예감이 심상치 않아."

유검은 흠칫하며 물었다.

"잠깐만… 설마 저 배를 훔치려구요?"

"그렇잖음? 곱게 우리를 태워주겠느냐?"

"몰래 타는 것까진 몰라도… 지금 당장 떠나면 다른 사람들은 어떡합니까?"

"그걸 내가 어떻게 아느냐? 헤엄을 치든 날아서 가든 알아서 하겠지."

"……."

유검은 그냥 몰래 얻어 타고 가자고 교주를 애써 설득했다.

교주는 눈살을 찌푸렸다.

"넌 너무 무르구나. 장부는 독할 때는 독해야 하는 법이다."

하지만 유검의 설득에 결국 못 이기는 체 고개를 끄덕일 수밖에 없었다.

교주는 한숨을 쉬며 말했다.

"휴… 언제고 그런 여린 마음 때문에 너 스스로 커다란 상처를 얻게 될지 모른다. 그때 가서야 후회할지 모른다."

허공에 두 줄기 하얀 선이 그려졌다.

유검과 교주는 범선 위로 훌쩍 날아올랐지만, 지켜보는 사람들 가운데 그 누구도 둘의 움직임을 눈치 채지는 못했다.

범선의 갑판 위에도 호위무사들이 두 눈을 부릅뜨고 지키고 있었지만 역시 눈뜬장님이었다.

일행은 몰래 배 안으로 들어가 빈 선실을 찾아 들어갔다.

유검은 일단 침대 위에 화를 눕히고 담요를 덮어주는데 교주가 말했다.

"이 배는 아마 내일 아침 무렵이면 출발할 듯하다. 네 말대로 일단 여기서 휴식을 취하며 기다려 보지."

"그런데… 뭐 잊은 거 없으세요?"

"음? 아, 총관!"

교주는 그제야 떨구고 온 총관이 기억난 모양이었다.

유검은 고개를 끄덕이며 말했다.

"그분도 그렇고… 저도 챙겨 올 사람들이 좀 있습니다."

교주는 의심스런 눈초리로 물었다.

"혹시 그 녀석을 만나 마저 승부를 내려는 속셈은 아니겠지?"

유검은 속으로 뜨끔했지만 웃으며 부인했다.

"설마… 그런 쓸데없는 짓을 왜 합니까?"

"쓸데없는 짓임을 아니 다행이다."

교주는 고개를 끄덕이며 말했다.

"그 녀석은 나와 함께 본 교의 후계자 자리를 다투던 놈이었다. 무공의 자질만으로 보자면 우리들 중에서 가장 뛰어났던 놈인데… 결국 나를 이기지는 못했다."

교주는 잠시 그때를 회상하는 듯 선실의 창문 밖을 쳐다보다 다시 말을 이었다.

"그 이유를 알겠느냐?"

유검은 입맛을 다시며 되물었다.

"혹시… 그가 금강불괴가 되었기 때문입니까?"

교주는 아련한 시선을 여전히 창문 밖으로 둔 채 말을 이어 나갔다.

"무인은 일검에 목숨을 건다. 일검이 성공하면 상대의 목숨을 자신의 의지 하에 둘 수가 있고, 실패하면 자신의 목숨을 내맡겨야만 한다. 한평생을 통해 갈고닦은 일검에 그만한 비중과 가치를 두고 휘두르는 것이다."

유검은 묵묵히 고개를 끄덕였다.

사부가 제자에게 해주는 충고 같지만 그에 앞서 아버지가 아들에게 건네주는 인생의 무게가 담겨 있었다.

"하지만 그는 금강불괴가 되면서 그러한 의미들을 잃어버리고 말았다. 설령 공격과 방어가 실패하더라도 자신은 멀쩡할 수 있으니 일검에 목숨을 건 정성이 들어갈 리가 없게 된 것이다. 점차 초식은 둔해지고 반응은 느려져 갔다. 힘과 속도는 있으되 제대로 쓰지를 못했다. 그래서야 어찌 나를 이길 수 있을까."

비록 괴인에 대한 이야기였지만, 실제로는 자신에 대한 걱정임을 모를 리 없었다.

유검은 허리춤의 한천검을 만지작거렸다.

교주가 말한 내용은 이미 스스로 자각하고 있던 터였다.

무림맹 금역 안에서 일검을 펼치고 난 후 환골탈태를 거쳐 금강불괴가 되었다. 그 후 알게 모르게 무공에 대한 열정이 현격하게 저하됨을 느끼지 않을 수 없었다.

예전에는 밤하늘에 떨어지는 유성을 보며 그와 닮은 검초를 궁리했고, 흘러가는 개울물을 보며 행운유수(行雲流水)하는 신법을 떠올렸다.

하지만 지금은 어떤가.

근자에 이르러 무공을 연마해야겠다는 절실한 느낌을 가져 본 적이 없었다. 하루도 빠짐없이 행해왔던 운기조식(運氣調息)을 그만둔 지도 오래되었다.

마음이 일면 무한한 천지간의 기운을 끌어 모을 수 있으니 운기조식이 별 의미가 없게 된 탓도 있지만, 그만큼 무공 수련에 대한 의미를 느끼지 못한 것이다.

분명 검에 지녔던 열정이 식어 있었다.

사랑의 열병보다 더 크게 마음속에 자리한 것이 바로 검이었다.

검은 친구였고 또 다른 자신이었다.

하지만 지금은 과연 어떤가?

사랑했던 여인을 우연히 다시 만났는데도 더 이상 가슴이 두근거리지 않게 된 것처럼, 검을 보고 만져도 무덤덤할 뿐이다.

스치는 자그마한 감상 속에 유검은 자신이 원했던 것은 강함이 아니었다는 사실을 깨달았다.

그것을 자각하는 순간 유검은 옛 검의 향취가 못내 그리워졌다.

손끝에 느껴지는 검의 묵직함, 휘두를 때 불끈 치솟는 근육의 압박감, 흘러내리는 땀의 열기, 시원한 바람, 소슬히 들려 오는 자연의 소리…

지금은 맛볼 수 없는 무엇들…….

그것은 마치 사랑하던 여인과 결혼하고 나면 흔히 망각하곤 하는 첫 사랑의 두근거림과 같은 것들이었다.

사소한 듯했지만 참으로 소중한 것들인 것이다.

유검은 문득 잠에서 깨어난 얼굴로 교주에게 물었다.

"혹 금강불괴에서 벗어날 방법이 있습니까?"

유검은 금강불괴에서 벗어나야겠다고 결심했다.

단순히 교주의 말에 의해서 그렇게 결심한 것은 아니었다. 진삼원과의 대화 후 문득 얻게 된 영감 속에 분명 이대로는 안 된다는 자각이 깔려 있었던 것이다.

교주의 의도와는 달리 유검이 금강불괴에서 벗어나고자 결심한 것은 더 강해지기 위해서가 아니었다. 지금 이 순간 결심의 동기는 작지만 소중하기 그지없는 것들을 다시 되찾아야겠다는 소박한 바람뿐이었다.

그것은 무상검을 이루기 위해 다시 원점으로 돌아가는 중요한 결심이었지만, 지금 이 순간 유검도 교주도 그러한 점은 전혀 알지 못하고 있었다.

그냥 스쳐 가는 일상 대화처럼 그렇게 서로 이야기를 주고받았고, 결심한 것이다.

무인이라면 누구나 바라 마지않는 최고의 경지, 금강불괴를 닮은꼴의 아버지와 아들은 모두 별 대수롭지 않게 여기고 있었다.

이는 천만금의 보화를 두고 돌멩이처럼 취급하는 태도나 다를 바 없었기에 가만히 지켜보는 다우는 눈만 말똥말똥거릴 뿐이었다.

유검의 질문에 교주는 천천히 고개를 끄덕였다.

"물론 방법은 있다."

"어떤……."

"본래 금강불괴라는 것은 실제 피부나 근골이 딱딱해지는 것이 아니라 천의무봉(天衣無縫)의 경지에 달한 내공이 태(胎)를 이루어 전신을 엄밀히 보호하기에 가능하다. 그러니 내공이 소실된다면 금강불괴는 자연히 깨어지겠지."

"그럼… 단전(丹田)을 파괴해야 한단 말입니까?"

교주는 웃음을 머금었다.

"무인에게 있어 단전은 생명과도 같은 것인데 그럴 리야 있겠느냐. 너도 알다시피 내공은 두 가지에서 비롯된다. 하나는 호흡과 곡물에서 취하는 후천지기(後天之氣)요, 또 하나는 음양합일의 잉태 시 단 한 번 얻게 되는 선천지기(先天之氣)이다."

마치 사부가 제자에게 가르치듯 자세한 설명이 이어졌다.

"일반적인 내공 수련은 주로 후천지기에서 비롯되며 선천지기를 다스리는 내공은 오직 도가에서 연구되고 발전되어 왔지. 힘을 내는 것은 전자의 것에서 가능하나, 금강불괴에 이르는 것은 오직 후자의 것이라야 가능하다. 그러니 네가 어릴 때부터 무당파에서 배우고 익힌 선천의 내공심법이 없었더라면 절대 금강불괴에 이르지 못했을 것이다.”

유검은 교주의 말에 수긍하면서 자신과 싸웠던 그 괴인도 도가의 내공심법을 익혔을까 하는 의문이 들었다.

교주는 유검의 내심을 짐작한 듯 웃으며 말했다.

“네 짐작이 옳다. 세인들은 본 교의 내공을 일컬어 흔히 마공(魔功)이라 하나, 실제 그 뿌리는 도가에 있다.”

유검은 그 말에 약간 충격을 받았다.

교주는 돌연 전음으로 말을 돌렸다. 앞으로 할 이야기는 다우에게조차 비밀로 해야 할 것임을 확인시키며.

—교주에게만 일맥비전(一脈秘傳)으로 전해지는 비밀이 있다. 그것은 본 교의 성산(聖山)인 장백산(長白山) 천지(天池) 못 속의 수정궁(水晶宮)의 위치다. 이는 본 교의 뿌리에 관련된 비사(秘事)이며, 후일 네가 혹시라도 수정궁에 들 연을 얻게 된다면 자연히 그 모든 것을 알게 될 것이다.

교주는 다짜고짜 일맥비전이라는 수정궁의 위치에 대해 빠르게 읊고 나서 말을 이었다.

—이곳의 힘은 후일 육경천으로 나뉘어졌으며, 여섯 개의 신물에 의해 그 힘은 봉해졌다. 본 교는 그중의 하나의 맥을 이어받은 것이다. 역대 교주들은 수구초심(首邱初心)하여 다시 수정궁에 들기를 간절히 염원하며 무척이나 노력했지만 그 누구도 성공하지 못했다. 수정궁에 들기 위해서는 육경천 중 하나의 힘을 완전히 얻어야만 하는데, 본 교에 내려오는 태양력을 완전히 깨우친 이는 없었던 것이다.

교주의 태도가 엄숙하기 그지없어 유검은 묵묵히 듣고 있을 수밖에 없었다.

─삼십 년 전 무림맹과 충돌이 있었을 때도 당시 교주는 수정궁에 대한 실마리를 풀기 위해 자리를 비운 상태였고 수하들은 내분에 휩싸여 있었다. 그래서 맥없이 무너져 버리고 만 것이지.

교주는 침대 위의 화를 힐끔 일견하고 다시 전음을 이어 나갔다.

─본 교에서 수밀지체를 그토록 얻고 싶어한 까닭은 그 수정궁과 무관하지 않다. 아니, 육경천과 무관하지 않다고 해야 할 것이다. 수밀지체를 통해 육경천의 힘을 온전히 얻을 수 있다고 전해져 오기 때문이다. 이는 교주들과 몇 명의 노장로들만 아는 진실이다. 본 교의 일반 교도들은 수밀지체를 성녀라 부른다. 그녀를 통해 성신(聖神)이 강림하여 그때에는 본 교가 천하를 지배하게 될 것이라 믿고 있지.

교주는 침대 위에 정신을 잃고 있는 화를 측은하게 바라보곤 다시 말을 이었다.

─그 수정궁 내에 원시반본(原始反本)의 비결이 있다고 한다. 그 비결을 통해서라면 내공을 소실하지 않고도 본래의 상태로 되돌아갈 수 있다.

이야기가 돌고 돌아 이제야 겨우 본론에 이르렀다.

유검은 머리를 긁적거렸다.

"꽤 어렵군요."

"어려워?"

교주는 품속에서 하나의 책자를 꺼내며 말했다.

"그렇다면 이걸 익히도록 해라."

"그게 뭔데요?"

"이름은 알 것 없다. 교주만이 익힐 수 있는 비전 심법(心法)이란 것만 알아둬라. 이걸 삼성 이상 익히면 감각이 돌아오기 시작할 것이고,

육성 이상 익히면 네가 바라는 대로 금강불괴가 깨질 것이다.”

유검은 그제야 교주가 정말 말하고 싶었던 것은 금강불괴를 벗어나는 방법이 아니라 천지 못 속의 수정궁에 관한 비밀이었음을 알 수 있었다.

그리고 아무래도 수정궁 내에는 아직 말해 주지 않은 커다란 비밀이 있는 듯했다.

자신이 그곳으로 들어가 그 비밀을 밝혀내길 바라는 것일까?

묵묵히 책자를 받아 품속으로 쑤셔 넣으며 유검은 이상한 예감이 들었다.

왜 이런 이야기를 지금 하는 것일까?

마치 마지막 순간 유언을 남기는 듯한 비장감이 느껴졌던 것이다.

유검은 멀뚱거리는 눈으로 교주의 안색을 살피며 물었다.

“혹시… 불치병이라도 걸렸어요? 시한부 인생이라던가.”

교주는 뭔 헛소리냐는 듯 두 눈을 말뚱거리다 버럭 소리쳤다.

“이 불효막심한 놈 같으니! 내가 빨리 죽기를 바라는 게냐? 난 건강하다! 쓸데없는 소리 말고 빨리 볼일이나 보고 와!”

“예.”

“아참! 올 때 술이나 구해 와라. 목이 꽤 칼칼하구나.”

“…있다면 구해 오죠.”

“그리고…….”

교주는 잔잔한 눈으로 유검을 대견스럽게 바라보았다.

“네 사부에게 난 참으로 고마움을 느낀다. 세인들이 본 교에 대해 가지는 반감은 익히 알고 있다. 무당파라는 명문정파에서 자라온 너 역시 예외는 아닐진대, 그럼에도 나를 서슴없이 아버지로 인정해 주는

구나. 네가 편벽되지 않는 시각을 지니게 해준 너의 사부에게 정말 고마움을 느낀다. 언제고 만나면 나의 이 마음을 전해다오.”

마치 두 번 다시 못 볼 것 같은 교주의 말투에 유검은 아무런 대답도 하지 않았다.

유검은 천천히 시선을 돌려 선실 안을 살폈다.

침대 위의 화와 말뚱거리며 자신을 바라보고 있는 다우, 눈을 마주치기를 꺼린 듯 고개 돌린 교주, 천장과 침대 밑, 문 바깥도 살피고 종내 시선은 창문 밖으로 고정되었다.

유검은 느긋하게 팔짱을 끼며 물었다.

“저자 때문입니까?”

“음?”

“서둘러 화를 구하려 한 것이며, 지금 저를 일부러 바깥으로 내보내려는 것이며, 모두 저자를 두려워해서인가요?”

교주는 두 눈을 동그랗게 떴다.

“헛! 눈치 챘느냐?”

곧 길게 탄식하며 말했다.

“허어… 눈치 못 채기만을 바랐거늘.”

교주는 고개를 절레절레 저었다.

“넌 지금 저 녀석의 상대가 되지 않는다. 저놈은 본 교 이래 최고의 기재다. 수밀지체를 통하지 않고도 태양력을 완성시킬지도 모르는 희대의 기재야. 그러니 지금이라도 당장 이 자리를 피해라. 후일 고강한 무공을 익혀 반드시 이 아비의 피맺힌 복수를 해다오!”

“……”

유검은 주위를 돌아보며 중얼거렸다.

"여기는 아무래도 싸우기에 부적당하군요."

"어허! 빨리 이 자리를 피하라니까 그러네. 내가 저놈을 막고 있을 테니까 어서 피해!"

말은 그렇지만, 전혀 움직일 생각이 없는 듯 뒷짐을 진 느긋한 태도였다.

유검은 검미를 찌푸렸다.

배 바깥에 한 존재를 감지할 수는 있었지만 확실한 기척은 느껴지지 않았다. 유검은 본능적으로 그가 낙양의 관도 변에서 보았던 그 흑의 청년이라고 확신했다.

획—!

유검의 신형이 순식간에 사라졌다. 순간적으로 축골공을 펼쳐 창문 밖으로 빠져나간 것이다.

교주는 이미 사라진 유검의 뒷모습을 아련한 시선으로 쫓았다.

곧 길게 한숨을 내쉬며 다우에게 말했다.

"아가야, 잠시 나의 심부름을 해주겠느냐?"

뭐가 어떻게 돌아가는지를 몰라 말똥거리며 지켜만 보고 있던 다우는 교주의 말에 환하게 웃으며 답했다.

"물론이죠, 아버님!"

교주는 아버님이란 말에 흐뭇한 미소를 띠며 말했다.

"언제까지고 모자란 나의 아들놈을 사랑해 주겠느냐?"

뜻밖의 말에 다우는 놀랐지만 곧 얼굴을 붉히며 고개를 끄덕였다.

"예… 아버님."

교주는 만족한 듯 크게 고개를 끄덕이며 큰 목소리로 말했다.

"좋다! 지금부터 넌 저 녀석의 뒤를 쫓아가라! 저놈, 말은 저렇게 해도 섬의 다른 처녀들을 만나러 간 게 틀림없다. 혹시나 바람피울지 모르니까 네가 철저히 감시하도록! 본 가는 유서 깊은 가문인데 어디서 함부로 바람을 피운단 말인가!"

그 말을 듣고 보니 다우는 정말로 그런 듯도 싶었다. 마을로 올 때 백몽추가 보내던 은근한 눈빛도 떠올랐다.

"예! 걱정 마세요, 아버님!"

다우는 힘차게 대답하고 선실 밖으로 나섰다.

선실 안은 곧 정적을 되찾았다. 화의 새근거리는 고른 숨소리만이 울려 퍼지고 있었다.

교주는 침중한 목소리로 허공에 대고 말했다.

"내 부탁을 들어줘서 고맙네."

"별말씀을."

나직한 음성과 함께 선실 문이 열리고 한 흑의청년이 천천히 걸어 들어왔다.

대략 삼십 대 초반으로 보이는 흑의청년의 용모는 관옥을 깎아 만든 듯 수려했다.

하지만 절대 미장부로 보이지는 않았다.

두 눈에서 발출되는 지극히 차가운 눈빛은 그를 오히려 사나운 맹수로 보이게 만들었다.

그는 여유있는 태도로 교주에게 공손히 포권을 취해 보였다.

"교주님의 마지막 부탁인데 들어드려야죠."

어조의 높낮이가 없는 무덤덤한 말투였지만, 마지막이란 말에는 약간 강조가 들어간 듯했다.

"마지막이라……."

흑의청년은 침상 위의 화를 차가운 눈빛으로 살펴보더니 천천히 다가갔다.

획!

화를 덮고 있는 엷은 담요를 젖혔다.

순결한 소녀의 하얀 나신이 드러났지만 흑의청년의 차가운 눈빛은 일체 변화가 없었다. 구슬처럼 투명해 보이기까지 하는 그의 두 눈동자에 여인에 대한 욕정(欲情) 따위는 모두 얼어붙은 듯 전혀 찾아볼 수가 없었다.

흑의청년은 천천히 손바닥을 화의 양 중앙 가슴 사이에 대었다.

일순간 주위의 공기가 아른거리며 엷은 안개가 끼는 듯했다. 그와 함께 화의 전신에 서리가 끼었다.

하지만 그것도 잠시, 서리는 점차 엷어지더니 사라져 버렸다. 마치 서리가 화의 전신으로 흡수되는 것처럼 보였다.

흑의청년은 화에게서 뭔가 기이한 점을 발견한 듯 약간 검미를 찡그렸지만 곧 무표정해졌다.

그는 담담한 어조로 교주에게 말했다.

"틀림없는 수밀지체로군요, 의식없는 가운데서도 나의 태양력(太陽力)을 흡수하는 걸 보면."

교주는 한숨을 쉬듯 말했다.

"진짜일세. 가짜일 리가 있는가."

흑의청년은 고개를 끄덕이며 말을 이었다.

"게다가… 아직까지 처녀(處女)군요. 처녀지신이 깨어졌다면 역시 나의 태양력을 받아들이지는 못했을 테니까요."

말을 마친 흑의청년은 차가운 눈빛으로 교주를 뚫어지게 쏘아보았다. 마치 교주의 내심을 읽기라도 할 양.

교주는 그다지 입을 열고 싶지 않은 듯 슬그머니 시선을 창문 밖으로 돌렸다.

흑의청년은 확인하듯 뚜렷한 어조로 다시 물었다.

"그리고 이 소녀는 이미 상화력(相火力)을 얻은 것 같군요. 맞습니까?"

교주는 여전히 대답하지 않았다.

흑의청년은 더 이상 추궁하지 않았다. 본인의 두 눈으로 확인한 사실만으로도 충분하다는 듯.

그는 다시 시선을 화에게로 돌렸다.

친절하게도 담요를 끌어 올려 그녀의 나신을 가려주고는 다시 교주를 향해 입을 열었다.

"본 교에 내려오는 전설이지요. 성녀가 여섯 개의 수호성신(守護聖神)을 모두 받아들이는 날 하늘이 열리고 땅이 갈라지리라. 그때면 모두가 성령의 은총을 입으리라. 도검(刀劍)이 불침하고 귀신(鬼神)이 불범하리라. 모두가 영생불멸(永生不滅)하리라. 모두가……."

"전설이지. 주문이기도 하고."

"이 소녀가 육경천의 힘을 모두 받아들일 때까지 기다린다는 것도 좋습니다만, 그에 앞서 저의 손에 들어가는 것이 두렵지 않으십니까?"

"……."

"제 생각은 역대 교주들과 다릅니다. 굳이 육경천의 힘을 모을 때까지 기다리지 않을 것입니다. 이미 이 소녀가 가지고 있는 상화력과 본교의 태양력 둘만으로도 충분히 극강의 고수를 만들어낼 수 있을 테니까요. 물론 이 소녀의 처녀지신이 깨어지고 나면 더 이상 다른 육경천의 힘을 얻을 수는 없겠지만, 이 두 개의 힘만으로도 충분하다는 것이 제 생각입니다."

교주는 탄식하며 말했다.

"휴… 역대의 교주들이 육경천의 힘을 모으려 한 까닭은 수정궁에 들기 위함이었다. 그리고 보통 사람은 아무리 수밀지체를 통해서일지라도 그 힘을 감당해 내지 못한다. 근골(筋骨)이 아주 뛰어나고 하늘로부터 타고난 자질이 극에 달해도 성공 확률은 아주 낮다. 대부분 목숨을 잃고 말지."

흑의청년의 입가에 처음으로 미소라 할 만한 것이 떠올랐다.

"물론 제가 그 점을 모를 리가 있겠습니까? 하지만 아주 뛰어난 백 명의 기재들을 선발하여 단련시킨다면 최소한 열에 하나는 살아남으리라 생각합니다."

씨이익—

얼굴에 떠오른 청년의 미소가 짙어지며 하얀 치아가 드러났다.

"지금의 저와 비슷한 능력의 고수가 열 명. 무림을 장악하는 데 그 정도로는 모자랄까요?"

교주는 그의 말 내용보다는 낯설기 그지없는 청년의 웃는 얼굴에 놀라 멍하니 바라보았다. 기억컨대 웃는 얼굴을 본 것은 이번이 처음이었던 것이다.

교주는 곧 절레절레 고개를 저으며 청년의 말을 인정했다.

"아니, 충분할 걸세."

인정한 것은 흑의청년이 말한 내용보다는 그의 미소 진 얼굴 때문이었다.

흑의청년은 탄식하는 교주의 모습에 조그만 승리감을 느꼈다. 그것은 얼어붙어 있던 그의 마음을 조금씩 부풀리게 만들었다.

흑의청년은 다시 화에게로 시선을 돌리며 은근한 자부심이 깃든 목소리로 말했다.

"당신은 이 소녀를 이용했어야 했습니다. 최소한 지금 당장 나를 상대할 고수를 만들기 위해서라도."

지금 현재 당신은 나의 상대가 되지 않는다. 이미 모든 상황은 내 손안에 있다. 이 두 가지를 주지시키기 위한 말이었다.

이야기는 이어졌다.

"이 섬에는 꽤 많은 청년 기재들이 모여져 있더군요. 이 소녀는 제법 예쁜 편이니 조금만 계략을 썼다면……."

교주는 돌연 안색을 굳혔다.

"아직도 싸울 때가 되지 않았나? 자네는 못 본 새 계집아이처럼 말이 많아졌군. 그것만은 확실히 알겠다."

흑의청년의 얼굴에 미소는 사라지고 한기(寒氣)만이 흘렀다.

그가 한평생 목표로 두고 오른 산은 바로 교주였다.

이제 치밀하기 그지없는 계획의 끝, 반전의 시작에서 그에게 한마디 인정받고 싶어진 것은 지극히 당연했으며 자연히 평소보다 말이 많아졌다.

흑의청년의 입술이 미미하게 떨렸다.

"절… 두려워 않는군요."

교주는 비웃는 눈으로 그에게 말했다.

"넌 처음이나 지금이나 나에게는 여전히 애송이에 불과할 뿐이다!"

철컥!

흑의청년의 오른손이 허리춤 검 손잡이에 닿았다.

순간 방 안의 공기가 싸늘해졌다. 공기 중의 수분은 얼어붙어 뿌옇게 변했다. 사람들의 모습은 하늘거렸고 마치 봄날 아지랑이가 피어오르는 듯했다.

교주는 씨이익 웃으며 말했다.

"이제야 싸울 마음이 든 모양이군."

그의 입에서 흘러나오는 말은 뿌연 수중기가 되어 뱉어졌다.

심중의 격동을 알리는 듯 흑의청년의 눈꼬리가 부르르 떨렸다. 하지만 곧 무표정과 함께 떨림은 가라앉았다.

그의 입술이 가늘게 벌어졌다.

"당신은 제게 있어 영원히 높은 산으로 남을 것입니다."

중얼거림과 함께 검이 반쯤 뽑히는 순간 허무하기 짝이 없는 교주의 목소리가 울려 퍼졌다.

"너도 나의 자랑이었다."

흑의청년은 흠칫했다.

은연중 뒷말을 기대한 걸까?

흑의청년은 더 이상 검을 뽑지 못하고 잠시 머뭇거렸다.

그 순간,

퍼석!

바닥이 부서지며 교주의 몸이 아래로 꺼졌다.

흑의청년의 마음속에 작은 파란이 일었다.

상대와 싸움이 일다 보면 항상 의외의 순간을 맞이하곤 한다. 하지만 따져 보면 결국 상대와의 '거리'의 변화에 다름이 아니다.

교주가 바닥을 부수고 사라지든, 혹은 천장을 뚫고 모습을 감추든 중요한 것은 상대와의 거리.

의외의 변화에 당혹하지 말고 침착하게 모습을 감춘 교주와의 거리를 재면서 임기응변으로 대응하면 그뿐이다.

흑의청년은 이런 모든 것에 대해 이미 깨달음을 얻었지만 용납할 수 없는 것이 있었다. 그의 마음속 우상이었던 교주가 단지 '도망치기' 위해 술수를 부렸다는 점이었다.

"너무… 하십니다!"

흑의청년의 얼어붙은 마음에 조그만 분노의 불길이 솟았다.

즉각 그는 정정당당히 싸우지 못하고 도망친 교주의 뒤를 쫓아 신형을 날렸다.

부서진 바닥을 통해 내려가려던 흑의청년은 갑자기 그 자리에 멈춰섰다.

번쩍!

그의 허리춤에서 검이 뽑혀져 나오며 은빛의 반월이 그려졌다.

끼강!

날카로운 쇳소리와 함께 나직이 흘러내리는 침음성.

묵직한 걸음 소리와 함께 두 걸음 물러선 교주의 양 옆으로 거센 바람이 지나친 듯했다. 순간 큰 변화가 일어 왼쪽으로는 하얀 서리가, 오른쪽으로는 커다란 불길이 일었다.

선실의 왼쪽은 꽁꽁 얼어붙었고 오른쪽은 불이 붙어 빨갛게 타올랐다.

얼음과 불길에 휩싸여 반(半) 음양인(陰陽人)이 된 교주는 파안대소(破顔大笑)했다.

"푸하하하! 역시 잔꾀는 안 통하는군!"

흑의청년은 예를 표하는 듯 보검을 횡으로 치켜들고 고개를 끄덕여 보였다.

"고맙습니다. 도망치지 않으셨군요."

교주는 웃음을 뚝 멈추고 딱딱하게 소리쳤다.

"물론! 아직 누군가를 두려워하여 도망쳐 본 일은 없다. 너라 하여 예외일까?"

흑의청년은 공감한다는 듯 고개를 끄덕였다.

"그러셔야죠."

그가 들고 있던 검이 빙그르르 돌았다.

검끝이 교주에게 겨눠지는 순간 공기가 쩍! 갈라지는 듯했다.

교주의 짧은 턱수염이 몇 가닥 잘려져 바닥으로 나폴 흘러내렸다.

교주는 흐릿한 눈으로 그를 바라보다 천천히 우장(右掌)을 움직였다.

반월을 그리던 그의 손바닥이 흑의청년을 향하는 순간 그의 손목에 채워져 있던 팔지가 돌연 풀어지며 그 반동으로 튀어 올랐다.

창―!

맑은 검명과 함께 교주의 손에 일월신검(日月神劍)이 들려졌다.

공격해 오라는 듯 교주는 고개를 끄덕였다.

선수를 양보하겠다는 선배로서의 마지막 오기였다.

하지만 이미 승부는 포기한 듯 물빛 시선을 들어 창밖으로 향했다.

고수들끼리는 이미 승부를 짐작한다. 검을 맞부딪치는 것은 그 결과의 확인에 불과할 뿐이었다.

지금 교주가 검을 든 것은 자신의 최후에 알맞은 모습을 보이고 싶은 것일 뿐.

마른 입술을 열어 조그만 염원이 담긴 한숨을 토해내었다.

"믿는다, 나의 아들아……."

흑의청년은 서서히 검을 치켜들었다.

승부는 일합에 결정날 것이나 그 이전 충분히 그 맛을 음미하고 싶었기에 서두르지 않았다.

쩡!

일촉즉발의 긴장감에 공기는 금방이라도 갈라져 버릴 듯했다. 한쪽 선실 벽이 화르르 타는 불길 소리만이 울려 퍼지고 있었다.

환각인 듯 공간이 잠시 일렁였다.

그렇게 의식하기도 전에 절정의 순간은 이미 지나쳐 있었다.

빨간 선혈이 허공을 수놓았고 나직한 신음성이 뒤를 이었다.

교주의 오른쪽 어깨는 시뻘건 선혈로 뒤범벅되어 있었고, 흑의청년은 전혀 움직인 적이 없었던 것처럼 검을 든 자세 그대로였다.

교주는 천천히 고개를 끄덕였다.

"훌륭하구나."

"감사합니다."

흑의청년은 첫 일 검에 교주의 목숨을 빼앗았을 수도 있었다. 하지만 교주에 대한 예우와 함께 자신의 능력을 보여주고 인정받고 싶었기에 손속에 사정을 둔 것이다.

이제 두 번의 예외는 없다는 듯 흑의청년의 검끝이 교주의 목을 겨누었다.

교주 역시 마지막 승부의 순간을 놓치지 않겠다는 듯 떨리는 손으로 일월신검을 꽉 움켜쥐고는 곧추세웠다.

주위의 공기는 다시 긴장으로 얼어붙었다.

흑의청년의 검도, 교주의 검도 앞으로의 대변화를 예고하며 극미(極微)의 움직임을 보이는 순간,

삐이걱!

갑자기 선실 문이 열렸다.

고수라면 누구나 그러하듯 둘은 주위의 변화를 인식하면서도 상대에 대한 집중력이 흩어지지 않는다.

하지만 이번에 한해서만큼은 승부의 긴장이 늦춰질 수밖에 없었다.

하얀 맨발이 한 발짝 선실 안으로 들어서는 그때부터 선실 안은 갑자기 환해지는 듯했다.

가슴이 두근거려지는 부드러운 율동과 함께 한 소녀가 안으로 천천히 들어섰다.

이 세상의 것이라고는 믿겨지지 않는 순결한 아름다움과 함께 지켜보는 어느 누구도 다섯 살짜리 어린아이처럼 순진한 눈으로 바라볼 수밖에 없는 천진한 마력을 지닌 소녀였다.

그럼에도 껴안아보고 싶은 충동이 일어 대체 어떻게 행동해야 할지 몰라 당혹한 나머지 그냥 멍하니 있게 만드는 그런 소녀였다.

교주는 소녀를 알고 있었다.

길게 탄식하며 말했다.

"너로구나. 왜 왔느냐?"

다우는 웃음을 머금었다. 두 뺨에 예쁜 보조개가 피었다.

"가끔 제가 똑똑하다는 사실을 알고 깜짝 놀라곤 한답니다, 아버님."

교주의 말에 속아서 나갔지만 뭔가 이상함을 깨닫고 왔다는 이야기가 함축되어 있었다.

그리고 본모습으로 나타났다는 것은…

다우는 교주의 앞을 가로막고 서서 흑의청년을 향해 예쁘게 웃어 보였다.

"이봐요. 재미없는 싸움은 그만두고 그냥 나랑 놀러 가지 않을래요? 저기 절벽 위에 예쁜 꽃들이 피어 있답니다. 같이 따러 가요~! 예?"

교주는 애교 어린 다우의 행동에 웃음을 금치 못하며 말했다.

"소용없다. 넌 사내라면 어느 누구라도 마음을 빼앗길 수밖에 없을 정도로 아름답지만, 저 녀석만은 예외다. 저 녀석은 얼음 나라에서 온 왕자니까."

농담처럼 말을 잇던 교주는 곧 안색을 굳히고 버럭 호통 쳤다.

"그러니 어서 떠나거라! 목숨이 아깝지도 않으냐!"

벼락 같은 큰 소리에 다우의 커다란 두 눈에 금방 눈물이 고였다.

소맷자락으로 눈물을 쓱 닦고는 떨리는 목소리로 말했다.

"나… 죽는 거 무서워요. 보세요. 지금도 떨고 있잖아요. 그런데… 발이 안 떨어져요. 무서워서 당장 도망치고 싶은데… 갈 수가 없어요. 만약 지금 도망치면 평생 동안 후회할 거 같거든요. 절대 오라버니가 슬퍼하는 건 보고 싶지 않아요."

교주는 어이없는 다우의 행동에 화가 치밀어 올랐지만 한편으론 감동했다.

그 누가 자신을 위해 목숨을 걸고 나섰던가?

비록 유검 때문이라고는 하지만 가슴 떨리는 무언가를 느끼지 않을 수 없었다.

"바보 같은……."

다우는 곧 허리에 두 팔을 얹고 도발적으로 외쳤다.

"야! 너도 사내지? 근데 날 보고 아무렇지도 않어? 너, 고자야? 아니면 쭈그렁 할머니한테만 서는 변태 새끼야?"

"……."

교주는 순간 아무런 말도 할 수가 없었다.

순진한 줄로만 알았던 다우에게서 저런 저속한 말이 튀어 나올 줄이야 어찌 짐작이나 했으랴?

교주는 그에 앞서 다우가 괜한 화를 자초하는 듯하여 황급히 변명하려는 순간, 흑의청년이 무뚝뚝한 어조로 먼저 말했다.

"걱정 마십시오. 죽음의 순간 고통은 없을 것입니다."

흑의청년의 검끝에 조용한 변화가 일었다.

처음에는 미미했지만 그것은 급류직하(急流直下) 거대한 폭포수의 흐름이 되어 교주와 다우를 한꺼번에 덮쳤다.

교주는 강제로라도 다우를 피하게 만들었어야 했다고 후회했지만 이미 늦어 있었다.

다우는 본능적인 두려움에 비명을 지르며 그 자리에 주저앉았다.

이 순간 천장이 무너졌다. 검은 인영이 빠르게 떨어져 양팔을 벌린 채 교주와 다우의 앞자리를 가로막고 섰다.

꽈—앙!

거대한 기운을 담은 검세(劍勢)가 검은 인영의 등을 강하게 후려쳤다.

흑의청년과 태양검

흑의청년과 태양검

한차례 폭풍이 몰아친 듯했다.

다우는 휘몰아지는 검풍(劍風)에 제대로 눈조차 뜨지 못했다.

"괜찮아?"

귀에 익은 목소리에 다우는 자신도 모르게 고개를 들고 눈을 떴다.

역광에 비친 검은 얼굴에 하얀 선이 그려지고 있었다. 미소 지으며 하얀 이빨이 드러난 것이다.

"아……!"

다우는 앞을 가로막은 인영이 유검임을 깨달았다. 뭐라 한마디 하려던 다우의 두 눈이 돌연 크게 떠졌다. 천장에서 거대한 덩치의 괴인이 물구나무선 모습으로 다짜고짜 덮쳐 오고 있었다.

그는 왼손으로 쇠사슬을 휘두르며 오른손으로 웅후한 권풍을 뻗어 냈다.

차르르르—

쇠사슬 요란하게 부딪치는 소리가 뒤를 잇고 있었다.

꽝!

괴인의 주먹이 먼저 유검의 머리를 때렸다. 우지끈 바닥이 부서지며 유검은 아래로 떨어졌다.

이때 흰 광채가 번뜩이며 한줄기 굵은 쇠사슬이 떨어지는 유검의 어깨를 휘어 감았다.

유검의 몸은 잠시 허공에서 멈칫거렸고, 더욱 큰 가속력을 받은 괴인의 주먹이 재차 웅후한 내공을 담아 뻗어왔다.

이때 유검의 손바닥이 부드럽게 쇠사슬을 쥐었다.

잠시 힘을 빌 곳이 생기자 곧 폭포를 거슬러 오르는 잉어처럼 허리를 비틀어 거꾸로 튀어 올랐다.

빙그르르 허공에서 몸을 돌리며 동시에 오른발을 쭉 뻗었다.

펑! 하는 소리와 함께 괴인은 바닥으로 처박혔다.

선실 바닥 아래에서 뿌직 우당탕 하는 시끄러운 소리가 들려왔다.

교주는 다시 돌아온 유검에게 불만인 듯 미간을 찌푸렸다.

"왜 왔느냐?"

유검은 씨익 웃으며 답했다.

"하마터면 유언도 못 들을 뻔했군요. 남기실 말씀 없습니까?"

본래 유검이 선실 밖으로 튀어 나간 것은 희미한 기척을 느껴서였다. 그리고 곧장 낯선 괴인의 뒤를 쫓았는데, 이는 사실 교주의 부탁을 받은 흑의청년의 명에 의해 유도된 결과였다.

유검은 뭔가 이상함을 느껴 다시 되돌아오려 했다. 그러자 괴인은 그때부터 오히려 유검의 뒤를 죽자 사자 쫓아온 것이다.

바닥이 시끌거리더니 검은 흑영이 곧장 튀어 올랐다.

"그만!"

흑의청년의 나직한 음성에 쇠사슬을 휘두르던 괴인의 움직임이 뚝 멈췄다. 살기 띤 눈으로 한차례 유검을 쏘아보다 조용히 몸을 돌리려는 순간 괴인은 다우를 보게 되었다.

철컹!

들어 올린 쇠사슬은 힘없이 떨어지고 괴인은 멍하니 서서 다우만을 바라보았다.

선실 안에 갑자기 괴이한 분위기가 흘렀다.

교주는 눈살을 찌푸렸다.

"본래 여색을 돌처럼 여기는 놈이었건만… 벌써 노망이 들었나?"

"뭘 하나!"

흑의청년이 차가운 일갈을 지르자 그제야 괴인은 정신을 차렸다.

"너… 넌!"

괴인은 손가락으로 다우를 가리키며 쇠를 긁는 듯한 목소리로 뭔가 말하려 했으나, 감히 시선을 마주치지 못하고 흑의청년 곁으로 되돌아갔다.

흑의청년은 싸늘한 눈으로 다우의 전신을 훑었다. 아름다운 소녀와 눈길을 마주치고도 흑의청년의 두 눈빛은 전혀 변하지 않았다. 마치 얼음 조각을 보는 듯 일체 정염(情炎)이 일지 않는 눈빛이었다.

그 시선과 마주치자 다우는 마치 발가벗고 북풍한설(北風寒雪)을 맞는 듯한 추위를 느꼈다.

부르르 떨고 있는데, 어깨 위에 올려진 따뜻한 손바닥.

다우는 온몸에 다시 온기가 도는 것을 느끼고 유검에게 웃음을 보였다.

다우를 쏘아보던 흑의청년이 입을 열었다.

"운이 좋군."

그 말에 교주는 뭔가 깨달은 듯 형형한 눈빛으로 다우를 살폈다.

그녀의 두 눈동자 깊은 곳에 일렁이는 엷은 붉은 빛을 발견하고는 침음성을 흘렸다.

"서, 설마……!"

흑의청년의 시선은 여전히 다우에게 고정되어 있었다.

"소음력(少陰力)이라니… 태양력의 차가움이 아니었다면 나 역시 너의 아름다움에 홀렸을까? 참으로 흥미롭군."

입가에 미소가 일 듯 말 듯했다.

그는 곧 교주에게로 시선을 돌리며 말을 이었다.

"이 자리에서 육경천 중 한 가지 힘을 더 보게 되다니… 참으로 운이 좋군요."

세상만사 모든 것이 자신의 의지 하에 있는 것처럼 자신만만한 태도요, 말투였다.

그는 교주에게 제의했다.

"저 두 소녀를 제게 넘기십시오. 그렇다면 일체 계획한 바를 멈추고 바로 물러나겠습니다. 물론 교주님과 아드님의 소중한 목숨은 남겨 드리지요."

교주는 눈살을 찌푸렸다.

"싫다면?"

"그땐 힘으로 빼앗아야겠지요."

여전히 태연한 음색이었다.

흑의청년은 들고 있던 검을 오히려 허리춤에 다시 매었다.

그리고 오른 손바닥을 펴서 허공을 움켜쥐는 듯했다.

순간 마치 환상처럼 푸르스름한 얼음으로 형성된 검이 그의 손아귀에서 불쑥 솟아올랐다.

생전 처음 보는 기이한 광경에 유검은 두 눈이 동그래졌다.

"마술인가?"

교주는 신음성을 흘리며 설명했다.

"저건 태양력의 수호신물인 태양검(太陽劍)이라 한다. 크다란 양(陽)의 기운 속에 극도의 한기(寒氣)를 내포한 빙검(氷劍)이지. 육경천의 수호신물 중 세 개는 외물(外物)이요, 세 개는 내물(內物)이다. 저건 내물에 속한다. 평소 자신의 몸속에 내재시켜 놓고 필요할 때 의지로 불러내는 것이다."

그리고 전음으로 재빨리 말했다.

─니는 지금 낭상 다우를 데리고 어서 도망쳐라. 화는 할 수 없지만 포기해라. 화를 데리고 도망친다면 저 녀석이 끝까지 쫓을 테니까.

유검은 고개를 저었다.

교주는 화가 난 듯 미간을 잔뜩 찌푸리며 설명했다.

─바보 같은 놈. 조금 전 일검을 견뎌냈다고 해서 싸울 만하다고 생각한 모양인데, 저 검은 다르다. 격중당하는 순간 한쪽은 극양(極陽)을, 한쪽은 극음(極陰)을 일으킨다. 두 음양의 기운은 서로 극렬하게 반발하게 되고, 그 힘에 의해 설령 금강불괴라 할지라도 파괴되고 마는 것이다.

유검은 교주의 설명을 한 귀로 흘리며 흑의청년의 전신을 세밀하게 살피고 있었다.

상대와 싸우려면 먼저 세밀한 관찰은 필수니까.

흑의청년 역시 유검을 살피고 있었다.

예전 낙양 관도 변 후 두 번째 만남이었다.

유검과 흑의청년은 서로 얼굴을 알고 있었지만 먼저 아는 체하지 않았다. 딱히 뭐라 말하기 어려운 미묘한 자존심 때문이었다.

누가 말을 하지 않았지만, 이미 분위기는 유검과 흑의청년의 대결로 굳어져 있었다.

교주 역시 그 점을 깨닫고 내심 한숨만 쉴 뿐이었다.

미약하기 그지없는 확률이나마 유검이 이기기를 기원하며 지켜볼 수밖에 없는 자신에게 회한이 일기도 했다.

선실 안의 창문 쪽은 여전히 불길에 휩싸여 하얀 연기를 피워 올리고 있었고, 다른 한쪽은 하얀 서리로 뒤덮여 있었다.

유검은 불쑥 교주에게 물었다.

"혹시… 손자 보고 싶지 않으세요?"

"음?"

"손주까지 보고 싶으시면 뒤로 물러나서 느긋하게 구경하세요. 너무 걱정이 많으면 오래 못 삽니다."

지켜보던 흑의청년의 두 눈이 웃는 것 같았다.

"기대가 참으로 크군."

흑의청년이 천천히 자신에게로 검을 겨누자 유검은 아직 아니라는 듯 황급히 손바닥을 흔들어 보였다.

"아, 잠깐만!"

유검은 몸을 휙 돌려 다우의 가냘픈 허리를 왼손으로 껴안았다.

놀란 그녀의 두 눈이 동그래졌다.

유검은 나머지 오른손으로 그녀의 등을 감싸 피할 여지를 없애고 나서 서슴없이 고개를 숙였다.

뭐라 형언하기 힘든 향기로운 내음 속에 막 벌어지는 꽃잎과 같은 그녀의 부드러운 입술을 탐했다.

동그래진 다우의 두 눈은 곧 긴 속눈썹에 의해 천천히 가려져 갔다.

흥분과 긴장을 숨길 수 없는 듯 흑의장포 끝자락을 어루만지던 다우의 조그만 두 손은 꽉 쥐어졌다.

지켜보던 흑의청년의 냉막한 얼굴에 처음으로 표정이라 할 만한 것이 떠올랐다. 어금니 쪽 턱 근육이 불끈 튀어 나왔던 것이다.

그리고 태양검을 쥔 손아귀의 손등에도 힘줄이 꿈틀 불거졌다.

교주는 대담한 유검의 행동에 뭐라 말도 못하고 입을 쩍 벌린 채 멍하니 보고만 있었다.

생사대적을 눈앞에 두고 여인과 입을 맞추다니?

얼마나 시간이 지났을까?

짧고도 긴 시간이 흘러 유검은 드디어 고개를 들었다.

"후아! 됐다!"

만족한 듯 그렇게 외치는 유검에게 교주는 어이없다는 말투로 물었다.

"뭐… 하는 거냐?"

"죽을지도 모르잖아요? 그러니까……."

유검은 쑥스럽게 웃으며 다우에게로 말을 돌렸다.

"이해하지?"

다우는 도리도리 고개를 저었다. 찰랑이는 긴 머리가 나부껴 코끝을 간지럽힌다.

"아뇨. 이건 너무 불공평해요!"

다우는 두 팔을 뻗어 유검의 목을 감싸 안았다. 그리고 발끝을 세워 유검에게 입을 맞추었다.

흑의청년의 이마 위로 시퍼런 핏줄이 튀어 나왔다.

교주는 지켜보기 무안한지 슬며시 시선을 돌렸다.

역시 짧지 않은 시간이 흐른 후에야 다우는 유검의 목을 감싸 안았던 팔을 풀었다.

"후아! 됐다!"

다우는 미소 지으며 물었다.

"언젠가 내가 꼭 먼저 해보고 싶었어요. 이해하죠?"

유검은 천진난만해 보이는 그녀의 아름다운 미소에 자신도 모르게 같이 히죽 웃고 말았다.

"물론!"

쩡—!

흑의청년이 들고 있던 태양검이 살짝 옆으로 뉘어졌다. 이에 주위의 공기가 갈라지며 얼음 갈라지는 소리가 났다.

흑의청년의 입술에서 냉막한 목소리가 흘러나왔다. 뭔가 억눌린 것을 애써 참는 듯한 음성이었다.

"언제… 까지 기다려야 할까, 싸우려면?"

"아……."

유검은 미안한 표정으로 머리를 긁적거리다 허리춤의 한천검을 뽑아 들었다.

창! 하는 맑은 검명(劍鳴)과 함께 불그스름한 빛이 감도는 투명한 검신이 그 자태를 드러내었다.

유검은 미소 지으며 짧게 답했다.

"지금."

한천검의 검신에 눈이 부실 듯한 백광(白光)이 뿜어져 나왔다. 동시에 신검합일(身劍合一)된 유검이 흑의청년을 향해 일직선으로 쏘아져 갔다.

쐐아앙—

흑의청년의 태양검이 가볍게 휘둘러졌다.

까강!

두 보검이 맞부딪치는 순간 커다란 변화가 일어났다.

검과 하나가 된 유검의 신형이 유령처럼 아래로 흘러 들어가더니 갑자기 위로 튀어 올랐다. 전혀 중력의 영향을 받지 않는 듯 귀신같은 몸놀림이었다.

흑의청년은 미처 예측하지 못한 변화에 두 발자국 뒤로 물러섰다.

순간 허공으로 튀어 오르던 유검의 신형이 직각으로 꺾어지며 흑의청년을 덮쳤다. 그와 함께 한천검은 수없이 많은 변화를 일으켜 허공에 수천 개의 눈송이를 그려놓고 있었다.

흑의청년의 검미가 살짝 찌푸려졌다.

'어검술(御劍術)?'

그는 약간 놀라고 있었다.

단순한 이기어검이라면 허공에서 그토록 빠른 위치 변환이 불가능할 것이요, 신검합일이라면 자신의 일검과 부딪칠 만한 위력은 있을지언정 지금과 같이 수많은 변화를 일구어낼 수는 없다.

이것이 가능한 것은 오로지 검과 심령이 하나가 된 어검술뿐인 것이다.

흑의청년이 놀란 것은 유검이 현재 펼치는 것이 바로 어검술이라는 점이었다.

이기어검술과 어검술은 서로 펼쳐 보이는 모습은 비슷할지 모르지만 그 경지는 현격한 차이가 있었다.

기로써 검을 움직이는 단계는 차츰 그 경지가 높아지고 능숙해져서 일정한 초식을 마음대로 펼칠 수까지는 있겠지만 그래도 어디까지나 도구로써의 한계를 벗어나지 못한다.

하지만 어검술이라는 것은 검과 심령(心靈)으로 연결되어 있기에 도구의 한계를 벗어나 그야말로 자신의 수족처럼 검을 움직일 수가 있다.

이때부터 검과의 거리는 의미가 없어진다.

검이 아무리 허공을 격하고 멀리 떨어져 있어도 마치 수족을 움직이듯 마음대로 다룰 수 있으며, 자신의 신체도 허공에서 휘두르는 검처럼 마음대로 운신이 가능해진다.

다시 말해 이기어검이 진기(眞氣) 무공의 극치라면 어검술은 심검(心劍)에 속한다. 서로 경지의 차원이 하늘과 땅만큼 차이가 있는 것이다.

흑의청년이 일순간 놀라는 것도 무리는 아니었다.

하지만 유검이 만약 흑의청년의 생각을 알았다면 기뻐하기보다는 자괴감을 느꼈을 것이다. 본인 스스로도 그 차이점을 명확히 알지 못해 자신의 검을 단지 이기어검으로만 알고 있었는데, 흑의청년은 공격해 오는 찰나지간에 그런 차이점을 바로 눈치 챈 것이다.

흑의청년의 눈에 차가운 한광(寒光)이 돌았다.

'하지만… 아직은 미숙하군. 아직은!'

흑의청년은 유검에 대해 새로이 평가함과 동시에 강한 살심(殺心)이 일었다.

흑의청년은 더 이상 물러나지 않았다.

태양력을 한층 더 강화시키며 검을 휘둘렀다.

두 다리는 바닥에 뿌리내린 듯 꼼짝하지 않은 상태로 허공에 수없이 많은 검영(劍影)을 뿌렸다.

까가가가강—

마치 허공에서 수천 개의 칼날이 서로 부딪치는 듯했다.

허공에 뿌려진 수많은 눈꽃들이 햇빛에 녹는 것처럼 급속히 스러져 갔다.

공간이 일그러져 보이고 주변에 하얀 연기가 뭉게뭉게 일고 있었다.

교주가 다급한 얼굴로 검미를 치켜세우며 유검에게 소리쳤다.

"바보 같은 놈! 떨어져서 싸워라!"

검광이 약간 흐릿해져 보일 무렵,

꽝!

"크윽—!"

유검은 신음성과 함께 뒤로 훌쩍 물러섰다.

화르르—

유검의 전신은 하얗게 서리가 끼어 있었는데, 외부로는 오히려 불길이 치솟았다.

"아……!"

다우는 안타까운 얼굴로 동동 발을 굴렀다.

유검은 강한 추위를 느끼며 덜덜 전신을 떨었다.

흑의청년의 얼음으로 만들어진 검과 맞부딪치는 순간 체내에 있던 양기(陽氣)가 일시에 바깥으로 발산되려 하였다. 예전 마교의 사대호법에게 일장을 격중당했을 때 내공이 흩어지는 것과 유사했지만, 더 지독했다.

계속 공격했지만 검은 모조리 막혀 버렸고 밖으로 발산되려는 양기는 애써 내공으로 억제했지만 결국 견디지 못했다. 결국 실컷 공격만 하다가 뒤로 물러서 버린 것이다.

교주는 탄식하며 말했다.

"휴… 저 검과 부딪치면 안 된다는 걸 미처 말해 주지 못했군."

유검은 얼굴을 찌푸렸다.

"아주 좋은 정보군요, 정말로."

흑의청년은 유검이 들고 있는 한천검을 보고 고개를 끄덕였다.

"좋은 검이군."

위잉—

흑의청년은 태양검을 허공에 한 번 휘두르고 난 다음 오히려 한 걸음 앞으로 나서 보였다. 그가 디디고 섰던 자리는 멀쩡했다.

그것을 본 유검은 가슴이 두근거렸다.

자신이 휘두른 일검은 각기 거대한 바윗덩어리도 두 조각 낼 만한 힘이 담겨 있었다.

그런데도 흑의청년이 디디고 선 자리는 멀쩡하다.

이것이 의미하는 바는 간단치 않았다.

자신의 공격을 단순히 막은 것이 아니라 검에 실린 힘을 허공으로 분산시킬 정도의 여유를 가지고 있었다는 것.

단순한 한차례의 격돌에 불과했지만 유검은 확실히 그의 무공이 자신보다 최소한 한 수 위임을 알 수 있었다.

그의 무공이 참으로 놀랍고 경이롭다는 것을 깨닫자 묘한 흥분이 일어 가슴이 두근거릴 지경이었다.

"다시 한 번……."

마치 지독히 맵지만 참을 수 없는 유혹의 맛을 지닌 요리에 도전하는 것처럼 유검은 상기된 얼굴로 다시 검을 고쳐 쥐었다.

쏴아앙―

유검의 신형이 흑의청년을 향해 일직선으로 쏘아져 갔다.

깡!

허공에 별빛이 일렁거리며 한차례 또다시 격돌이 일었다.

하지만 격돌은 더 이상 이어지지 않았다. 유검이 망설이지 않고 재빨리 뒤로 물러섰던 것이다.

화르르르―

하얀 서리가 끼어 있는 유검의 전신에서 또다시 화염이 일었다가 가라앉았다.

"후아……!"

유검은 부르르 전신을 떨고 나서 흑의청년을 가리키며 감탄하듯 말했다.

"징밀 강하네요!"

교주는 입맛을 다셨다.

"쩝, 내가 이미 말했잖느냐. 괜스레 도망치라고 했겠느냐? 지금도 늦지 않았다만……."

유검은 웃으며 고개를 저었다.

"아뇨, 이미 늦었습니다."

손가락으로 흑의청년을 가리키며 말을 이었다.

"봐요. 이미 날 반드시 죽이려고 작정한 모양인데요?"

흑의청년의 주위에 이는 흐릿한 안개가 짙어져 있었다. 그리고 그가 들고 있는 태양검의 길이가 한 자 더 늘어나 있었다.

조그만 변화였지만 유검이 흑의청년의 결심을 알기에는 충분했다.

흑의청년 옆에는 쇠사슬로 전신을 친친 감고 있는 괴인이 팔짱을 낀 채 서 있었는데, 전혀 끼어들 생각은 없어 보였다.

교주는 탄식하며 말했다.

"지금이라도 늦지는 않았다. 내가 마음만 먹는다면 너 하나 정도는……."

유검은 슬며시 미소 지었다.

"이미 늦었다니까요."

유검은 흑의청년을 향해 눈빛을 반짝이며 말했다.

"이미 알아버린걸요."

유검의 시선은 교주를 떠나 다우에게로 향했다. 불안한 눈으로 자신을 지켜보는 그녀에게 한번 웃어주고는 침대 위의 화에게로 시선을 돌렸다.

만약 흑의청년이 화나 다우 등 다른 사람을 노린다면 그것을 막을 가능성은 없었다. 그렇다면 방법은 오직 하나뿐이다. 자신의 힘으로 그를 물리치는 것.

가능하고 말고를 떠나 그것만이 남겨진 유일한 활로(活路)인 것이다.

한천검을 쥔 손에 불끈 힘이 들어갔다. 차가운 흥분에 전신이 가늘게 떨렸다.

세상을 바라보는 시야는 흑의청년을 중심으로 점차 모여지고 또한 넓어져 갔다. 의식은 하나로 모여져 갔고 검끝에 이는 조그만 공기의 흐름조차 감지될 정도였다.

점차 자신의 몸이 투명해지는 듯했다.

전신에 활기가 넘쳐흘렀고, 세포 하나하나 감지된 적의 미동에 끊임없이 경보를 울리고 있었다.

금강불괴가 된 이후 처음 느껴보는 감각이었다.

전율이 일 만큼 커다란 쾌감이 일었다.

천천히 검을 들어 흑의청년에게로 향하는 순간 의식은 거의 무아지경에 이를 정도였다.

유검의 변화를 알아챈 흑의청년은 입꼬리를 말며 중얼거렸다.

"아깝군. 검술 연마에 조금 더 신경을 썼다면 좋았을 텐데 말이야. 값비싼 보석을 지니고도 기껏 야채 장사나 하며 가난뱅이로 살다니……."

어검술의 경지까지 이르렀으면서도 제대로 그 힘을 발휘하지 못하는 것을 보고 비꼰 것이다. 지금 뭔가 달라져 봤자 그게 그거라는 의미도 포함되어 있었다.

유검은 불쑥 물었다.

"아참, 아직 못 물어봤군요. 저 사람 이름은 어떻게 되죠?"

교주에게 물었지만 대답은 흑의청년에게서 먼저 나왔다.

"나는 신무룡(申武龍)이라 하지."

유검은 질문을 던지면서도 의식상에 남지 않았다. 단지 흑의청년의 모든 것을 세밀하게 살피며 입에서 나오는 대로 지껄일 뿐이었다.

"신무룡… 그런데 묘비명에 남기고 싶은 말은 뭐죠?"

"……."

대답 대신 검이 날아왔다.

가만히 있을 때는 태산 같더니 일단 움직이자 노도처럼 밀려드는 파도와 같았다.

빠직—

바닥이 부서지며 유검의 신형이 아래로 꺼졌다.

신무룡은 침착하게 그 자리에서 빙글 몸을 돌리더니 뻗어내던 검을 아래로 향했다.

불쑥 바닥을 뚫고 튀어 나온 유검은 검끝이 자신을 향해 방긋 미소 짓고 있자 황급히 몸을 뒤로 젖혔다. 동시에 발끝으로 신무룡의 검을 쥔 손목을 차올렸다.

신무룡은 한 발짝 옆으로 물러서며 과감하게 유검을 향해 검을 휘둘렀다.

유검은 미소 지으며 손을 위로 뻗쳐 올렸다.

신무룡은 순간 유검의 손에 검이 들려 있지 않는 것을 보고 검미를 찌푸렸다.

"이런 잔꾀를!"

그는 검을 채 휘두르지 못하고 신형을 위로 뽑았다.

쉬이익—

하얀 광채에 휩싸인 한천검이 조금 전 신무룡이 있던 자리를 빠르게 스쳐 지나갔다.

위로 뻗어 올린 유검의 손에 한천검이 빨리듯 쥐어졌다.

유검의 신형은 날아가는 검에 매달려 쭈욱 뒤로 날아가는가 싶더니 돌연 튀어 올라 곧장 신무룡을 향해 검을 찔러갔다.

신무룡은 싸늘한 눈으로 날아오는 검의 변화를 지켜보며 태양검을 휘둘렀다.

그의 일검 하나하나는 절대 낭비가 없었다. 꼭 필요한 만큼만 단순히 검을 이동시킬 뿐이었다.

깡! 까가가강—!

검끼리 맞부딪치며 맑은 검명이 울리자 교주가 안타깝게 소리쳤다.

"바보 같은! 검을 부딪치면 안 된다고……."

교주는 미처 말을 잇지 못했다.

한천검은 유검의 손에서 떨어져 있었다. 수없이 많은 변화를 일으키며 마치 손으로 휘두르듯 영활하게 움직이고 있었지만, 분명 손에서 한 뼘 이상 떨어져 있었다.

교주는 그제야 '어검술(御劍術)'임을 깨닫고 놀란 표정을 지었다.

부딪치는 검초는 무척이나 빠르고 현란해 보였지만 사실 기괴하기보다는 오히려 평범한 것들이었다.

찰나지간의 허점도 보여서는 안 되기에 그 상황에 가장 적합한 초식만을 구사하였고, 워낙 빨라 일체 변화를 일으킬 여지없이 응수하다 보니 초식은 오히려 평범할 수밖에 없었던 것이다.

까앙─!

검끼리 크게 부딪쳐 잠시 유검이 뒤로 물러난 순간, 신무룡은 싸늘한 미소를 짓고 있었다.

"이대론 끝이 안 나겠군."

말보다 먼저 그의 검이 수직으로 베어왔다.

뭔가 심상치 않음을 깨달은 유검은 감히 검으로 막을 생각을 못하고 옆으로 피했다.

유검은 분명 검을 피했다. 혹시나 다른 변화가 있나 싶어 한 자 이상 떨어져 피했다.

하지만 떨어지는 검 주위로 또 다른 무형의 검막이 석 자 이상이나 생겨날 줄은 전혀 짐작하지 못했던 일이었다. 그것은 검막이라기보다는 태양검 그 자체였다.

찰나지간 유검은 몸을 비틀고 팔을 뻗어 가슴을 보호했다. 무언가 강력한 충격이 전신을 때렸다.

꽈앙—!

폭발음과 함께 유검의 신형은 선실 벽을 뚫고 밖으로 튕겨 나갔다.

지켜보던 다우의 입에서 억눌린 비명 소리가 새어 나왔다.

"아……!"

커다란 두 눈동자는 망연자실함으로 하얗게 비어버렸고, 그녀는 털썩 그 자리에 주저앉고 말았다.

교주는 구멍 뚫린 선실 벽으로 달려가며 버럭 소리를 질렀다.

"제기랄, 바보 같은 놈! 저놈의 검은 금강불괴라도 견딜 수 없단 말이다! 좀 더 신중했어야지! 아니면 아예 떨어져서 싸우던가! 크으윽—!"

유검의 몸은 화염에 휩싸여 폭우가 내리는 바다 위로 떨어져 내리고 있었다.

풍덩!

물보라와 함께 떨어진 주위로 보글보글 바다가 끓어올랐다. 곧 이어 그 주위로 얼음이 얼기 시작했다.

그것을 지켜보는 교주의 얼굴은 허탈하기 그지없었다.

얌전히 유검의 뜻대로 따른 것은 혹시나 하는 일말의 희망 때문이었다. 하지만 희망은 희망일 뿐 역시 현실은 이미 예측했던 바대로…

교주의 얼굴은 서서히 무표정해졌다.

천천히 몸을 돌려 신무룡을 향해 시선을 돌렸다.

"자네는 그 대가를 치르게 될 것이다. 지금 당장."

신무룡의 안색은 평온했다.

그에게 있어 이번 싸움은 이미 예측된 결과의 확인이었을 뿐이다.

그가 보다 신경을 쓴 것은 교주가 혹시나 수밀지체인 화의 생명을 담보로 위협하지 않을까 하는 점이었다.

그래서 좁지만 싸우는 공간을 굳이 선실 안으로 한정하였고, 유검의 어떤 공격에도 이 자리를 벗어나지 않았던 것이다.

일격을 가한 유검의 뒤를 끝까지 쫓지 않았던 것도 바로 그와 같은 이유였는데, 물론 유검은 이미 죽었다고 확신했기 때문이기도 했다.

태양검에 직접 일검을 얻어맞고도 견딜 수 있는 것은 이 세상에 존재하지 않으니까. 그것은 그의 믿음이라기보다는 신앙에 가까운 진실이었다.

엷은 그의 입술이 조금 벌어졌다. 교주의 협박에 대한 애석(哀惜)의 뜻을 표하려는 순간, 그의 입이 점차 커져 갔다.

두 눈에 불신의 빛이 어리기 시작했으며 대리석을 깎아놓은 듯한 그의 얼굴이 일그러지고 있었다.

그의 변화에 교주는 뭔가 이상함을 느끼고 획 몸을 돌렸다.

"어라?"

교주는 곧 멍청한 얼굴이 될 수밖에 없었다.

폭우가 쏟아지는 바다 위, 집채만한 얼음덩어리가 둥실 떠 있었다.

얼음덩어리는 쩌적 금이 가더니 곧 터져 버렸다. 사방으로 얼음 조각들이 비산하고 그 중앙에 유검이 있었다.

"어떻게……."

유검이 부르르 전신을 떨며 조금씩 움직이는 모습을 본 교주는 믿을 수 없다는 표정으로 그 말만 되풀이했다.

다우는 멍하니 있었으며, 신무룡의 얼굴은 완전히 일그러졌다.

허공에 뜬 유검의 주위로 가느다란 빛의 입자들이 뿌려져 있는 듯했다.

하얗게 서리 내려 완전히 얼어붙어 있는 듯한 유검의 팔이 조금씩 움직였다. 한천검이 움직이고 다시 백광을 뿜어내었다.

"후읍—"

막혔던 기도가 열리며 유검은 그제야 한 모금의 신선한 공기를 들이킬 수 있었다.

위이잉—!

주위 빛의 입자들이 반짝인다 싶은 순간, 갑자기 유검의 주위로 한 차례 강한 회오리바람이 일었다.

쏟아져 내리는 폭우는 사방으로 튕겨져 나갔고 하얗게 서리 낀 유검의 전신에서 얼음 조각들도 우수수 떨어져 나갔다.

부르르 유검은 한차례 진저리를 쳤다.

"…춥군."

정신은 아직도 멍했다. 한바탕 꿈을 꾸다 막 깨어난 것 같았다.

전신은 아직도 얼어붙어 삐거덕거리는 것만 같았다.

하늘은 먹장구름으로 뒤덮여 있었고 주위는 어두웠다.

소용돌이치는 바다 소리와 세차게 내리는 빗소리가 천지를 가득 메우고 있었다.

유검은 시선을 들어 튕겨져 나왔던 범선을 바라보았다.

배는 적막 속에 잠겨 있는 유령선처럼 느껴졌다.

배 가운데 뚫려진 구멍으로 교주의 얼떨떨해하는 모습이 보였다.

범선 안에는 무림맹의 호위무사들이 분명 타 있었다. 그런데도, 이러한 소동이 벌어졌는데도 불구하고 조용하기 이를 데 없었다.

해안가는 멀리 떨어진 데다 쏟아지는 폭우로 시야가 막혀 버렸고,

게다가 소용돌이치는 바다가 중간에 있어 이곳의 소동은 전혀 전해지지 않은 듯했다.

유검은 기이한 적막감을 느꼈지만 범선을 바라보는 그의 두 눈에 가득 찬 것은 차가운 투쟁심뿐이었다.

"풍환."

―예… 주, 주… 인… 인…….

"고맙다. 살아난 건 네 덕분이다."

―벼, 벼… 별… 마, 말… 말…….

유검은 나지막한, 그리고 조금은 위로하듯 말했다.

"말하지 않아도 돼. 네 뜻은 이미 알고 있다."

태양검에 격중당하는 마지막 순간 유검은 풍환을 불렀다. 풍환이 상화구의 흰빛 광선을 손쉽게 막아내던 것을 떠올렸던 것이다.

기대는 현실로 이루어진 듯싶었다. 내려친 태양검의 대부분의 힘을 풍환의 귈음력이 대부분을 흩어버렸으니까.

그 결과 이렇게 목숨을 구한 것이다.

하지만 그 태양검의 나머지 여력만으로도 유검은 거의 실신지경에 이르렀다. 또한 정면으로 그 힘을 받아야만 했던 풍환은 타격이 더 심했다. 눈에 보이지도 않을 정도로 작은 구슬로 이루어진 그녀였다. 신무룡의 일검에 태반이 파괴되어 버린 듯했다. 그 결과 그렇게나 수다스럽던 그녀가 제대로 말을 할 수 없을 정도가 되어버린 것이다.

육경천의 힘에 차등은 없을 것이다. 결론을 말하자면 만약 자신이 귈음력을 조금만 더 능숙하게 다루었더라면 결과는 달라졌을 것이다.

유금은 나직한 한숨을 토해내며 중얼거렸다.

"풍환, 한 번만… 한 번만 더 부탁하자."

―예… 무… 무… 물… 론… 입…….

고개를 끄덕이며 범선을 쏘아보는 유검의 두 눈은 차가운 불빛으로 타오르기 시작했다.

백회(百會)와 용천(湧泉)은 물론 전신의 팔만 사천 모공으로부터 천지간의 거대한 기운이 몰려들고 있었다. 머리카락은 기운의 발산을 못 이겨 하늘로 곤두서 있었다.

유검은 이를 악문 채 내심 중얼거렸다.

'한 번, 단 한 번에 승부를 내야 한다!'

절대 경거망동해서는 안 된다고 스스로를 타일렀다. 단 한 번의 기회밖에 없다고 느꼈기에.

"좌호법!"

신무룡의 부름에 괴인은 한쪽 무릎을 꿇고 복명했다.

"하명하십시오, 주군."

철커덩 하는 쇠사슬 소리 속에 그의 쇠를 긁는 듯한 음산한 목소리가 울려 퍼졌다.

싸늘한 눈으로 구멍 뚫린 선실 밖 유검의 변화를 지켜보던 신무룡은 어느새 냉정을 되찾고 있었다.

그는 짧게 명을 내렸다.

"유희(遊戲)는 끝났다. 시행하도록."

신무룡의 차가운 목소리에 교주는 흠칫하며 선실 안으로 고개를 돌리다 돌처럼 몸이 굳어지고 말았다.

어느새 날카로운 비수가 목젖에 닿아 있었다.

그리고 이어 두 개의 손바닥이 가슴 쪽 전중(膻中)과 아랫배 단전에 닿았다.

교주의 눈에 두 명의 노인이 들어왔다.

땅딸막한 몸매에 자기 키만한 상투를 틀고 있는 난쟁이 노인과 키만 멀뚱하게 큰 깡마른 노인, 일월쌍괴였다.

교주는 눈살을 찌푸렸다.

"그대들이었구려."

두 노인은 교주와 시선을 마주치지 못하고 슬그머니 고개를 돌렸다.

"우리에겐 마지막 남은 금제가 있다. 어쩔 수가 없다."

"쩝, 미안하다. 네놈에겐 꽤 호감이 갔는데……."

교주는 다른 곳으로 천천히 눈길을 돌렸다.

화는 담요에 둘둘 말린 채로 한 어느새 나타난 흑포인의 품에 안겨 있었다. 그는 괴이하게도 머리에 소의 가면을 쓰고 있었다.

다우는 갑작스런 선실 내의 변화에 비명조차 지르지 못하고 겁먹은 얼굴로 뒷걸음질치고 있었다.

툭!

뒷걸음질치던 다우는 누군가와 부딪치자 소스라치게 놀라 뒤돌아 보았다.

닭 가면을 쓴 거구의 흑포인이 투명한 눈빛으로 자신을 내려다보고 있었다.

다우는 비명과 함께 앞뒤 생각 없이 본능적으로 몇 개의 진천뢰를 던졌지만, 유령처럼 길게 뻗어나는 흑포인의 두 팔에 모두 회수되고 말았다.

다우는 그것을 깨닫기도 전에 혼혈(昏穴)을 제압당하고 바로 정신을 잃었다.

교주는 탄식하며 말했다.

"어째서 이들이 다가오는 기척을 눈치 채지 못했을까? 설마 하니 내 무공이 녹슬고 말았다는 건가?"

무표정한 얼굴의 신무룡과 시선이 마주친 순간 교주는 금세 깨달은 표정을 지었다.

"그렇군. 자네가 나의 주위로 잠시 소리를 차단시킨 거군."

신무룡은 뒷짐을 진 채 차가운 음성으로 말했다.

"설마 하니 수밀지체를 얻고, 교주님을 상대하기 위해서인데 제가 아무런 준비 없이 홀로 왔겠습니까? 그리고… 어젯밤 호교쌍노(護敎雙老)가 이 섬에 거처하고 있다는 것을 알게 된 것은 예상 밖의 소득이었습니다만……."

신무룡은 눈짓으로 흑포인들을 가리키며 말을 이었다.

"어쨌든 저는 교주님처럼 귀찮다 하여 호교십이위(護敎十二衛)를 떼어놓고 다니지는 않습니다. 두 명 외 나머지 녀석들은 지금 배 안을 소리없이 청소하고 있을 것입니다."

교주와 이야기하는 듯하지만 실제 그의 모든 신경은 이미 유검에게로 가 있었다.

그들과 같은 초고수에게 있어 거리는 그다지 의미가 없었다. 잠시 한눈파는 사이 언제 거리를 초월한 공격이 들어올지 모른다.

"곧 본 교의 사대호법들과 수하들이 도착하겠습니다만……."

신무룡의 두 눈이 점차 투명해지고 있었다. 눈에 어린 차가운 한기는 더욱 짙어져 푸르스름한 인광(燐光)처럼 보일 정도였다.

더욱 싸늘해진 하지만 평이하기 그지없는 말투가 이어졌다.

"하여간 잘 감상하시기 바랍니다. 한 가닥 기대를 걸고 계신 듯하니."

그의 싸늘한 시선이 향하고 있는 곳은 물론 유검이 있었다.

우두득!

갑자기 그에게서 전신의 뼈마디가 으스러지는 소리가 났다.

끼이이―

괴이한 소음과 함께 신무룡이 들고 있는 태양검의 모습이 변화하고 있었다.

푸르스름한 빛을 띤 빙검의 날 부위에 뾰족하고 날카로운 칼날들이 울퉁불퉁 튀어 나왔다. 마치 전설에 나오는 요괴의 발톱을 연상케 하는 괴기로운 모습으로 변화된 것이다.

검을 쥔 손에 불끈 힘이 쥐어졌다.

그것은 화룡점정(畵龍點睛), 자신의 손으로 완전히 끝마무리를 맺겠다는 의지 표현이었다.

쉭―

갑자기 그의 검이 번쩍였다.

언제 발출되었는지 모를 정도로 빠른 일검이 이미 교주의 오른쪽 어깻죽지를 관통하고 있었다.

교주를 제압하고 있던 일월쌍괴는 깜짝 놀라 안색이 창백해졌다. 뒤에서 부동 자세로 있던 두 혹포인도 움찔거렸다.

신무룡은 무심한 표정으로 검을 쭉 뽑았다. 어깻죽지에 검붉은 피가 배일 뿐 피화살이 솟구치지는 않았다. 이미 얼어붙어 있었다.

"크윽!"

교주는 연신 고개를 흔들며 이를 꽉 다물었지만 새어 나오는 신음성은 어쩔 수 없었다.

전혀 적의를 드러내 보이지 않고 있다가 이렇게 갑작스럽게 검을 찔러오다니.

　신무룡의 이와 같은 기습은 그야말로 아닌 밤중에 홍두깨보다 더 돌발적인 것이었다.

　"편히 구경하시길. 기대하시는 또 한 번의 예외는 있지 않을 것입니다만."

　교주는 검에 찔린 상처로부터 전신으로 퍼져 나가는 지독한 한기에 이를 다닥거리며 떨 뿐 뭐라 대꾸할 수가 없었다. 선실 벽을 기대고 앉은 그의 전신은 이미 하얀 서리가 두껍게 어리고 있었다.

　유검에게 있었던 것처럼 시뻘건 화염(火炎)이 일지는 않았다. 대신 한기는 더욱 지독해졌다.

　"부디 아들의 최후를 볼 때까진 견뎌내시길."

　그 말을 끝으로 등을 보이며 뒤돌아서는 그에게 교주는 힘없이 웃어 보였다.

　"너는 언젠가는 반드시……."

　선실 안의 공기가 미묘하게 일렁거렸다.

　하얀 백광이 일렁거렸다고만 느낀 순간 두 개의 목이 천장으로 퉁겨져 올랐다. 화와 다우를 제압해 안고 있던 두 흑포인이었다.

　교주는 대체 무슨 짓인가 싶어 흠칫했다.

　일월쌍괴는 뭐가 어떻게 된 영문인 줄 모르고 두 눈만 동그랗게 떴다.

　신무룡은 교주에게 고개를 까닥거리며 말했다.

　"잊을 뻔했군요. 그럼 이만."

　교주는 허탈한 모습으로 멍하니 사라지는 신무룡의 등만 바라보았다.

　곧 그의 입에서 실소가 나오기 시작하더니 곧 앙천광소로 바뀌었다.

　"푸하하하하핫―"

교주는 웃음을 멈추지 못했다.

호교십이위는 말 그대로 교주의 친위대였다.

하지만 그들을 대동하지 않은 것은 벌써 십여 년이 넘었고, 옛정이 남아 있을 리 없었다.

오늘 신무룡과 함께 온 것을 보면 분명 충성을 맹세했을 것이다. 지독한 금제와 함께.

그런 그들이 목숨을 헛되이 잃게 된 것은 단 한 가지 이유였다. 자신을 향해 일검을 찔렀을 때 그들은 움찔하며 반응을 보였던 것이다.

단지 그 이유뿐이었다.

그 점을 깨닫자 교주는 갑자기 웃음이 나와 견딜 수가 없었다.

단 한 가지 사실만은 확실했다.

얼음처럼 차가운 그의 겉모습 속에 새빨간 화로보다 더한 복수의 화염을 감추고 있다는 것.

무엇보다 충성을 맹세한 수하일지라도 단지 심기를 거슬렀다는 이유만으로도 아무렇지도 않게 목을 날려 버릴 수 있는 그의 비정함에는 참으로 감탄하지 않을 수가 없었다.

"대단하군, 대단해! 그 정도면 본 교의 교주의 자격이 충분하다! 쿨럭—!"

폐부 깊숙이 파고든 한기에 교주는 기침을 내뱉었다. 뭔가 한마디 더 하고 싶어도 기침 때문에 말을 이을 수가 없었다.

일월쌍괴는 초조한 표정으로 선실 안을 서성거렸다.

"왜 죽인 거지? 제기랄, 대체 우리보고 어떡하란 거야?"

"뭔가 한마디 해주고 갔어야지! 뜨그랄! 또 갑자기 나타나서 검을 휘두르는 거 아냐, 이거?"

쿵!

목을 잃은 흑포인들이 이제야 쓰러졌다. 그들이 안고 있던 화와 다우도 함께 바닥으로 굴러 떨어졌다.

철커덩!

동상처럼 가만히 지켜만 보고 있던 괴인이 쇠사슬을 끌며 바닥에 쓰러져 있는 그녀들에게 다가갔다.

교주는 숨을 몰아쉬며 안타까운 눈으로 그녀들을 바라보았지만 이미 스스로 운신할 여력조차 없었다. 그는 선실 밖으로 시선을 돌렸다. 유검을 보기 바랬지만 벌써 시야가 흐릿해져 있었다.

'아들아⋯⋯.'

연신 기침을 내뱉으며 뭔가 마음속으로나마 유검에게 한마디 전해주고 싶었지만, 마땅히 떠오르는 말이 없었다.

'바보 같으니⋯ 그래서 내가 도망치라 했지 않느냐. 아비 말도 안 듣는 불효막심한 놈 같으니⋯⋯.'

"쿨럭— 쿨럭—"

그는 천천히 눈을 감았다.

선실 안은 어둡기 그지없는 피비린내가 자욱했다.

대결,
그리고 교주의 음모

대결, 그리고 교주의 음모

검끝으로 모든 의식을 모으고 있던 유검은 이상하게도 가슴이 울렁
거려 왔다.

범선 쪽으로 시선을 향하자 불안은 더욱 커졌다.

유검은 입술을 깨물며 내심 중얼거렸다.

'정신을 집중해야 한다. 이 대결에 모든 것이 달렸다. 반드시 이겨
야만 한다!'

유검은 아직 선실 안에서 일어난 변화에 대해 전혀 알지 못했다.

유검은 신무룡을 믿었다.

그와 무언의 약속으로 결정된 이 싸움, 그 결과가 나타나기 전에는
그가 다른 사람에게 손을 쓰지 않을 것이라고 굳게 믿었던 것이다.

그런 막연하고 순진하기 그지없는 기대가 이미 무참하게 깨져 버렸
다는 사실을 전혀 모른 채 그와의 마지막 일검을 준비하고 있었다.

신무룡은 선실 밖으로 훌훌 날아 내렸다.

그는 파도치는 바다 위로 가시갈귀 같은 검끝을 먼저 가져다 대었다. 바다가 쩡! 하고 얼어붙었다. 금세 사방 이 장여 크기의 거대한 빙하가 만들어졌고 그 위로 신무룡은 두 발을 내리고 섰다.

쏟아지는 빗줄기는 태양검 주위로 다가서는 순간 갑자기 얼어버리며 퍽 하고 터져 버렸다. 하얀 얼음 가루가 되어 불어오는 바람에 휘말려 주위를 떠돌았다.

이 광경만 보자면 남국의 바다가 아니라 어느 북해의 앞바다를 떠올릴 지경이었다.

유검의 신형도 천천히 가라앉아 파도치는 바다 위에 두 발을 디디고 서 있었다. 일검에 모든 공력을 쏟아 붓기 위해 조금의 내력이라도 아끼고자 한 것이다.

유검의 신형은 밀려오는 파도에 오르락내리락하고 있었는데, 그의 발을 중심으로 파문이 일며 소용돌이가 생겨났지만 곧 높은 파도에 휘말려 사라지곤 했다.

둘은 그렇게 서로 대치한 채 상대를 묵묵히 쏘아보기만 했다.

유검은 마지막 승부라 생각했기에 쉽게 먼저 공격해 갈 수가 없었다. 신무룡으로서도 자신의 일검에 격중하고서도 멀쩡한 유검에게 은연중 거리끼는 바가 있어 신중을 기하고 있었다.

신무룡은 교주에 대한 이야기를 꺼내지 않았다. 상대의 심기를 흩트릴 수 있음에도 그리하지 않았다. 비록 비정하기는 하지만 비겁하지는 않았던 것이다.

번쩍—

번개가 범선 위로 내리꽂혔다. 새까맣게 탄 돛대가 우지끈! 쓰러지는 순간 누가 먼저랄 것도 없이 둘은 서로를 향해 부딪쳐 갔다. 피하는 것은 전혀 생각조차 하지 않는 것처럼 보였다. 마치 성난 황소가 서로를 향해 돌진해 가는 듯했다.

우르릉—!

격렬하게 파도치는 바다 위로 뇌성이 미친 듯 울부짖는다.

선실 밖으로 둘의 대결을 지켜보던 괴인이 차갑게 중얼거렸다.

"어리석군. 강대강(强對强), 역대역(力對力)의 정면 대결을 펼치다니……."

괴인은 유검의 정면 승부를 무척 어리석은 선택이라고 생각했다.

저런 기세라면 도중에 일체 변화할 여지가 없어진다.

그렇다면 결과는 이미 명약관화(明若觀火)하다.

약자[弱者必亡]!

지닌 바 무공의 강약을 단숨에 결판짓자며 서로 달려드는 이러한 모습은 마치 동물들이 원시적이고 본능적인 충동에 의해 서로 있는 힘을 다해 부딪쳐 가는 것과 다를 바 없었다.

도저히 초고수들의 싸움이라고는 믿기 어려울 정도였다.

교주는 흐릿해져 가는 의식 속에서 괴인이 중얼거리는 '정면 대결'이라는 말을 들었다. 순간 마지막 품고 있던 희망이 꺼져 버리는 것 같았다.

'바보 같은 놈… 어째서……!'

교주는 유검이 신무룡의 일검을 견디고 다시 되살아난 연유를 알지는 못했다. 하지만 모든 일이 자신의 예측대로만 흘러가지는 않겠구나 하는 의외의 희망을 가질 수 있었다.

그렇다고 기적 같은 역전을 바란 것은 아니었다. 솔직히 유검 혼자만이라도 살아 도망쳐 후일을 기약하기 바랬던 것이다.

'살아 있다'는 것이 중요했다. 살아 있어야 후일을 기약하고 복수를 해주던가 말던가 하지 않겠는가.

아니, 복수를 바라지도 않았다. 그냥 평범하게, 행복하게 예쁜 마누라를 얻어 잘살아주면 그것으로 족한 것이다.

그런데 정면 승부라니…

교주는 괴인의 성격을 알고 있었다.

과격하기 그지없는 놈!

그는 항상 무인이라면 서로 전력을 다해 부딪쳐야 한다고 입버릇처럼 말했다. 서로 검을 겨눌 때, 눈치를 살피며 피할 궁리를 하는 것 자체를 수치로 여기는 놈이었다. 그래서 오로지 금강불괴의 몸을 원했던 놈이었다.

그런 놈이 강대강(强對强), 역대역(力對力)의 어리석은 정면 대결이라 말할 정도라면…

교주는 내심 피식 웃음이 나왔다.

둥그스름한 계란이 두 눈을 치켜뜨고 바위를 향해 식식거리며 돌진하는 모습이 떠올랐던 것이다.

하지만 어쩌겠는가.

강한 상대를 보면 전력으로 부딪쳐 보고 싶은 것이 무인의 본능인 것을.

그렇게 한순간 스쳐 가는 짧은 상념이 짙은 회한과 달관의 그림자로 끝을 알리려는 순간, 괴인의 억눌린 신음 소리가 새어 나왔다.

"으으… 저, 저럴 수가!"

교주는 순간 가슴이 두근거렸다. 뭔가 예측하지 못했던 상황이 벌어졌음을 깨달았다.

"도대체… 말도 안 되는……!"

괴인의 중얼거림에 교주는 더 이상 치솟는 호기심을 참을 수 없었다. 있는 힘을 모두 끌어내어 불쑥 소리쳐 물었다.

"어, 어떻게 됐지? 결과는? 쿨럭—!"

연신 기침을 내뱉으며 교주는 깨달았다. 절망 속에 숨어 있던 유검에 대한 한 가닥 기대는 본인이 의식하고 있던 것보다 훨씬 컸다는 것을.

모두 타버려 재밖에 남지 않은 희망의 숲 속에 갑자기 화려하게 피어오르는 불사조, 기대의 날개!

신무룡이 지나온 바다는 기다란 얼음의 길이 만들어졌다. 그리고 유검이 스쳐 지나간 바다는 거센 소용돌이가 휘몰아쳤다.

분노한 바다의 신이 거센 파도를 일으키고 있었다.

둘의 거리가 서로 십여 장으로 줄어들었을 때 신무룡은 태양검을 위에서 아래로 곧장 내리찍었다. 천지(天地)를 양단할 듯한 장엄한 기세 속에 푸르스름한 태양검 주위로 분분히 휘말리는 얼음 가루가 시야를 어지럽혔다.

유검은 이와 반대로 한천검을 아래에서 위로 휘둘러 갔다. 눈이 멀 듯한 백광이 어린 한천검은 바다에서 하늘로 승천하는 백룡(白龍)이었다.

여의주를 물고 승천하는 백룡 주위로 운무(雲霧)가 낀다. 컬음력에 휘말린 바닷물이 숫구쳐 올라 사방으로 비산하며 생긴 운무였다. 역시 상대의 시야를 어지럽히기는 마찬가지.

하지만 변초(變招)는 없었다.

서로 피하지도 않았다.

꽈앙—!

검과 검이 부딪쳤다.

우르릉—

뇌성은 아직도 바다를 향해 포효하고 있었다.

검이 맞부딪치는 순간 신무룡의 검미가 꿈틀거렸다.

검과 검이 맞부딪치는 순간, 유검이 휘둘러 온 한천검에는 상상하기도 힘든 기묘한 회전력이 담겨 있음을 그제야 깨달았다. 이에 자신의 검은 주르르 미끄러졌고, 전신은 휘청거렸다.

천천히 달릴 때라면 돌부리에 걸려도 쉽게 중심을 잡는다. 하지만 빠르게 달릴수록 돌부리에 걸리면 넘어지기 쉬운 법이다.

전력을 다해 검을 휘둘렀기에 그 비틀린 회전력 속에서 즉시 중심을 잡는다는 것은 불가능했다. 다시 말해 이 변화는 두 초인이 전력을 다해 겨루는 힘의 축에 자리하고 있었던 것이다.

신무룡의 중심은 흔들렸고 그 찰나지간의 순간 한천검은 거리낌없이 천군만마의 기세로 태양검의 편평한 검등을 타고 치솟았다.

비산하는 물보라와 휘몰아치는 얼음바람이 시야를 막고 감각을 죽이고 있어 상대의 다음 변초를 전혀 짐작할 수 없는 상태.

쉬이익—!

대경실색한 가운데서도 초인적인 임기응변을 펼쳤다. 몸을 비틀며 허리를 위로 퉁겨 올렸고, 그 반동으로 고개를 뒤로 획 젖혀낼 수 있었다.

백광이 어려진 한천검이 아슬아슬하게 그의 얼굴을 스치고 지나갔
다. 검끝이 스치며 그의 왼쪽 눈 아래로 긴 상흔이 생겨났다. 점점이
맺힌 빨간 피는 검풍에 휘말려 허공에 뿌려졌다.

그의 임기응변은 참으로 훌륭했지만 그 대가로 몸의 중심이 완전히
흐트러져 버렸다. 한천검에서 비롯된 회전력은 아직도 그의 신형을 뒤
흔들고 있었다.

이목(耳目)은 상대의 위치를 제대로 파악할 수 없었고, 중심이 이미
어긋나 있어 공수의 조화를 이루기도 어렵다.

다시 말해 짧은 이 한순간만은 벌거숭이로 적에게 온몸을 드러낸 것
이나 다름없게 되었다. 완전히 허점을 노출시킨 채로.

신무룡의 얼굴에는 불신의 빛이 떠올라 있었다.

태산이라도 양단할 듯 내려친 자신의 검로(劍路)가 이토록 쉽게 비
틀어지다니?

단순히 검을 비틀었다 하여 이런 회전력은 절대 생길 수 없다.

그게 가능한 것은 오로지…

신무룡은 순간 깨닫는 바가 있어 내심 부르짖었다.

'권음력이다!'

정확히 말하자면 권음력의 신물.

신무룡은 그제야 자신이 처한 상황을 납득할 수 있었다.

권음력의 신물이 아니고서야 그 어떤 힘이 있어 자신이 내려친 검의
노선(路線)을 비틀겠는가.

인정하기 괴로웠지만 신무룡은 이번 일합은 자신의 패배임을 인정
했다.

이런 의외의 결과가 나온 것은 꼭 경적필패(輕敵必敗)의 경구를 무시한 대가로 보기에는 어려웠다.

찰나지간에 승부가 결정되는 고수들끼리의 싸움에 있어 의외의 한 수라는 것이 지닌 잠재적 위력의 결과일 따름이었다.

이는 다시 말해 얄팍한 잔꾀라고도 할 수 있는 유검의 전술적 승리라고도 볼 수 있었다.

빠르게 스쳐 가는 생각의 흐름과 별개로 신무룡의 몸은 이미 하나의 반응을 나타내고 있었다.

궐음력에 휘말려 미끌어지는 태양검을 꽉 잡고 전력을 기울여 역행의 방향으로 끌어 올렸다. 목표는 어림잡아 유검의 허리.

하지만 고수들 간의 싸움에선 이렇게 막연한 일검이 상대를 위협할 수는 없다. 당연히 검은 허무하게 허공을 갈랐다.

신무룡은 애써 냉정을 되찾으며 뒤이어 올 반격에 대비했다.

전신의 감각을 극도로 끌어올려 상대의 검로를 예측했다.

다행스럽게도 그는 매섭게 베어오는 한천검의 기척을 가까스로 찾을 수 있었다.

천근추(千斤墜)를 발휘하여 바다 아래로 몸을 가라앉힘과 동시에 재차 허리를 비틀어 겨우 검을 피했다. 순간 난데없이 튀어 나오는 발.

퍽―!

가슴을 얻어맞은 신무룡의 신형이 뒤로 퉁겨났다. 물살이 쫙 갈라지고 태양검에 스친 파도는 모두 얼음으로 화해 우르르 아래로 쏟아졌다.

유검은 그 뒤를 좇았다.

괴인이 놀라 신음성을 흘린 것은 이 순간이었다.

겉으로 보기에 유검이 일방적인 공격을 퍼붓는 것으로 보이지만, 사

실 절박함은 유검이 더했다. 단번에 승부를 결정짓지 못하고 상대에게
여유를 주다가는 패하는 것은 자신임을 알고 있었기 때문이다.

유검은 어검술을 펼치지 않았다.

아무리 심령으로 연결되어 멀리 거리를 두고서도 상대를 향해 자유
롭게 검초를 뿌려댈 수 있다지만, 찰나에 생사지간을 결정짓는 이때 평
생을 손으로 쥐고 휘둘러 온 검을 놓는다는 것은 쉽지 않았던 것이다.

거대한 파도와 함께 유검은 도약했고 바다를 가르듯 태산압정(泰山
壓頂)의 초식으로 신무룡을 베어갔다.

깡―!

횡으로 들어 세운 태양검에 검로가 막혔다.

신무룡은 이 순간 바다에 드러눕다시피 한 상태였지만, 어느새 냉정
한 모습, 몸의 중심을 되찾고 있었다.

그의 눈에 기이함이 어렸다.

그는 태연하게 물었다.

"어찌 된 건가?"

유검은 이 순간 긴장의 끈이 와르르 무너지는 것을 느꼈다.

탄식과 함께 아쉬움이 깃든 목소리로 중얼거렸다.

"보는 바와 같이."

검을 맞대고 대치한 상황에서 한가한 질문과 대답이 오갔다.

본래 한천검 주위로 풍환의 미세한 구슬들이 감싸고 있었다. 그것이
극한의 회전력을 일으킨 원동력이었다.

하지만 그것은 온전치 못했기에 태양검과 부딪치는 순간 대부분 파
괴되어 버렸다. 그럼에도 마지막 승기를 좇아 최후의 일격을 가했으나
풍환의 힘이 깃들지 않았기에 쉽게 막혀 버리고 말았다.

신무룡은 의아할 수밖에 없었고 유검은 씁쓸한 미소를 지을 수밖에 없었다.

하지만 유검의 마음은 묘하게 변해갔다.

기대했던 풍환의 힘이 깨어지자 오히려 홀가분한 느낌이 들었다.

오직 신무룡에게만 집중되어 있던 의식이 한순간 해방되어 버린 것이다.

파도치는 주위의 광경이 눈에 들어왔고 쏟아지는 폭우도 새삼 새롭게 느껴졌다. 주위에 얼어 있는 빙하라던가, 비바람에 흩날리는 얼음 가루들도 신기하기 이를 데 없었다.

빠르게 흘러가는 먹장구름을 바라보며 옛날에 놀던 개울가를 떠올리기도 했다.

뙤약볕 아래서 신나게 목검을 휘두르던 그때…

흘리는 땀 속에서 마냥 신나기만 했었다.

소슬한 저녁 바람 속에 문득 바라본 하늘에 곱게 진 붉은 노을…

멍하니 바라보고 있노라면 누군가 말을 걸어오곤 했다.

한참 동안 이야기하다 고개 돌려보면 아무도 없었다.

손에 쥐어진 목검 외에는……

지금도 귓가에 속삭였다.

[그래서? 나보고 어쩌라구?]

'너였나? 어째… 항상 같이 있었는데도 오랜만인 것 같군.'

[간단해. 네가 바람난 거야.]

'……'

유검은 멍하니 한천검을 들여다보다 피식 웃었다.

'미년데… 할 수 없잖아.'

유검의 이러한 변화와 여유와는 상관없이 어쨌거나 상황은 반전되었다.

신무룡이 몸을 서서히 일으킴과 함께 태양검에서는 극렬한 한기가 뿜어져 나오기 시작했다. 그 후 신무룡은 하나를 헤아리기도 전에 수십 차례 검을 베고 찔러왔다.

까강— 까가가강—!

숨 돌릴 틈 없이 현란하게 쏟아지는 검초에 유검은 계속 뒤로 물러서며 정신없이 막았다. 겨우겨우 위태롭게 검을 막아가는 모습이 언제 피를 뿌리고 꼬꾸라진다 한들 하등 이상할 것 없어 보였다.

쓰러지는 것은 시간문제인 듯했다.

하지만 유검의 입가에 미소가 걸려 있었다. 왜 가슴 한구석에서 은은한 기쁨이 샘솟는지 이해할 수 없었기에 그냥 입가에 미소를 지을 수밖에 없었다.

기쁨은 손으로 진딜되어 오고 있었다.

한천검은 제발 얌전히 다뤄달라고 투덜거렸고 유검은 난감한 얼굴로 자신도 어쩔 수 없다고 대꾸했다.

폭우와 빗발치는 검광 속에서 언제 생명이 달아날지 모르는 급박한 상황임에도 유검은 그렇게 한없는 만남의 기쁨에 흠뻑 젖어 있었다.

물론 유검이 기뻐하거나 말거나 신무룡의 압도적인 우세가 바뀌지는 않았다.

"알고 보니… 귈음력이었군."

괴인은 고개를 끄덕이며 그렇게 중얼거렸다.

본래 사람이란 대상을 알지 못할 때 두려움을 느낀다. 알고 나면 치밀한 분석 끝에 결론을 내리게 된다.

괴인은 잠시 혼란이 일었지만 이제는 주군의 승리를 다시금 믿게 된 모양이었다.

하지만 금방 결정지어질 듯한 승부는 의외로 오래 끌고 있었다.

태양검과 맞부딪치며 위태롭기는 하나 유검은 한기에 전혀 영향을 받는 것 같지 않아 보였다.

괴인은 신음성을 흘렸다.

괴인으로서는 도저히 이해할 수 없었다.

현재 상황을 보아 궐음력은 이미 파훼된 게 분명하다. 설령 유검의 궐음력이 온전하다 할지라도 신무룡의 경지가 더 높으니 전혀 두려워할 것이 없다.

그렇다면 이미 승부는 난 것, 결과가 나도 벌써 났어야 하는 것이다.

조금 더 시간이 흐르자 괴인의 입에서 결국 짜증이 흘러나왔다.

"제기랄, 저놈은 대체 왜 안 죽는 거야?"

쿵! 쩔거덩!

발을 굴리자 쇠사슬이 출렁거리고 선실 안이 흔들거렸다.

선실 한쪽 구석에 일월쌍괴는 속으로 욕을 해댔다.

─이봐, 헐랭아. 저놈 꼴같잖지? 호랑이가 없으니 여우가 왕 노릇 한다고, 꽤 위세 잡는 걸 그래?

─쳇, 우리가 한참 강호를 돌아다닐 때 저놈은 어미 뱃속에 있지도 않았다. 그런데 감히 우리를 찍소리 말고 처박혀 있으라고 명령을 해? 이거 계속 참아야 하는 거냐?

─젠장, 마지막 금제다! 마지막! 세 개 중 이제 마지막이야. 하여간 교주를 제압하면 우린 자유다. …근데 교주가 죽어버리면 우리 일은

이제 끝난 게 아닐까?

괴인은 힐끔 고개를 돌렸다.

불타오르던 선실 벽은 쏟아지는 폭우에 꺼진 지 오래였다.

바닥에는 두 소녀가 무방비 상태로 엎어져 있었고 교주는 선실 벽에 축 기대어앉아 고개를 푹 수그리고 있었다.

"결국… 뒈졌나?"

간헐적으로 들려오던 기침 소리마저 끊어진 지 오래, 내력을 끌어올려 그의 심장 소리를 들으려 했으나 들을 수 없었다.

괴인은 교주가 확실히 죽었다고 판단했다.

"흥, 결국 아들놈이 죽는 꼴은 못 보고 갔군."

괴인은 쇠사슬을 끌고 교주에게 다가갔다.

두툼한 손바닥으로 교주의 목을 붙잡고 들어 올렸다.

그 후 괴인은 허공에 대고 나지막하게 소리쳐 불렀다.

"사위(子衛)! 인위(寅衛)!"

흐릿한 두 개의 인영이 나타나더니 곧 형체를 갖췄다. 각기 쥐 가면과 호랑이 가면을 쓴 흑포인들이었다.

"동료들을 불러라. 교주의 시체를 염해 본 교로 호송할 준비를 갖추고 저 두 계집아이들도…….."

괴인은 끝까지 명령을 내리지 못했다.

두 흑포인들의 태도가 이상했다.

뭔가 귀신을 본 듯한…….

괴인은 순간 누군가 자신의 손바닥을 감싸 쥐는 것을 느꼈다.

펑—!

괴인은 미처 고개를 돌리기도 전에 강력한 발길질을 당해 쩔렁거리는 쇠사슬 소리와 함께 뒤로 퉁겨나야만 했다.

쉬익―

쥐 가면과 호랑이 가면은 일체 기합 소리도 없이 각기 낫 모양과 반월 모양의 기형 병기를 꺼내어 교주를 공격해 갔다.

서걱!

한줄기 검광이 일자 병기는 두 조각 나고 어느새 흑포인들의 마혈은 점혈되어 있었다.

구석에 있던 일월쌍괴는 뭐가 어떻게 돌아가는지 몰라 두 눈만 동그랗게 뜨고 있었다.

교주가 꺼내 든 검을 보고 괴인이 신음하듯 중얼거렸다.

"일월… 신검!"

"맞아. 교주의 신물이기도 하지. 자네가 금강불괴라 하지만 그건 본 교의 응기현공(凝氣玄功)의 성취 때문. 본 교의 모든 신공을 제압하는 이 일월신검이라면 자넬 죽일 수 있지."

교주는 태연하게 대꾸하고는 길게 기지개를 켰다.

"쩝, 아직도 정신이 멍하군. 음……."

괴인은 믿기 힘들다는 듯 나직이 중얼거렸다.

"분명 죽었는데… 태양검의 일검에 격중당하고도 어떻게 멀쩡히……."

그의 언성이 날카로워졌다.

"설마… 전법륜?"

괴인은 말도 안 된다는 듯 고개를 저었다.

"이십여 년 전에 잃어버린 법보가 어떻게 네놈 손에?"

교주는 홀로 자문자답하는 괴인의 말에 잘라 말했다.

“자넨 몰라도 돼.”

그리고 느긋하게 선실 밖 유검과 신무룡의 대결을 감상하며 고개를 끄덕였다.

“제법 잘 싸우고 있군.”

교주는 곧 고개를 가로저으며 홀로 중얼거렸다.

“하지만… 과연 잘되려나 모르겠군. 뭐, 여태까지 키워온 그 사부가 안 되면 손에 장을 지지겠다며 호언장담을 했고, 그래서 믿긴 했지만…….”

교주는 전신이 뻐적지근한지 다시 길게 기지개를 켰다.

“휴, 저 녀석이 하도 눈치가 빨라서 연극으론 절대 안 통한다고 해서 굳이 섭혼술로 자가 세뇌까지 했는데… 이거 참, 두 번은 할 게 못 되는군.”

괴인은 함부로 교주에게 달려들지 못하고 있었다. 그가 들고 있는 일월신검이 두려워서라기보다는 뭔가 자신이 크게 속고 있었던 것이 아닌가 하는 강렬한 의혹 때문이었다.

교주의 태도는 전혀 딴판이었다.

유검은 절대 신무룡을 이기지 못한다고 신앙처럼 굳게 믿고 있었던 그였는데, 이제는 전혀 걱정할 게 없다는 식 아닌가.

괴인은 악을 쓰듯 소리쳤다.

“네 아들놈은 곧 피를 뿌리며 뒈져 버릴 것이다! 그때 가서도 네놈이 그렇게 태연한가 보겠다!”

거종이 울리는 듯 큰 소리, 고막이 아플 정도였다.

교주는 눈썹을 찡그렸다.

“귀가 간지럽군. 목소리 좀 낮추게.”

그리고 싸늘한 눈으로 일월쌍괴를 쏘아보았다.

"이게 뭔지 압니까?"

교주가 일월신검을 들어 보이자 일월쌍괴는 눈알을 뒤룩뒤룩 굴리며 답했다.

"무, 물론 알지."

"모, 모를 리야 있나. 헤헤……."

교주는 능청스럽게 물었다.

"내가 다시 교주 위를 차지하면? 어떻게 될까요?"

"그, 글쎄……."

"헤헤, 잘 모르겠는걸? 가르쳐 주려나?"

"뭐, 잘 생각해 보시죠. 마지막 금제에 관한 겁니다."

일월쌍괴의 안색이 일그러졌다.

교주가 슬쩍 바닥 위에 엎어져 있는 두 소녀에게로 눈길을 돌리자 일월쌍괴가 잽싸게 행동에 나섰다.

둘은 각기 한 명씩 조심스레 화와 다우를 보살펴 안았다.

일월쌍괴는 애당초 교주가 바뀌었다는 말에 현혹되어 버린 자신들을 탓했다. 마지막 금제를 벗어던질 수 있다는 유혹에 넘어가 버렸던 것이다.

물론 주인으로 삼은 유검과 부자 관계라는 것은 알고 있었지만, 주인은 주인, 주인의 아버지와 자신들 간의 관계는 또 다른 문제인 것이다. 그게 일월쌍괴가 살아가는 방식이요 가치관이었다.

두 소녀를 보며 교주는 고개를 갸웃거렸다.

"흠, 납치된 걸로 할까, 아니면 죽은 걸로 할까? 아냐, 아무래도 겁탈당하고 납치된 게 가장 강력하겠지?"

괴인은 아직도 판단을 내리지 못하고 있었다.

달려들어 싸워야 할지, 아니면 일단 이 자리를 피하고 보는 게 옳은 지.

그리고 내심 한 가닥 강렬한 의혹이 일었다.

'저놈은 대체 뭘 계획한 것이란 말인가? 마치 본 교의 반란도 일부러 조장시킨 것 같은…….'

말도 안 되는 소리였지만 그런 의심을 떨쳐 버릴 수가 없었다.

교주는 왼쪽으로 고개를 갸웃, 오른쪽으로 고개를 갸웃거리며 각기 일월쌍괴에게 안겨 있는 화와 다우를 한 번씩 쳐다보았다.

"흠… 하나는 납치당하고 하나는 겁탈당한 후… 이게 낫겠군."

그렇게 중얼거리며 목이 달아난 채 죽어 있는 소 가면의 흑포인에게로 걸어갔다.

푹!

교주는 오른손을 그의 복부로 찔러 넣었다.

"넌 이미 죽었으니까 별로 아프진 않을 거다."

교주는 콧노래를 흥얼거리며 피 범벅이 된 손을 자신의 가슴 부위 등에 대고 문질렀다. 그 짓을 몇 번 반복했다.

괴이한 짓을 하는 교주의 행동에 일월쌍괴는 왠지 오싹해졌다.

─헐랭아, 저놈 미친 거 아냐?

─아마도…….

교주는 전신에 잔뜩 피칠을 하고서 일어서더니 일월쌍괴에게 다가갔다.

일월쌍괴는 자신도 모르게 한 걸음씩 뒤로 물러섰다.

교주는 손을 저으며 말했다.

"아아, 미친 것 아니니까 걱정 마세요."

일월쌍괴의 얼굴이 일그러졌다.

─으… 미친놈이 스스로 미쳤다고 하는 거 봤냐?

─아무래도 저런 말 나오는 거 보니 진짜 미친 모양이군!

뚱뚱한 난쟁이, 일양괴에게 다가가던 교주는 문득 생각났다는 듯 괴인을 향해 소리쳤다.

"어이, 이봐! 자리 좀 피해주겠나? 아니면 나와 싸울 텐가?"

순간 괴인의 두 눈에 갈등이 일었다.

싸우는 게 두렵지는 않았다.

비록 일월신검이 자신의 웅기현공을 파괴할 수 있다지만, 전중이나 단전 등의 부위를 찔렸을 때 일이다. 노골적으로 그 부위만 철저히 방어하며 싸운다면 절대 질 일은 없었다. 물론 이길 일도 없겠지만.

그보다 근본적인 문제는 계속 교주와 적이 되느냐, 아니면 끝까지 신무룡의 곁에 남느냐 하는 갈등이었다.

애당초 마교는 철저히 힘을 신봉한다.

약하면 물러나야 하는 게 당연하고 강하면 싸워 이겨서 올라가는 것도 당연하다.

줄을 잘 서야 하는 것도 불문가지.

절대강자라고 확신했던 신무룡과 허풍쟁이 같은 교주를 서로 비교해 보았을 때 저울추는 이미 한쪽으로 기울어져 있었다.

그런데 지금은 그 저울추가 왔다 갔다 했다.

괴인은 내심 계산했다.

'어차피 여기서 저놈과 결사적으로 싸운다고 해서 크게 덕 볼 일은 없다. 호교쌍노도 돌아선 것 같으니 나머지 십이위를 불러 모아도 크

게 불리하다.'

곧 그는 결심했다.

'좋아, 나중 혹시라도 신가 놈이 이기고 돌아와서 날 추궁하면, 수밀지체를 미끼로 위협해서 어쩔 수 없었다고 하자.'

일단 교주와 완전히 적으로 돌아서는 것은 잠시 보류하자고 마음먹었다.

"크흐흐… 좋다! 일단 네놈 말을 따라 나가주지."

교주는 그가 자신의 말을 따르는 게 당연하다는 듯 고개를 끄덕였다.

그리고 마혈이 제압되어 있는 두 흑포인을 가리키며 말했다.

"자자, 저 두 놈 데리고 어서 나가주게."

축객령 같은 말투에 괴인은 내심 껄끄러웠지만 아무 대꾸 없이 교주 말대로 두 흑포인을 양 옆구리에 차고 선실 밖으로 나갔다.

일월쌍괴는 너 더욱 불안해졌다.

교주와 밀폐된 공간에 남게 되었다는 것 자체가 어쩐지 불길하게만 느껴졌다.

'지금은 멀쩡해 보이지만… 저러다가 갑자기 입에 게거품을 물고 검을 마구 휘두르는 것 아냐?'

교주는 다우를 안고 있는 일양괴에게 다가오라는 손짓을 했다. 일양괴는 일그러진 얼굴로 시뻘건 피가 묻어 있는 그의 손을 힐끔거리며 주춤 다가섰다.

교주는 다우의 옷자락에 다시 피칠을 하기 시작했다.

일월쌍괴는 내심 소리 질렀다.

'으… 틀림없이 미쳤다! 미쳤어!'

교주는 다우의 흑포장삼에 잔뜩 피칠하고 나서도 그녀의 허벅지와 종아리에 몇 방울의 피를 퉁긴 후에야 만족한 얼굴로 고개를 끄덕였다.

그리고 일월쌍괴에게 화를 가리키며 말했다.

"자, 그 아이는 본 교… 음, 그냥 마교라고 합시다. 지금부터 그 아이는 마교에 납치된 겁니다. 아시겠습니까?"

일월쌍괴는 어리둥절했다.

'지금도 이미 납치되어 있는 것 아닌가?'

의아해하면서도 그냥 고개를 끄덕였다. 괜히 미친놈에게 정상적으로 대꾸할 필요는 없으니까.

교주는 선실 문을 가리키며 말했다.

"나중 제가 신호할 때까지 몰래 숨어 있으세요."

월음괴가 불쑥 물었다.

"이 배에서?"

"아님 구름 위에 숨어 있던지."

교주는 구멍난 선실 바깥의 유검을 가리키며 말을 이었다.

"하여간 저 녀석 눈에 띄지만 않으면 됩니다."

일월쌍괴는 그 말에 내심 안도했다.

지금 유검을 만나기엔 어쩐지 꺼려지는 바가 있었던 것이다. 떡을 몰래 훔쳐 먹은 아이가 은연중 엄마를 피해 달아나고 싶은 것과 비슷했다.

일월쌍괴는 교주의 지시대로 다우를 바닥에 내려놓았다. 그리고 화를 데리고 선실 밖으로 나가려는데 교주가 불쑥 물었다.

"그 아이에게 설마 이상한 짓은……."

일월쌍괴는 얼굴을 일그러뜨리며 버럭 외쳤다.

"제기랄, 대체 우릴 어떻게 보는 거냐!"

두 노인이 나가고 나서 교주는 혹 빠진 게 없나 하는 얼굴로 주위를 살폈다.

이제 된 것 같다고 중얼거리며 다우의 혼혈을 풀어주었다.

잠시 후 조그만 신음 소리와 함께 다우의 두 눈이 천천히 떠졌다.

번쩍—

번개가 치고 뒤이어 천둥 소리가 들려왔다.

다우는 움찔하며 천천히 몸을 일으켰다.

주위를 돌아보다 목이 없는 시체를 보고는 얼굴이 창백해졌다. 강호를 떠돌아다녔지만 아직 처참한 시체를 본 일은 거의 없었기에 상당한 충격을 받았다.

"대체… 어떻게 된 걸까?"

"으으음……."

다우는 돌연 들려오는 나지막한 신음 소리에 흠칫하며 두리번거리다 선실 벽에 기대어앉은 교주를 발견했다.

"아… 어떻게 된 거예요?"

다급히 다가간 다우는 교주의 옷에 잔뜩 묻어 있는 피를 보고 깜짝 놀랐다.

"아버님!"

교주는 애써 눈을 뜨더니 다우를 멍하니 바라보며 힘없이 말했다.

"아… 너로구나."

다우는 울먹였다.

"아버님, 대체 어떻게 된 일이에요? 몸은 괜찮으세요?"

교주는 힘없이 고개를 저으며 말했다.

“휴… 기력이 다해서 많은 말을 하지 못한다. 그러니 잠자코 내 말을 들어다오.”

교주는 부들부들 떨리는 손으로 선실 밖을 가리키며 물었다.

“너의 오라버니가 지금 싸우고 있는 게 보이느냐?”

“아! 예, 희미하게 보여요.”

교주는 힘없이 고개를 끄덕이며 말을 이었다.

“너도 보면 알겠지만, 지금 상태로는 겨우겨우 버티고 있는 정도다. 뭔가 커다란 계기가 없다면… 패해 죽고 말 것이다.”

다우는 다급히 물었다.

“무, 무슨 방법이 없어요?”

“휴… 힘들긴 하지만… 없다고는 볼 수가 없지.”

“그게 뭐죠? 제가 할 수 있나요? 제발 가르쳐 주세요. 뭐든지 할게요. 설령 제 생명이 필요하다고 해도…….”

교주는 울먹거리며 애원하는 다우의 얼굴을 유심히 살폈다. 그녀의 눈에 어린 눈물이 가짜가 아니라는 것을 확인하고 내심 만족해했다.

“네 오라버니는 당분간은 저대로 버틸 테니 너무 걱정하지 말고… 내 말을 잘 듣거라. 쿨럭—”

기침과 함께 핏물이 뿜어졌다.

“아……!”

다우는 어떻게 해야 할지 몰라 안절부절못하다 자신의 옷에 묻은 피를 그제야 발견했다.

“어떻게… 어떻게 된 일일까?”

그녀는 모든 일이 놀랍고 두렵기 그지없었다.

교주는 차분히 말을 이어갔다.

"본래 무공에는 세 가지 단계가 있다. 그중 육경천의 힘은 두 번째 단계의 극치라 할 수 있지. 이 힘만으로도 천하를 오시할 수 있지만… 그 윗단계에 비하면 아무것도 아니다. 이 육경천의 힘을 통해 아주 가끔 그 너머의 세계로 갈 수도 있다고 한다. 바로 무상검의 경지로……."

"아… 전 그런 거 몰라요."

"아, 모르는 게 당연해. 나도 저 녀석의 사부에게서 들은 이야기니까. 너도 그냥 듣기만 하거라. 하여간 저 녀석은 바로 그 무상검의 경지를 맛봤던 놈이다. 그런데 너무 갑작스럽게 일어난 일이라 맛만 보고 돌아오고 만 거야."

교주는 여기서 일단 말을 멈추고 길게 탄식했다. 그리고 안타깝다는 듯 말했다.

"휴… 저놈이 그 무상검의 경지를 되찾는다면 지금의 위기는 아무것도 아닐 텐데……."

나우는 조조해하며 물었다.

"그 무상검의 경지를 되찾으려면 어떻게 해야 되죠? 제가 무슨 도움을 줄 수 있나요? 제가 지금 무엇을 하면 되죠?"

"서둘지 말아라. 서둘면 안 돼."

잠시 타이르고 나서 말을 이었다.

"저놈은 두 번 정도 무상검의 힘을 발휘한 적이 있었다. 한 번은 사매를 만났을 때였지. 그러니까… 당시 사매의 할아버지와 정혼자도 같이 있었다고 한다. 그런 상황에서 사매에게 청혼을 했다가 차여 버렸다더군. 그 울분에 의해 마침 무상검이 발휘되고 만 거야. 저 녀석의 사부 말대로라면… 좀 험한 잠꼬대였지."

사매 이야기가 나오자 다우는 복잡한 마음이었다.

"두 번째는… 화라는 아이를 알 것이다."

다우는 고개를 끄덕였다.

"무림맹 금역 안에서 일어났지. 그때 화는 진삼원의 검에 의해 죽임을 당했다. 어떻게 살아났는가는 뭐 지금 말할 필요가 없고… 하여간 당시 저 녀석은 크게 분노했다. 그리고 다시 무상검의 힘을 발휘한 거야. 그 공통점을 알 수 있겠느냐?"

교주는 잠시 말을 멈추었다.

무상검의 힘을 발휘했던 그 이면에 여문과 화, 두 여인이 관련되어 있다는 사실을 자각시키도록 하기 위한 시간이었다. 물론 그녀의 마음 속에 내재된 질투심을 숙성(熟成)시키는 데도 반드시 필요한 시간이었다.

다우는 별다른 말을 내놓지는 않았지만 그녀의 얼굴만으로 충분히 내심을 짐작할 수 있었다.

눈꼬리는 위로, 입술은 삐죽, 누군들 그녀의 감정을 눈치 채지 못하겠는가.

교주는 내심 절대 웃어서는 안 된다고 중얼거리며 애써 침착한 어조로 설명했다.

"저 녀석은 본래 육경천 중에서 이미 궐음력을 얻었다. 그 궐음력은 바람의 힘이지. 하지만 아직 이 궐음력조차 제대로 사용하지 못하고 있어. 이 궐음력의 극한을 단번에 뛰어넘는 비결은 바로 분노다. 바람은 목에 속하고 분노 역시 목에 속한다. 그러니 분노(忿怒)란 궐음력의 개규지문(開竅之門)이라 할 수가 있는 것이다."

교주는 다시 한숨을 내쉬며 말했다.

"여태까지 저 녀석이 두 차례에 걸쳐 무상검의 힘을 발휘한 상황을 살펴보면 그 공통점이 바로 분노에 있다는 것을 알 수 있을 것이다. 이는 앞서 설명한 바대로 분노가 귈음력의 개규지문이기 때문이지. …아마도."

'아마도'라는 끝말은 아주 작은 목소리로 말했기 때문에 다우는 듣지 못했다.

"그런데 저 녀석은 안타깝게도… 화를 잘 내지 않는다. 정말로 분노하게 만들기는 참으로 어렵지."

다우는 동의한다는 듯 고개를 끄덕였다.

'게으르니까 화내는 것조차 귀찮은 걸 거야.'

교주는 조심스럽게 물었다.

"너는 나의 말뜻을 알아듣겠느냐?"

다우는 아랫입술을 깨물었다.

그리고 불안하지만 확고한 의지가 담긴 눈으로 교주에게 되물었다.

"제가… 무엇을 어떻게 하면 되나요?"

그녀의 두 눈에 시키는 것은 무엇이든 하겠다는 의지의 빛이 보이자 교주는 크게 흡족했다.

사실 시간이 없어 서둘러 요점을 말하느라 어색한 점이 적지 않았다. 그럼에도 자신이 원하는 게 무엇인지 제대로 알아듣다니!

'착한 며느리군, 정말 착한 며느리야!'

교주는 자신이 조금 더 위중한 환자의 모습을 보여야 한다는 사실도 잠시 망각하고 그녀가 맡을 '비련의 여주인공 역'에 대해 열심히 설명했다.

각본 현풍, 각색 교주, 주연 다우의 화려한 무대를 위해…….

무상검 초입에 들다

무상검 초입에 들다

단 한 명의 관객 유검은 이 순간 정신없이 검을 휘두르고 있었다.

태양검과 마주칠 때마다 극심한 한기와 함께 전신에 짜릿한 충격이 몰려왔다. 그때마다 신형은 크게 휘청거렸다. 때로는 뒤로 튕기기도 하고 심지어 넘어지기까지 했다. 그렇게 불안정한 상황에서도 유검은 마치 곡예처럼 용케 다음 검을 막아내고 있었다.

겉보기와는 달리 유검은 여유가 있었다. 점점 불안이 커져 가는 쪽은 오히려 신무룡이었다.

'대체 어떻게 된 영문이지?'

그에게 있어 현재의 상황은 도무지 이해가 되지 않았다.

상대는 이제 걸음력도 없다. 검의 위력도, 속도도, 변화도 전체적인 무공은 이쪽이 압도적으로 강하다. 그것은 마치 어른과 아이의 싸움처럼 보일 정도다.

그런데 왜 상대를 쓰러뜨리지 못하는가?

싸우면 싸울수록 유검에게 뭔가 변화가 일고 있다는 생각을 지울 수가 없었다. 강해진다기보다는 자기에게 익숙해져 간다고나 할까.

뭐라 말로 표현하기 어렵지만, 시간을 끌수록 혹시 자신이 불리한 것은 아닐까 하는 불안감이 일었고, 그것은 점차 확신으로 바뀌어가고 있었다.

유검은 이 순간 새로운 경험에 휩싸여 있었다.

신무룡이 휘둘러 오는 검의 변화는 자신이 여태까지 상상해 보지도 못했던 기이한 것이다. 검의 빠름은 가히 전광석화와 같았고 검의 위력은 그야말로 압도적이었다. 그런 검과 마주치며 유검은 여태까지 자신이 전혀 가보지 못한 새로운 검로(劍路)를 아슬아슬하게 걷고 있었다.

그것은 짜릿한 긴장감과 함께 두 눈을 반짝일 만한 호기심을 동반하고 있었다. 마치 위험이 가득한 숲을 홀로 모험하는 기분이었다.

은하수 가득한 밤하늘을 홀로 유영하는 듯했다.

자신이 알지 못했던 무한한 검의 세계를 이제야 새삼 깨달은 듯했다. 그동안 자신이 얼마나 우물 안 개구리에 불과했는가 절실히 느끼고 있었다.

그렇게 새로운 검의 세계를 모험하면서 유검은 한 가지 이상한 점을 발견했다. 낯선 광경을 처음 대하면서도 기이하게도 예전에 보았던 것 같이 익숙함이 느껴졌다.

자신이 걷는 길가의 풀 한 포기, 돌멩이 하나, 모두 또 만나서 반갑다며 방긋 웃는 것 같았다.

길을 걷다가 유검은 문득 깨달았다.

자기 주위로 흐르는 공기는 모두 기이한 빛의 도형들로 이루어져 있다는 것을. 아름답기 그지없는 그 도형들은 어떤 것은 새끼손가락 정도로 작았고 어떤 것은 하늘을 모두 뒤덮어 버릴 정도로 컸다.

하나같이 새롭고 신기하기 그지없는데 그중에서 낯익은 도형을 발견할 수 있었다. 순간 그 모든 도형들은 이미 알고 있었던 것이 아닌가 하는 생각이 들었다.

하지만 자세히 들여다보면 생소하기 그지없었다.

순간 세상의 경계가 모호해지기 시작했다. 본래부터 애당초 허상에 불과했던 것 같았다. 자신이 그냥 환상 속에 들어와 있는 듯했다.

후려쳐 오는 푸르스름한 빙검.

그냥 가만히 있으면 그 검이 퍽! 하고 사라지지 않을까 하는 생각까지 들 정도였다.

가까스로 막고 나서 그 충격을 온몸으로 느끼면 그제야 현실이구나 하는 자각이 들었다.

자아의 경계선이 무너져 가는 것을 지켜보며 문득 한 가지 의문이 들었다.

'대체 나는 왜 싸우는 걸까?

굳이 생사를 가를 필요가 있을까, 꿈인지 현실인지 알 수도 없는데.

그런 모호함 속에서 점차 의식이 멍해져 갔다. 몸은 굳어지고 검의 예기가 사라졌다.

그 속에서 손에 잡힐 듯 말 듯한 아련한 깨달음이 있었다.

유검의 흩어짐을 발견한 신무룡의 두 눈이 매처럼 날카롭게 빛났다.

순간,

"까아아아악―!"

저 멀리서 범선에서 들려오는 날카로운 비명 소리.

유검은 그 비명 소리가 다우의 것임을 깨닫고 화들짝 놀랐다. 현실을 새로이 자각하고 보니 태양검이 자신의 심장을 향해 매섭게 찔러오고 있었다.

"읏!"

한천검으로 상대의 손목을 노리며 곡예하듯 몸을 비틀어 돌려 가까스로 피해내었다.

유검의 신형은 완전히 중심을 잃은 듯 보였다.

신무룡은 냉소를 터뜨리며 최후의 일격인 듯 수천여 개의 검로로 이루어진 화려한 검망(劍鋩)을 펼쳤다. 검망은 유검의 사방을 둘러쌌다. 천라지망(天羅地網)처럼 옥죄어갔다. 절대 피할 수 없을 것처럼 보였다.

텀벙!

유검은 바다 속으로 쑥 들어가 버렸다.

만약 땅 위에서라면 절대 피할 수 없었을지 모르나 싸우고 있는 곳은 바다 위.

태양검의 검로는 유검의 뒤를 쫓았으나 수면에 닿는 순간 바다가 얼어버리고 말았다.

슈우욱―

십여 장 뒤에서 유검이 수면 위로 솟아올랐다. 그리고 신무룡 쪽은 고개조차 돌아보지 않고 범선으로 날아갔다.

신무룡은 검미를 치켜세웠으나 유검의 뒤를 쫓아가지는 않았다.

그는 한참 동안 유검의 뒷모습을 쏘아보다 혼잣말처럼 중얼거렸다.

"이대로는 끝이 안 나겠군."

그는 뭔가 변화의 필요성을 느꼈다.

그의 차갑기 그지없는 두 눈에 결심의 빛이 어리기 시작했다.

신무룡은 더 이상 유검을 깔보지 않았다. 자신의 적수로 인정한 것이다.

　범선 안의 선실로 들어선 유검은 흠칫했다.
　선실 안, 다우는 바닥에 주저앉아 두 손으로 눈물을 닦아내며 훌쩍이고 있었다.
　한쪽에 목이 잘린 두 개의 시체가 있고 바닥에는 핏물이 흥건했다.
　"다우야, 이게 대체 어떻게 된……."
　다우는 훌쩍거리며 손끝으로 선실 벽을 가리켰다.
　한 검은 인영이 벽에 기대어 미동조차 하지 않고 있었다.
　유검은 가까이 다가가 떨리는 손으로 그의 뺨을 어루만졌다.
　"아, 아버지!"
　숨결은 멈춰 있었고 경동맥은 뛰지 않는다. 워낙 급작스러워 그것이 죽음의 증거라는 사실을 믿을 수가 없었다.
　다우가 울먹이며 부른다.
　"오라버니……."
　유검은 교주의 차갑게 식은 얼굴을 멍하니 들여다보다 다우에게로 몸을 돌렸다.
　그녀의 흑포장삼에 잔뜩 묻어 있는 핏물들.
　자연스럽게 허벅지까지 들어 올려진 흑포장삼 아래 보이는 부조화의 핏방울.
　이런 상황을 보고 떠올릴 수 있는 것은 뻔했다.
　"미안해. 나……."
　다우는 뒷말을 잇지 못하고 고개를 떨궜다.
　대사를 잊어먹어서가 아니라 표정 관리가 쉽지 않아서였다.

이래선 안 되겠다 싶은지 그녀의 귓가에 교주의 전음 소리가 들려왔다.

─힘을 내거라. 들키면 안 돼. 음… 여태까지 살아오며 가장 비참하고 슬펐던 일을 떠올려 보거라.

다우는 다시 표정을 침울하게 만들었다. 그리고 고개를 들고 울먹이며 입을 열었다.

"미안해. 나……."

유검은 나직이 한숨을 쉬며 부드럽게 다우를 품에 안았다.

"괜찮아. 더 말하지 않아도 된다."

"……."

유검의 말에 너무도 부드러운 정이 담겨 있음을 깨닫고 다우는 더 이상 연습했던 대사를 읊지 못했다.

이러한 다우의 행동은 이 상황에 오히려 더 적절한 것이었다. 만약 다우가 정해진 각본대로 대사를 읊었다면 뭔가 이상함을 느끼고 유검은 눈치 챘을지도 몰랐다.

교주는 내심 중얼거렸다.

'자, 분노해라. 분노하거라, 나의 아들아. 그리하여 네 사부가 말한 그 무상검이란 걸 보여다오.'

유검은 교주의 기대와는 달리 분노하지 않았다.

한 손으로 다우를 품에 안고 한 손으로 그녀의 머리카락을 다정하게 쓰다듬으며 부드럽게 입을 열었다.

"여기를 피하고 나거든… 나와 혼례를 치르자꾸나."

다우는 흠칫 몸을 떨었다.

"사실… 널 처음 볼 때부터 좋아했다. 이유는 모르겠지만… 그냥 네가 좋았어. 하지만 네가 너무 어린 모습이라… 또 너의 본모습을 알고 나서는 네가 너무 아름다워서… 또 머뭇거렸단다. 혹시 네 미모만 보고 착각하는 건 아닐까 하고 말이다. 그렇게 혼란스러웠지만 처음부터 지금까지 널 좋아하지 않았던 적은 단 한 번도 없었다."

유검은 고개를 들어 올린 다우에게 웃으며 말했다.

"나의 청혼을 받아주겠니?"

다우는 예정된 대사를 잊어버렸다.

떨리는 목소리로 물었다.

"제가… 그렇고 그래서 불쌍해서 그런 거예요?"

유검은 손가락으로 그녀의 눈에서 흘러나오는 눈물을 닦아주며 부드럽게 말했다.

"아니야. 그렇다면 내게 천벌이 내려질 거다. 내게 있어 넌 영원히 순결해. 혹 누군가 널 강제로 범했다 할지라도 너의 마음만은 항상 백지처럼 깨끗하다. 그건 전에도 내가 말하지 않았더냐. 그리고 내가 청혼하는 것은 지금 이 순간 나의 진심을 깨달았기 때문이야. 주변의 일은 전혀 상관없어."

다우는 떨리는 목소리로 물었다.

"오라버니의 아름다운 사매는요? 화 언니도 있잖아요. 그런데……."

유검은 조심스럽게 그녀를 품에 안았다.

"내겐 너만 있으면 된다. 지금 깨달았다. 설령 그녀들이 내 곁을 떠난다 할지라도 난 무척 슬프겠지만 견딜 수 있다. 하지만 넌… 너는… 나는 도저히 견딜 수가 없구나."

유검의 목소리도 떨리고 있었다.

다우는 멍해졌다.

다우는 예정된 행동과 대사를 모조리 까먹고 말았다. 슬픔에 못 이겨 자살을 감행하는 모습을 보여야 한다는 것도, 부디 행복하라는 마지막 말로 끝을 맺어야 한다는 그런 대사도 모두 잊어버렸다.

그녀의 비련의 여주인공 역은 완전히 실패로 돌아간 것이다.

대신 벅차오르는 기쁨에 어찌할 바를 몰라 멍한 얼굴로 눈물만 흘렸다.

교주는 내심 투덜거렸다.

'대체 뭐 하는 거야? 이런, 불효막심한 놈 같으니라구! 넌 이 아비가 죽었는데도 화가 나지 않는단 말이냐! 그리고 네 마누라가 겁탈당했다는데 분노도 느끼지 않는단 말이냐? 기껏 마음을 달래주느라 바쁘다니!'

교주는 예정된 각본이 완전히 틀어졌음을 깨달았지만, 그렇다고 둘의 깊은 입맞춤을 방해할 만큼 교양없지는 않았다.

그런 최소한의 교양은 신무룡에게도 있었다.

선실 안으로 들어선 그는 태양검을 비켜 들고 가만히 서 있었다.

유검이 천천히 몸을 일으켜 몸을 돌리자 그제야 차가운 음성으로 입을 열었다.

"마지막이다. 이 검을 견딘다면 널 살려주도록 하지. 견디지 못한다면 지금 이 자리에 두 발을 디디고 선 자는 아무도 없게 될 것이다."

유검은 고개를 끄덕이며 불끈 한천검을 고쳐 쥐었다. 그리고 다우에게 아무 걱정할 것 없다는 미소를 보여주었다.

유검은 신무룡의 말에 왜 검을 들고 싸워야 하는가에 대한 답을 알 수 있었다.

본래부터 알고 있었던 답이기도 했다.

진정 소중한 것을 지키기 위해서라는…….

유검은 입을 열어 말했다.

"저도 깨달은 바가 하나 있습니다. 현실인지 꿈인지 알 수는 없지만,

저도 시험해 보고 싶군요."

신무룡 역시 순도 십 할의 무인.

그로서도 유검을 통해 느낀 바가 많았는데, 이제 새로운 무언가를
보여주겠다는데 마다할 리가 없었다.

"잠시만 기다려 주시겠습니까?"

유검의 부탁에 신무룡은 고개를 끄덕여 허락했다.

유검은 손가락의 반지를 만지작거리며 말했다.

"풍환… 내 마음을 알면 부탁한다."

스르르 반지가 손가락에서 빠져나왔다.

"그게 궐음력의 신물인가?"

신무룡의 질문에 유검은 고개를 끄덕였다. 그리고 반지를 움켜쥐고
한동안 있었다.

미풍이 주위를 살랑이는 듯했다.

반지에서 반짝 빛이 일더니 사라졌다.

신무룡은 눈살을 찌푸렸다.

"어리석군. 네가 만약 궐음력을 극성까지 깨달았다면 최소한 나와
비슷해질 수가 있지. 그리고 그 힘을 발휘하기 위해서는 신물이 반드
시 필요하다. 그런데 반지를 빼다니……."

유검은 웃으며 말했다.

"제가 깨달은 것은… 아니, 깨닫고 싶은 것은 이것과 전혀 상관없습
니다. 그보다 지금 전해주지 않으면 안 될 사람이 있어서요."

유검은 다우의 손을 잡고 말했다.

"이건 나의 예물이야. 받아주겠니?"

다우는 가슴이 벅차올라 말을 꺼내지는 못하고 고개만 끄덕였다.

둘의 언약식을 지켜보며 신무룡은 혼잣말처럼 중얼거렸다.

"나는 태양력을 익히면서 마음이 얼어붙어 버렸다. 그래서 일체 감정을 못 느끼지. 하지만 보통 사람은 저 소녀를 보는 순간 넋을 잃어버릴 것이다. 저 소녀에게는 소음력이 깃들어 있으니까."

소음력이라는 말에 유검은 내심 흠칫했다.

정중히 포권하며 답례했다.

"알려주서서 감사합니다."

"마누라를 빼앗기지 않으려면 항상 조심하는 게 좋을 걸세."

유검은 웃으며 말했다.

"알고 있습니다."

신무룡의 무표정한 얼굴에 미소가 떠올랐다.

"행복하길 빈다."

"고맙습니다."

"부럽군. 나도 감정이란 걸 느껴보면 좋겠다는 생각이 들어."

생사일전을 눈앞에 두고서 둘의 대화는 화기애애하기 그지없었다.

하지만 봄날에 갑자기 북극의 한풍이 몰아닥쳤다. 둘이 동시에 약속이라도 한 듯 검을 치켜들면서였다.

그 순간 주위의 공기는 싸늘하게 얼어붙었다.

서로 부드러운 말이 오갔지만 서로에 대한 살심과 투쟁심은 한 치도 줄어들지 않은 것이다.

교주는 내심 한숨을 쉬었다.

진인사대천명(盡人事待天命)이라 했던가.

아무리 사람이 교묘하게 일을 꾸민다 한들 그 성사는 하늘에 달렸다는 것을 새삼 깨달았다.

육경천, 여섯 가지 힘은 세상을 움직이는 주축이다.

태풍을 불러일으키고 바다를 파도치게 하며 새로운 생명을 탄생시키고 혹한의 추위로 더러운 것들을 소멸시킨다. 생생불식(生生不息), 끊임없이 흐르는 대자연의 주축이 바로 이 여섯 가지 힘에 있었다. 그것은 일반 무인들이 일컫는 진기무공의 차원을 벗어난 대자연의 힘이었다.

신무룡은 그중 태양력을 극한까지 수련하여 익혔다.

이미 인간의 경지는 벗어나 있는 것이다.

교주는 그런 그의 마지막 일검을 유검이 과연 감당해 낼 수 있을까 하는 의문이 들었다.

현풍의 호언장담대로라면 유검은 이미 육경천의 경지를 벗어나 있었다. 무상검의 경지에 가 있다고 했다. 유검이 스스로 뭔가 깨달았다고 말한 것을 보면 이제 그 힘을 보여줄 것도 같았다.

하지만 아직 그런 징조는 보이지 않았다. 주위에 광풍이 일지도 않았으며 거대한 기운이 몰려드는 그런 기미도 보이지 않았다.

'역시 좀 더 분노하게 만들었어야 했나?'

하지만 그것도 지금 생각하니 부질없어 보였다.

'할 수 없군. 그렇다면 그냥 지켜보는 수밖에 없는 것인가?'

교주는 내심 한숨을 내쉬며 죽은 척하는 것을 그만두고 천천히 몸을 일으켰다.

부시럭—

유검의 얼굴이 얼떨떨해졌다.

"어라? 어쩐 일이세요?"

교주는 뚱한 얼굴로 소리쳤다.

“무슨 뚱딴지 같은 소리냐? 정말 내가 죽기를 바랬느냐?”

유검은 멀뚱거리는 눈으로 다우를 바라보았다. 다우는 난 모르는 일이야, 라는 얼굴로 슬며시 고개를 돌렸다.

신무룡의 눈살이 찌푸려졌다.

“절… 속인 겁니까?”

곧 그의 얼굴에 오히려 미소가 떠올랐다.

“하긴 그렇게 쉽게 죽을 리가…….”

스스로 검을 찔러 죽였으면서도 교주가 되살아난 모습에 신무룡은 오히려 안도해하는 눈빛이었다.

어릴 적 교주는 그의 우상이기도 했고 그가 두려움을 지닌 유일한 대상이기도 했다.

그렇게 강렬한 증오와 사랑의 감정을 함께 느꼈기에 그것은 마음이 얼어붙은 지금에도 기억이라는 형태로 남아 있었다.

어쩌면 유검을 향한 살심은 그런 교주의 관심을 빼앗아간 데 대한 질투일지도 몰랐다.

교주는 머리를 긁적거렸다.

“이거 참…….”

교주는 손을 휘저으며 말했다.

“난 이제 너희들의 승부에 관여하고 싶은 생각은 없다. 다만 저놈에게 한마디 전해줄 것이 있어서 끼어들었을 뿐이다.”

교주는 유검을 향해 말했다.

“네 사부가 전해달라고 하더구나. 네가 펼쳤던 것은 진짜 무상검의 경지가 아니었다고 말이다.”

“아, 역시.”

"…알고 있었느냐?"

"그냥… 그럴 것 같았습니다."

교주는 뭐가 뭔지 모르겠다는 얼굴로 고래를 도리도리 저었다.

"자, 싸워라. 난 관여하지 않은 채 지켜만 보고 있겠다."

유검과 신무룡은 서로의 얼굴을 마주 보더니 눈빛으로 서로의 의중을 읽은 듯 고개를 끄덕였다.

휘휙!

둘의 신형이 갑자가 사라졌다.

유검은 어검비행으로, 신무룡도 그에 못지않은 육지비행술로 허공을 가로질러 섬으로 날아갔다.

뒤쫓아가기에는 이미 늦었음을 알고 교주는 발을 쿵 굴렀다.

"젠장, 어딜 가느냐? 여기서 싸우지 않고!"

다우는 아직도 두근거리는 가슴을 진정시키지 못하고, 다만 몽롱한 얼굴로 사라진 유검의 뒷모습을 쫓았다.

유검이 끼워준 반지를 만지작거리는데, 돌연 머리 속에 낯선 여인의 음성이 들려왔다.

―안녕하세요? 이제부터 잘 부탁드립니다. 전 풍환이라고 해요.

다우는 얼떨떨한, 하지만 잔뜩 경계심 어린 얼굴로 되물었다.

"너… 누구니?"

온 하늘을 뒤덮던 먹장구름이 빠르게 몰려가고 붉은 노을이 온 누리를 주홍빛으로 물들였다.

나뭇가지 사이로 저 멀리 검은 구름을 내뿜는 분화구가 보이는 조그만 숲 속의 공터.

유검과 신무룡은 각기 한천검과 태양검을 들고 마주 보고 서 있었다.

거리는 삼 장(三丈:약 9미터).

그들에게 있어 지척이나 다름없는 가까운 거리였다.

공터는 생사의 결전을 하기에는 너무 평범한 장소였고 또한 지켜보는 관객조차 없어 썰렁했지만 둘은 그다지 불만은 없어 보였다.

무엇을 기다리는 것일까.

둘은 한참 동안 서로를 지켜볼 뿐이었다.

쪼르릉—

이름을 알지 못하는 새 한 마리가 푸드득 날아올랐다.

신무룡이 불쑥 입을 열었다.

"나는 단 일 검만 펼칠 것이다. 그 후 자네가 죽든지 살든지 상관하지 않겠다."

유검은 묵묵히 고개를 끄덕였다.

"네 눈이 보이는 이 태양검은 사실 내 안에 있다. 나의 원정(元精)과 연결되어 있지. 단순히 일반 검처럼 휘두르고 베는 정도는 상관없지만, 지금 펼치게 될 일검은 다르다. 나의 원정이 소모되고 만다."

"……."

"아마 소모된 원정을 다시 되찾으려면 몇 개월 요양해야 되겠지. 하지만 그에 대한 대가는 확실하다. 피할 수도 없고 막을 수도 없다. 제아무리 금강불괴라 한들 견디지 못한다."

신무룡은 스스로도 뜻밖이라 생각할 정도로 많은 말을 내놓고 있었다.

문득 신무룡은 자신이 눈앞의 청년에게 호감을 느끼고 있는 것은 아닐까 생각했다.

희노애락(喜怒哀樂)은 얼어붙어 감정의 변화를 느끼지 못한다. 하지만 그런 까닭에 어떤 미묘한 느낌의 변화를 아주 예민하게 받아들였다. 쉽게 느끼기 힘든 무엇들이니 하나같이 소중한 것이다.

하지만 신무룡이 생각한 호감이라는 것은 어쩌면 착각일지도 몰랐다.

자신의 원정까지 손상해 가며 눈앞의 유검을 죽이려 한다. 스스로 손해를 자초하며 펼치는 일검인 것이다. 그만한 대가를 지불하는 만큼 단지 상대를 높이 평가하고 싶은 그런 단순한 보상 심리일지도 몰랐다.

어쨌든 말이 많아진 것은 틀림없는 사실이었다.

'이제 슬슬……'

이라고 내심 중얼거리다 신무룡은 전혀 두려움의 빛을 비치지 않는 유검의 태도에 기이함을 느꼈다.

자신이 말한 요지는 간단했다.

'일검을 펼치면 넌 죽는다.'

그런데 전혀 동요를 보이지 않다니, 무언가 확실히 믿는 구석이 있는 것일까?

어차피 시간이 촉박하지도 않거니와 방해받을 일은 없다.

신무룡은 다시 입을 열어 물었다.

"자네가 깨우친 바는 무엇인가?"

유검은 뜻밖의 질문에 두 눈이 동그래졌다.

곧 난감한 표정으로 대답했다.

"저도 잘 모릅니다."

"…모른다고?"

"제가 한 가지 조그맣게 깨달은 바가 있다고 했지만 사실인지 아니면 착각인지도 모르겠습니다. 모호하기 그지없어요."

신무룡은 약간 어이가 없었다. 지나치게 솔직한 이야기였던 것이다.

곧 싸울 상대에게 허풍을 떨며 기세를 올리지는 못할망정 저런 식의
말이라니…….

유검은 머뭇거리다 말을 이었다.

"그러니까, 음… 제가 검무(劍舞)를 추다가 일어난 일이었습니다. 한
참 검무를 추는데 어느 순간부터 검이 나인지 내가 검인지 분간을 못
하겠더군요."

"장자의 호접몽(胡蝶夢)인가?"

"저도 잘 모르겠습니다. 하여간 그냥 모든 게 꿈같이만 느껴졌는데,
무언가 알 듯 말 듯했고 제대로 검을 펼치는 것 같기도 하고 전혀 아닌
것 같기도 했습니다. 위로 휘두르는데도 검은 땅을 가리키고 있고, 오
른쪽을 찌르면 왼쪽에 가 있는 식이었지요. 어쩌면 내 의지와 상관없
는 마음의 흐름이었을지도 모르겠습니다."

"정말 알 듯 말 듯한 이야기군."

"그때 이상한 소리를 들었습니다. 환청인지…….”

"어떤?"

"내가 전하는 것은 문장(文章)이라고 하더군요."

"누가?"

"저도 모릅니다."

"……."

"그 후로 저는 그냥 춤을 추었을 뿐입니다. 흐르는 개울물도 함께
춤을 추었고 바람도 같이 장단을 맞추더군요. 난데없이 바다가 파도치
고 하늘도 땅도 함께 신명나게 춤을 추었을 뿐이었지요."

"춤이라…….”

"그 후 전 주화입마에 빠졌습니다."

"주화입마?"

"지금 생각해 보면… 아닌 것 같더군요. 증세는 분명 주화입마와 다를 바 없지만, 뭔가 달랐던 것 같습니다."

"음……."

"그 후로 여러 가지 일들이 있었지만, 지금에 와서 저는 계속 어떤 문 앞에서 서성이고만 있었구나 하는 것을 깨달았습니다. 때로는 우격다짐으로 들어가려다가 이상한… 이상한 일이 벌어지기도 했지요."

낙양을 반으로 갈랐다는 이야기는 차마 할 수가 없었기에 머쓱한 얼굴로 이상한 일이라고만 했다.

"그 문이라는 게 혹 무공의 다른 경지를 말하는 건가?"

"아마도……."

"그 문 안으로 들어가 보았나?"

"아마 들어갔던 것 같습니다. 그리고 다시 나와 버렸던 것 같아요."

"그렇다면 다시 그 문 안으로 들어갈 수가 있나?"

유검은 잠시 말이 없었다.

곰곰이 생각해 보다 신무룡의 얼굴을 바라보며 조심스레 대답을 내놓았다.

"아마도 문이 열리면."

그 말에 신무룡의 입가에 조그만 미소가 어렸다.

"그렇다면 내가 자물쇠인가?"

유검은 머쓱해졌다.

"어쩌면 문이 열려도 들어가 보지 못할 수도 있습니다. 제가 보기보다 겁이 많아서……."

그 말에 신무룡은 미소를 지었다.

웃음이 나와서라기보다는 이런 상황에서는 미소를 지어야 한다는 기억 때문일 것이다.

"너를 처음 만났을 때 기이하게 생각했다. 왜인 줄 아느냐?"

"왜죠?"

"사람들은 나를 보면 모두 공포를 느낀다. 내가 가진 태양력 때문이지. 그런데 너는 전혀 그런 모습을 보이지 않았다. 뭔가 보통 사람과는 다르다고 느꼈지."

"그랬나요?"

"그리고 너는 지금 생사결전을 앞두고도 그렇게 멍청한 얼굴로 있는데, 그런 네가 스스로 겁이 많다고 하니… 참으로 우습지 않은가?"

물론 우습다는 것은 말뿐이었다.

멍청한 얼굴이라는 말에 유검은 입맛을 다셨다.

"전 보기보다 똑똑합니다."

"그렇다고 해두지. 아, 그리고 너에게는 또 하나 이상한 점이 있다. 네가 궐음력을 발휘하면 사람들은 너를 보고 화가 나야 마땅하다. 그게 궐음력의 성질이니까. 그런데 보아하니 그렇지 않은 듯하더군."

"……."

"참으로 이상하게 생각했다만 지금 생각하니 너라면 그게 당연하다는 생각이 드는군. 왜인지는 모르겠지만… 아마도 네가 나에게 겁을 먹고 있었어도 이상하게 여겼을 것이다."

유검은 웃으며 말했다.

"이렇게 화기애애하게 이야기 나누니 마치 형 동생 같은 느낌이군요."

신무룡도 미소를 지었다.

'어쩌면 친구…….'

뇌리에 언뜻 떠오른 말이었으나 위화감이 느껴져 황급히 지워 버렸다.

더 이상의 대화는 없었다.

신무룡은 원정지기(元精之氣)를 끌어올리기 시작했다. 곧 그의 주위로 지독한 한기(寒氣)가 몰아닥쳤다.

바닥에 고인 빗물은 얼어버렸고 바위는 부풀어 오른 얼음의 부피를 감당 못해 쩌적— 갈라졌다. 수목 역시 난데없는 한파에 삐거덕거렸다.

유검은 그런 변화를 보면서도 멍한 얼굴이었다.

사실 신무룡과 대화를 나누면서도 한 가지 느낌에 집착하고 있었다.

내가 검인지 검이 나인지 분간 가지 않던 그 느낌을.

익숙한 것 같기도 하고 한없이 낯선 것 같기도 한…

몽롱한 꿈속의 꿈과 같은 그 느낌 속에서 화려하게 퍼져 나가는 빛의 물결을 조용히 바라보았다.

사신(死神)의 숨결을 담은 그 빛의 무리들을.

"이런… 대체 어디로 사라진 거야?"

교주는 높다란 고목의 꼭대기에 올라서서 황혼으로 물든 세상을 둘러보며 투덜거렸다.

고목 아래 다우가 허겁지겁 달려왔다. 다시 어린아이의 모습으로 돌아가 있었다.

얼굴이 새빨갛게 상기되어 있는 그녀는 급하게 숨을 몰아쉬다가 불안한 얼굴을 감추지 못한 채 고개를 들어 교주에게 물었다.

"오라버니가 위험한 거예요?"

교주는 눈살을 찌푸리며 답했다.

"나도 몰라. 하지만… 아닐걸?"

그 말에 겨우 다우의 얼굴이 펴졌다.

그녀는 안도의 한숨을 내쉬고는 불만 어린 얼굴로 투정을 부렸다.

"진작 그 말씀을 해주셨으면 좋잖아요!"

교주는 아무런 대꾸 없이 이목을 집중시켜 주위를 둘러보고 있었다.

고목 아래서 묵묵히 기다리던 다우는 곧 의문을 느꼈다.

'오라버니가 위험한 게 아니면 왜 저렇게 서두르시는 거지?'

인세에 보기 드문 비검(比劍)이 펼쳐지는데 궁금해하지 않을 무인이 어디 있을까마는 다우는 그런 마음을 이해하지 못했다.

이때, 다우의 귓가에 풍환의 음성이 들려왔다.

─말씀드렸다시피 주인님은…….

다우는 손가락의 반지에 대고 화를 내었다.

"누가 너랑 논댔어? 넌 그냥 예물 반지란 말야! 말 같은 건 하지 말라구! 건방지단 말야!"

─…….

다우는 아무 말 못하고 침묵을 지키는 풍환의 태도에 약간 의기양양한 표정을 짓다가 곧 입술을 삐죽거렸다. 유검이 자신을 속이고 이 이상한 여자랑 함께 있었다는 생각이 들자 어쩐지 억울하고 분한 생각이 들었던 것이다. 반지 따위에게 질투해선 안 된다며 스스로를 타이르는데 수풀 위로 불쑥 고개를 내미는 동물이 있었다. 너구리를 닮은, 하지만 토끼처럼 커다란 두 개의 귀를 가지고 있고 천진난만해 보이는 두 눈을 가진 귀엽고 작은 동물이었다.

다우는 놀랍고도 반가워 소리쳤다.

"앗! 가포야!"

끼이익, 끼이익!

가포는 소리를 지르며 다우의 품속으로 뛰어들었다. 그리고는 다우의 얼굴을 핥으며 애교를 부렸다. 몽실몽실한 꼬리를 흔들며.

다우는 가포를 꼭 껴안고 얼굴을 부비며 기쁨을 금치 못했다.

그녀는 곧 두 팔로 가포를 떼어내더니 무서운 얼굴을 해 보이며 꾸지람을 내렸다.

"너, 대체 어딜 갔다 온 거야? 한번 맞아볼래? 엉?"

가포는 짐짓 못 알아들은 것처럼 여전히 그녀의 얼굴을 핥으며 애교를 부렸다.

다우는 간지럼을 참지 못해 그만 웃고 말았다.

다우는 가포와 장난을 치며 놀다 어쩌면 하는 생각이 들어 가포에게 물었다.

"혹시 너, 오라버니 어디 있는지 아니?"

가포는 말귀를 알아들었는지 긴 귀를 쫑긋거렸다.

"정말 알어?"

가포는 고개까지 끄넉여 보였다.

다우는 힐끔 고목 위의 교주를 올려다보고 잠시 고민했다.

선실 안에서 얼떨결에 유검과 깊은 입맞춤을 나눴던 일이 떠올랐다.

그때 만약 주위에 아무도 없었다면…

그런 생각을 떠올리자 다우의 얼굴이 빨갛게 달아올랐다.

그녀는 손바닥을 탁 치며 중얼거렸다.

"그래, 난 그냥 가포랑 놀러 간 거야. 그러다가 우연히 오라버닐 발견했으니까 미처 알릴 시간도 없었지. 음, 그랬구나, 그랬어."

다우는 곧 발자국 소리가 들리지 않게 가포와 함께 조심스레 그 자리를 떠났다. 놀러 가는 것치고는 상당히 조심스러운 행동이었다.

어느 정도 떨어졌다 생각되자 다우는 가포를 땅에 내려다 주었다.

가포는 귀를 쫑긋거리더니 곧 한 곳을 향해 달려가기 시작했다.

다우는 상기된 얼굴로 가포를 뒤쫓아갔다.

간헐천을 지니고 산 모서리를 지나 다시 조그만 숲 속으로 들어갔다.

끼이익! 끼이익!

가포는 두 개의 커다란 바위에 양발을 올려놓고 자랑스러운 듯 꺅꺅거렸다.

바위 사이 난처럼 청초한 꽃 한 송이가 피어 있었다.

"와, 예뻐라!"

다우는 무척 기뻐하며 코끝을 꽃송이에 가져다 대고 향기를 음미하다 금세 안색이 바뀌었다.

"바보! 내가 이런 걸 바랬는 줄 알어?"

이때 무시무시한 굉음이 울려 퍼졌다. 너무도 소리가 커서 오히려 들리지 않았다. 저 멀리 붉은 노을이 지는 하늘 위로 하얀빛의 꽃송이가 하늘하늘 피어올랐다.

다우는 본능적으로 가포를 껴안고 쪼그려 앉았다.

살을 에는 듯 차가운 바람이 폭풍처럼 주위를 휩쓸고 지나갔다.

바람은 거세기 짝이 없어 풀뿌리와 모래 더미는 물론, 심지어 바윗덩어리나 거목까지 뿌리 뽑혀 허공으로 날리고 있었다.

추위도 대단해서 물기가 아직 덜 마른 다우의 흑포장삼은 삐적삐적 얼어붙었고 꼭 감은 그녀의 속눈썹에 하얀 고드름이 생겨났다.

다우는 가포와 함께 다행히 커다란 바위 틈새에 숨어 있어서 하늘을 날아다니는 각종 부유물에 부딪쳐 상처를 입지는 않았다.

한차례 난동이 가라앉고 나서야 다우는 겨우 고개를 들 수 있었다.

"무슨 일이 일어난 것일까?"

다우는 바위에 올라 빛의 근원지가 된 조그만 숲 속을 향해 한참 동안 바라보았다.

하늘은 다시 붉은 노을을 되찾고 있었다.

다우는 마침내 결심한 듯 가포를 안고 빛이 폭발한 곳을 향해 걸음을 재촉했다.

숲은 거의 폐허가 되어 있었다.

가까이 다가갈수록 나무는 부러지고 바위는 쪼개져 있었으며 지난 비는 모두 얼어붙어 대지는 얼음으로 뒤덮여 있었다.

가포를 안고 빠른 걸음으로 숲 안쪽으로 걷던 다우는 문득 의아한 얼굴로 하늘을 올려다보았다.

"어? 이게 뭐지?"

하늘에서 하얀 비가 내리고 있었다.

끼이익, 끼이익!

가뽀도 하늘을 올려다보며 울음소리를 냈다.

다우는 손바닥으로 내리는 하얀 비를 받아보았다.

뜻밖에도 눈도, 비도 아니었다. 마치 굵은 거미줄 같았는데 제법 질기고 탄력까지 있었다.

하얀 비의 정체는 바로 어이없게도 흰색의 투명한 실이었다.

숲 안쪽으로 들어갈수록 흰 비는 짙어졌다. 주위는 폭설이 내린 듯 하얀 비로 뒤덮였다.

다우는 뭘까? 뭘까? 중얼거리며 걸어갔는데, 얼마 못 가서 또다시 두 눈이 동그래졌다. 손바닥에 올려놓았던 흰 비가 스르르 녹더니 흔적도 없이 사라졌던 것이다.

깜짝 놀라 가만히 서 있는데, 폭설이 내린 듯하던 주위 환경도 서서히 변해가고 있었다. 얼마 지나지 않아 하얀 비의 흔적은 깨끗이 사라져 버렸다. 모두 녹아내린 듯했다.

다우는 가포를 꼭 껴안고 떨리는 목소리로 중얼거렸다.

"괘, 괜찮아. 절대 무서워할 거 없다구."

차라리 교주에게 돌아가서 유검을 기다릴까 생각하는데, 풍환의 목소리가 머리 속에서 울려 퍼졌다.

―이상해요. 주인님의 흔적이… 느껴지지 않습니다.

다우는 또 말을 거느냐고 쏘아붙이려다 흠칫했다. 그 말에 왠지 불길한 느낌이 들었다.

"그게… 안 좋은 거야?"

―흔적이 느껴지지 않는다는 것은 곧 주인님께서…….

"그만!"

다우는 불안한 얼굴로 풍환의 말을 끊었다.

"말도 안 되는 소리 하지 마!"

그렇게 말을 하면서도 다우는 내심 불안을 금치 못했다. 주위에 일어난 변화는 참으로 심상치 않아 보였다. 그리고 틀림없이 유검과 관련있는 듯했다.

교주의 말을 믿고 틀림없이 유검은 무사하리라 생각했는데 그 믿음이 흔들렸다.

다우는 입술을 깨물더니 다시 숲 안쪽으로 걷기 시작했다.

조금 더 걷다 보니 폐허도 끝이 나고 텅 빈 광장이 나타났다.

그리고 그 광장에는 구덩이가 생겨나 있었다. 폭이 거의 백여 장, 깊이가 십여 장에 달하는 거대한 구덩이였다.

마치 화산 폭발이라도 있어 새로 분화구가 생겨난 것 같았다.

다우는 소맷자락으로 이마에 흐르는 땀을 닦았다. 여태까지는 빙판길이었지만 여기서부터는 구덩이에서 후끈후끈한 열기가 풍겨져 오고 있었다.

조그만 언덕을 넘으니 가파른 구덩이의 끝에 다다랐다. 안을 들여다보다 구덩이 가운데 낯익은 얼굴을 발견했다.

"아……!"

유검이었다.

걱정했던 것과는 달리 무사함을 깨닫고 가포를 꼭 껴안았다. 그리고 그제야 몇 방울의 눈물을 떨구었다.

"쳇, 걱정하긴 누가 걱정했다고……."

소맷자락으로 쓱 눈가를 훔치고 나서 손가락의 반지에 대고 화난 목소리로 말했다.

"너, 자꾸 거짓말할래? 오라버닌 살아 있는데 왜 이상한 소릴 한 거야?"

─죄송해요. 하지만 흔적이 느껴지지 않았어요. 지금도…….

"쳇, 그만 해! 너랑 안 논다고 했잖아!"

다시 구덩이로 시선을 향한 다우는 곧 얼굴을 빨갛게 물들였다.

유검은 한천검을 축 늘어뜨린 채 서 있었는데, 아무것도 걸치지 않은 알몸이었다. 유검의 맞은편 삼 장 거리에 신무룡이 서 있었다. 그의 손에 들려 있던 태양검은 어디로 갔는지 보이지 않았다.

다우는 품속에서 진천뢰를 꺼내 들고 만일의 경우를 대비했다. 그렇게 잠시 숨어서 지켜보기로 했다.

신무룡은 먼 하늘로 시선을 두고 있었다.

얼음을 깎아 만든 듯 냉막하기 그지없는 얼굴은 여전했지만 눈빛은
가늘게 흔들리고 있었다.

얼마나 시간이 지났을까.

그의 입에서 나직한 탄식이 흘러나왔다.

"너는······."

뭔가 말하고 싶은 듯 그의 입술이 연신 달싹였지만 결국 입을 다물
고 말았다.

유검은 가까스로 버티고 서 있는 듯했다.

두 눈은 신무룡을 보는 것 같기도 했고, 아니면 그 너머 다른 세상을
보고 있는 것 같기도 했다.

신무룡은 유검이 들고 있는 한천검으로 시선을 돌리며 중얼거렸다.

"좋은 검이군."

유검은 아무런 대꾸도 없었다. 단지 멍하니 있었는데, 세월에 지친
노인네가 젊을 때와 전혀 변함이 없는 산천경개를 바라보며 회상에 젖
은 듯한 얼굴처럼 보이기도 했다.

신무룡은 거대한 구덩이로 변해 있는 주위를 둘러보며 혼잣말처럼
중얼거렸다.

"이런 위력이 나올 줄이야··· 나로서도 전혀 예상치 못했던 일이다.
이 정도는 절대 아닌데··· 왜······."

돌연 그의 어깨가 불쑥 튀어 오르는 듯하더니 곧 몸 전체가 부풀어
오르는 듯했다.

신무룡은 눈살을 찌푸리며 전신에 힘을 꽉 주었다. 그제야 다시 그
의 몸은 서서히 정상으로 가라앉았다.

신무룡은 말을 이었다.

"어쨌든 나로서도 뭔가 새로운 것을 깨닫게 된 듯하다. 네게 고마워
해야 하나?"

유검은 멍하니 있을 뿐 입을 열어 대꾸하지는 못했다.

신무룡은 그런 유검을 날카로운 시선으로 쏘아보았다. 머리에서 발
끝까지 주르르 훑다가 곧 검미를 치켜세웠다.

"이해할 수 없군, 이해할 수가 없어. 대체 너란 놈은……."

신무룡은 약간 화가 난 듯했다.

돌연 그의 두 눈에 무시무시한 살기가 어렸다.

살기는 곧 사라졌지만 그의 입에서 흘러나오는 음성은 만년빙굴에
서 흘러나오는 한기처럼 차갑기 그지없었다.

"약속대로 더 이상 손을 쓰지 않고 그냥 물러나겠다. 언젠가는 널
다시 보게 되겠지. 그때는… 지금과 같지 않을 것이다."

유검은 여전히 멍하니 있었다.

신무룡은 주위를 둘러보며 냉소를 터뜨렸다.

"설마 하니 제 입으로 한 약속을 어기겠습니까?"

그 한마디를 남겨놓고는 훌쩍 신형을 날렸다. 유성(流星)이 하늘로
숫구쳐 흐르는 듯 깨끗하고 날렵하기 그지없는 경신법이었다.

유검은 갑자기 힘이 다한 것처럼 털썩 그 자리에 주저앉았다. 스르
르 무너졌다는 느낌이었다.

"호오― 대단하군."

구덩이 밖에 불쑥 한 인영이 나타났다. 교주였다.

그는 갑자기 커다란 폭발이 일어나자 혹시나 싶어 이곳으로 달려왔
다. 다우보다 먼저 도착해서 지켜보고 있다가 이제야 모습을 드러낸
것이다.

교주는 뒷짐을 진 채 구덩이를 이리저리 둘러보며 천천히 내려왔다.

유검에게 가까이 다가가 호기심 어린 눈으로 물었다.

"이게 네가 펼친 무상검이란 거냐? 과연 대단하군, 대단해."

유검의 멍한 눈길이 교주에게로 향했다.

하지만 아직도 제정신이 아닌 듯 아무런 대꾸도 못하고 그냥 멍하니 바라볼 뿐이었다.

교주는 혀를 끌끌 차더니 손바닥에 내력을 담아 유검의 정수리 백회(百會)를 가볍게 쳤다.

유검은 부르르 몸을 떨었다.

멍하던 그의 동공에 초점이 생겨났다.

"아……."

유검은 잠에서 깨어난 듯한 얼굴로 두리번거렸다.

교주를 발견하고는 얼떨떨한 얼굴로 물었다.

"어라? 어쩐 일이세요?"

"기억 안 나냐?"

"뭘요?"

교주는 눈살을 찌푸리며 다시 손바닥에 내력을 모았다. 그리고 유검의 백회를 향해 손바닥을 들어 올리는데 재잘거리는 전음 소리가 들려왔다.

―하지 마세요!

다우의 전음이었다.

교주는 다우의 전음을 듣더니 혀를 차며 입고 있던 황포장삼을 유검에게 벗어 던져 주었다.

"일단 이거부터 입거라."

유검은 말똥거리는 얼굴로 그것을 받아 들었다.

왜 이걸 주는 걸까? 라고 생각하다 그제야 자신이 벌거숭이라는 것을 깨달았다.

"엇! 내 옷이 어디 갔지?"

유검은 옷을 챙겨 입다가 기이한 표정을 지었다.

'어째 느낌이…….'

다우가 환하게 웃으며 가포를 안은 채 조르르 달려왔다.

유검 역시 미소를 지으며 두 팔을 활짝 벌려 달려오는 다우를 품에 안았다.

순간 유검은 달려드는 힘을 이기지 못해 뒷걸음질치다 뒤로 넘어지고 말았다.

그 모습을 본 순간 교주의 고개가 왼쪽으로 삐거덕거렸다.

뭔가 이상하다고 생각했지만 곧 납득했다.

'큰 대결을 치른 이후라 일시적으로 힘이 빠져서 그랬겠지.'

유검은 다우를 품에 안는 순간 코끝을 스며드는 좋은 향기에 자신도 모르게 두 눈을 감았다.

청량하기 이를 데 없었으며 맑디맑은 향기였다. 이전에도 알고 있던 향기였지만, 지금은 더 깊고 풍부하게 느껴졌다.

그리고 맨살에 와 닿는 그녀의 살결에 뭐라 이루 말할 수 없는 부드러움을 느꼈다. 그 촉감은 강렬하기 그지없어 머리끝이 다 쭈뼛했다.

'내가 왜 이러지?'

일어서려다 유검은 왼 손바닥에 닿은 흙의 감촉에 잠시 멈칫했다.

손으로 바닥의 흙을 움켜쥐었다. 손가락 끝으로 삐져 나가는 흙덩이의 느낌에 유검은 새롭고도 기이한 감촉을 느꼈다.

시선이 오른손에 든 한천검으로 향했다.

검이 자신의 손에 있는지 자각도 못하고 있었음을 그제야 깨달았다.

유검은 멍하니 한천검을 바라보았다.

서쪽 하늘에는 붉은 노을이 펼쳐져 있었다.

유검의 입가에도 붉은 미소가 떠올랐다. 얼핏 해탈(解脫)에 이른 고승의 염화미소와도 닮은 듯했지만, 보다 인간적인 내음이 짙었다.

유검은 다우를 꼭 품에 안으며 중얼거렸다.

"이게… 무상검의 경지라는 거구나."

교주는 잠시 먼 하늘로 시선을 돌리고 있었는데, 유검의 그 말에 귀를 쫑긋거렸다.

"무상검? 정말로 네가 무상검의 경지에 올랐느냐?"

흥분한 교주의 물음에 유검은 고개를 끄덕였다.

"아마도 그런 것 같습니다."

"그렇다면 그 무상검의 경지란 게 뭐냐?"

교주는 주위의 구덩이를 가리키며 물었다.

"혹시 이게 무상검의 위력인 게냐?"

유검은 그제야 주위를 돌아보더니 아! 하고 탄성을 질렀다.

"참으로 대단한 위력이군요."

곧 고개를 저으며 답했다.

"아뇨. 이건 제가 펼쳐 낸 것이 아닙니다. 전 다만 가만히 있었을 뿐이고, 이 구덩이는 그 흑의청년이 펼쳐 낸 일검에 의해 만들어졌습니다."

교주는 도저히 믿기 힘든 얼굴로 되물었다.

"신가 녀석의 일검에 의해서라고? 그럴 리가……."

유검은 풀이 죽은 얼굴로 말했다.

"사실… 정말 대단한 일검이었습니다. 그때 저는 거의 죽은 것이나 다름없었습니다. 그 일검의 위력은 제가 예상했던 것을 훨씬 초월했으니까요. 그가 호언장담한 대로 저의 금강불괴 역시 견뎌내지를 못했습니다."

교주는 유검의 위아래를 훑어보았다. 상처 하나 없었으며 아무리 봐도 멀쩡해 보였다.

"넌 지금 멀쩡해 보이는구나?"

유검은 어깨를 으쓱이며 말했다.

"한마디로 운이 좋았을 뿐입니다. 흔히 이야기꾼들이 말하는 것처럼, 그러니까 절체절명(絶體絶命)의 순간이었는데……."

유검은 입맛을 다시며 말을 이었다.

"그때, 저는 하나의 문을 건넜습니다. 유일한 도피처였으니까요. 그 문이 뭐냐면 그러니까 일종의 관문(關門) 같은 거였습니다. 의식이… 정신이 빙글빙글 도는 느낌이었는데, 상당히 기분이 좋았습니다. 뭐라고 표현하기 힘들 정도로. 그 후로 그의 일검은 제게 별다른 영향을 미치지 못했습니다. 지금 생각해 보니 그때 아마 무상검의 경지를 되찾은 것 같습니다."

유검은 깨달았다고 하지 않고 되찾았다고 말했디. 교주는 그 미묘한 느낌의 차이는 물론 유검의 말 자체를 이해할 수가 없었다.

유검은 문득 생각났다는 듯 말했다.

"아참, 그 후에 하늘에서는 하얀 비가 내렸습니다."

다우가 그 말에 불쑥 끼어들었다.

"하얀 비? 그거 뭐였어? 나도 봤는데 금방 없어지더라."

교주도 호기심 어린 눈으로 물었다.

"나도 경험했다. 하얀 비… 그게 뭐지?"

유검은 입을 열려다 말고 고개를 갸웃거렸다. 자신이 말해 놓고서도 무슨 말을 했는지 모르겠다는 표정이었다.

"그게… 진짜로 내렸나요?"

유검이 오히려 그렇게 되물으니 교주와 다우는 어리둥절했다.

"저도… 잘 모르겠습니다만……."

유검은 머쓱한 얼굴로 머리를 긁적거리다 천천히 몸을 일으켰다.

"어쨌든……."

유검은 느긋하게 황포장삼 위로 한천검을 허리띠처럼 둘렀다. 그리고 나서 눈빛을 빛내며 단정적으로 말했다.

"제가 무상검의 경지에 이른 것만은 틀림없습니다."

붉은 노을이 유검의 얼굴로 드리워지고 있었고 미풍이 살랑이며 그의 머리카락을 쓰다듬었다.

말은 부드러웠지만, 얼굴에는 확고한 신념이 어려 있었다. 입가에는 은은한 미소를 드리웠지만 자신의 말에 무한한 책임을 지겠다는 장부의 억센 고집이 입꼬리에 머물러 있었다.

다우는 그런 유검의 모습이 늠름해 보였는지 자신도 모르게 가포를 꼭 껴안고 동경의 눈빛을 보냈다.

교주는 묵묵히 그런 유검의 모습을 쏘아보다 천천히 고개를 끄덕였다.

"좋다, 그것이면 족하지. 드디어 네 사부의 염원을 이룬 것을 축하한다."

그리고 주위를 두리번거리며 말했다.

"귀찮은 놈들이 몰려올 것 같으니 일단 이 자리를 피하자. 그리고 나서 자세히 이야기를 나눠보자꾸나."

말이 끝남과 동시에 먼저 신형을 날렸다.

교주는 무상검의 경지라는 말에 커다란 호기심이 일었다. 육경천의

힘을 뛰어넘는 무상검의 경지라는 것이 어느 정도의 위력을 지녔는지
도 궁금하기 이를 데 없었다.

빨리 인적없는 곳으로 가서 여러 가지를 물어보고 시험해 봐야겠다
고 생각했다.

교주는 유검이 뒤따라오겠거니 했는데, 뒤에 느껴지는 기척이 없었다.

'설마 벌써 나를 추월하여?'

그런 생각에 앞과 옆을 살폈지만 유검의 모습은 보이지 않았다.

혹시나 하여 뒤를 돌아보았다.

없었다.

설마 하는 생각에 방금 빠져나왔던 구덩이까지 가보았다.

위에서 내려다보니 유검이 숨을 몰아쉬며 구덩이 위를 향해 달려오
고 있었다. 어떤 경신술을 펼친 것도 아니고 그냥 달음박질로 열심히
달려오고 있었다.

그 옆에서 다우는 멀뚱한 눈으로 같이 보조를 맞춰 가볍게 몸을 날
리고 있었다. 유검이 열심히 다리를 놀려 달려나가면 다우는 가끔 신
형을 날려 속도를 맞추는 식이었다.

교주는 눈살을 찌푸리며 호통 쳤다.

"무슨 장난질이냐?"

"장난이 아니라… 헉헉……."

유검은 잠시 걸음을 멈추고 흐르는 땀을 닦으며 대답했다.

"미처 말씀드리지 못했군요. 무상검의 경지에 이르고 보니, 일반적
인 진기나 천지간의 기운 등은 이제 내공으로 쓸 수가 없게 되어버렸
습니다."

교주의 고개가 왼쪽으로 삐그덕거렸다.

"대체 그게 무슨 소리냐?"

"그러니까 지금 현재로는 내공이 없는 것이나 마찬가지라는 겁니다."

"……."

"아참, 책자를 다시 제게 주십시오."

"뭔 책자?"

"익히면 금강불괴를 풀 수 있다던 그 책자 말입니다. 싸우는 와중에 가루가 되어버려서……."

"……."

유검은 손으로 한천검의 검날을 만지작거리며 다시 입을 열었다.

"무상검의 경지에 올랐는데도 이상하게 금강불괴는 여전합니다. 감각은 전에 비할 바 없이 예민해졌지만… 그래서 그 책자가 다시 필요합니다. 역시 일검에 목숨을 걸려면 금강불괴 상태로는 곤란하지요."

교주의 얼굴이 천천히 일그러졌다.

유검이 장난치는 게 아니라 진실을 이야기하고 있다는 것을 깨달은 것이다.

교주는 순간 기가 막혔다.

무상검의 경지에 오른 것하고 내공은 무슨 상관이란 말인가? 무슨 주화입마도 아니고 바라 마지않는 무상검의 경지에 들었다면서 왜 내공이 사라진단 말인가?

유검은 내공을 쓸 수가 없게 되었다고 말했지만 교주는 내공이 사라졌다는 것으로 받아들였다.

'그럼 그 무상검의 경지라는 게 주화입마란 말인가?'

말도 안 되는 소리였다.

황당하기 이를 데 없는데 유검이 연이어 줄줄 늘어놓는 말이라는 게 더욱 어이가 없었다.

교주는 애써 이해하려 노력했지만, 생각하면 할수록 기가 막혀 더 이상 참지 못하고 버럭 소리를 질렀다.

"이 멍청한 놈! 내공이 없어 경신술조차 펼치지 못하면서 무슨! 지금 금강불괴를 풀어서 대체 어쩌겠다는 거냐! 뭐가 일검에 목숨을 걸어?"

유검은 머리를 긁적거리면서 곤혹스러운 얼굴로 답했다.

"아무래도 뭔가 오해를 하고 계신 듯하군요. 저는 무상검의 경지에 들었습니다. 걱정 안 하셔도 됩니다."

교주는 기가 막힌 얼굴로 되물었다.

"대체 뭘 걱정하지 말란 거냐! 내공도 없이 빌빌거리면서! 대체 무상검의 경지에 들었다고 해서 좋은 게 뭐냐? 좋아, 물어보자! 지금 너 나와 싸워서 이길 수 있나?"

유검은 멀뚱한 얼굴로 교주의 얼굴을 바라보다 고개를 저었다.

"아마 질 겁니다."

교주는 다우를 가리키며 물었다.

"그럼 저 아이와는? 저 아이와 싸워 이길 수 있느냐?"

유검은 자신을 빤히 쳐다보는 다우의 얼굴을 힐끔 보고는 다시 고개를 도리도리 저었다.

"물론 일반적인 싸움으로는 제가 이길 수 없겠지만……."

"됐다. 남자답게 변명 따윈 그만두거라."

교주는 길게 탄식하며 먼 하늘로 시선을 돌렸다.

"휴……."

교주는 뒷짐을 진 채 붉은 노을을 바라보며 대체 이 일을 어떻게 해야 하나 하는 고뇌에 빠졌다.

다우가 유검의 소맷자락을 끌며 조심스레 말했다.

"난 괜찮아. 오라버니가 무공 같은 거 없어도……. 만약 오라버니가 위험하면 내가 보호해 줄게."

위로하는 듯한 다우의 말투에 유검은 입맛을 다셨다.

"너도 오해를 하는구나. 다시 말하지만 나는 이미 무상검의 경지에 들었단다. 지금 당장은 내공을 발휘할 수 없지만 차츰 수련해 나가면 달라질 거란다."

그 말을 들은 교주는 내심 코웃음을 쳤다.

'수련해 가면 달라질 거라고? 물론 그렇겠지. 누! 구! 나! 말야.'

저 멀리 웅성거리면서 사람들이 몰려오는 소리가 났다.

우르릉―

갑자기 지축이 울렸다. 화산이 다시 검은 연기를 내뿜으며 분화를 시작한 것이다.

땅이 흔들렸지만 교주의 두 발은 지면에 뿌리내린 듯 전혀 흔들림이 없었다. 다우 역시 별달리 어렵잖게 중심을 잡고 있었다.

하지만 유검은 잽싸게 다시 신형을 바로 세우기는 했지만 크게 휘청거렸다.

그 모습을 보고 교주는 길게 한숨을 내쉬었다.

그의 이마에는 어느새 깊은 고뇌를 담은 주름살이 깊이 패어 있었다.

『무상검』 제7권으로…